움쭘

원종국은 1972년 충북 제천에서 태어나. 청주대 신문방송학과와 동국대 문화예술대학원을 졸업했다. 1999년 진주신문 가을문예에 중편소설 「기둥」이, 2000년 『작가세계』 신인상에 단편소설 「용꿈」이 당선되어 작품 활동을 시작했다. '작업' 동인으로 활동 중이다.

원종국 소설집
용꿈

펴낸날_2006년 12월 8일

지은이_원종국
펴낸이_채호기
펴낸곳_㈜문학과지성사
등록번호_제10-918호(1993. 12. 16)

주소_서울 마포구 서교동 395-2(121-840)
편집_전화: 338)7224~5 팩스: 323)4180
영업_전화: 338)7222~3 팩스: 338)7221
홈페이지_www.moonji.com

ⓒ 원종국, 2006. Printed in Seoul, Korea

ISBN 89-320-1741-7

* 이 책의 판권은 지은이와 ㈜문학과지성사에 있습니다.
  양측의 서면 동의 없는 무단 전재 및 복제를 금합니다.

원종국
소설집

문학과지성사
2006

차례

믹스언매치 7
욕망의 수수께끼, 어머니, 어머니, 어머니 39
슬픈 야열대 77
소멸의 흔적 109
용꿈 143
K 지하상가 사람들 173
연 203
기둥 231

해설 생명과 기억의 존재론, 혹은 알레고리_김진수 293
작가의 말 315

믹스언매치

Mix-and-Match: 어울리지 않는 것끼리의 짝 지음.

개미의 군락은 여왕개미의 혼인비행으로 시작된다.
바람이 잔잔하고 따뜻한 어느 특별한 날,
조상 때부터 대대로 총각들을 만나던 장소에서
다른 군락으로부터 날아온 수개미들을 만나 혼례를 올린다.
교미를 마친 새댁은 이제 더 이상 필요가 없는
날개들을 부러뜨리곤 좋은 집터를 찾아 새살림을 차린다.
— 최재천, 『개미제국의 발견』 중에서

2월 중순께의 놀이터 한쪽에는 목련이 한창이다. 해마다 뉴스에서는 '때 이른'이라는 표현을 곧잘 쓰곤 하지만, 목련으로서는 필 만하니까 피었을 뿐이다. 맨 아래쪽 가지에는 백목련 계통이, 그리고 위쪽으로 올라가면서 자목련과 노란 빛깔의 꽃들이 활짝, 그야말로 터질 것처럼 만개해 있다. 가끔 바람이 불 때마다 목련나무에서 한두 장의 꽃잎이 떨어져 내릴 뿐, 놀이터에는 아이들 그림자조차 뵈지 않는다.

방금 달리는 목련나무까지 걸어가 진초록의 목련 한 송이를 꺾어온 참이다. 손님이라고는 통 들지 않는 사무실을 지루하게 지키고 앉아서 창밖만 하염없이 바라보다 말고, 달리는 "앗쭈, 요것 봐라" 하고 무릎을 때렸었다. 중간쯤에, 그러니까 자줏빛 무리에 살짝 가려서 눈에 잘 띄지 않는 가지 끄트머리에 초록빛깔이 선명한 목련 한 송이가 폭 파묻혀 있었던 것이다. 아무리 나뭇잎이 돋기 전에 피는 꽃이라지만, 그래도 그렇지, 초록색이라니? 제 존재를 드러내 꽃가루를 멀리 퍼뜨리는 게 존재 이유인 꽃이, 하필 나뭇잎하고 똑같은 색을 지니고 피어나다니 말이다. 달리는 신기한 표정으로 꽃송이를 만지작거리다 말고 다시 창밖으로 눈길을 던진다.

아무려나 햇살은 나른할 만큼 따뜻하고, 바람은 몽롱할 정도로 부드럽게 분다. 꿈에서 자주 보는 그 바다 풍경 같군. 달리는 창밖의 놀이터와 목련나무를 바라보며 중얼거린다.

어젯밤 꿈속에서도 달리는 태초의 바다를 보았다. 깊고, 차고, 한없이 맑은 물이었다. 아니, 붉거나 푸른 빛깔의 물질들이 온통 뒤섞여 있는 것도 같았다. 태양은 지루하게 떠서 느릿느릿 호(弧)를 그렸고, 밤에는 달빛으로 가득한 물결이 끝 간 데 없이 흘렀다가 이내 고여들었다. 또 언젠가부터는 가끔씩 번개도 번쩍거리기 시작했다. 그때마다 물은 바람을 머금은 채 속 깊은 배앓이를 해댔다. 후우— 흐읍. 그리고 나면 물속에 아주 조그마한 것이 살아 움직이기 시작했다. 전자현미경으로 들여다봐도 보일까 말까 한 것이. 두 손을 모아 떠 올리자 손바닥의 살갗 위에서 꼬물꼬물 헤엄치는 움직임까지 느껴졌다. 더러는 뭉

치기도 하고 떨어져 나가기도 하면서.

전에도 달리는 몇 번인가 비슷한 꿈을 꾼 적이 있다. 꿈에서 깨고 나면 머리가 묵직하고 혼몽했다. 태평양 한가운데 홀로 떨어져나와 망망대해라도 바라보는 것처럼 아득했다. 그러나 어제의 꿈은 거기서 끝나지 않았다. 물속에서 꼬물대던 놈들이 발꿈치에 '첨벙' 닿자마자, 후우— 흐읍, 스멀스멀, 혈관 속으로 스며들더니 동맥을 타고 온몸으로 퍼져나가기 시작한 것이다. 바닷가에 널브러진 채 숨을 헐떡이는 것 말고는 피할 도리가 없었다. 세균을 배양하는 페트리 접시라도 된 것처럼. 후— 흡, 후— 흡…… 이어 숨 가쁘게 오르내리는 갈비뼈 사이로 하얀 가지가 비집고 나오더니 자라나기 시작했다. 누에를 뚫고 솟아오르는 동충하초처럼.

가슴이 찢어질 것 같은 통증이 치밀었다.

다섯 시 사십 분. 눈을 떴을 때는 희붐한 새벽녘이었다. 언제나 그랬듯이 품속에서 잠든 줄 알았던 유리는 집으로 돌아간 뒤였다. 어제는 그래도 꽤 긴 대화를 나눴다. 어쩌면 이번에는 아침에 함께 눈뜰 수 있을지도 모른다는 예감이 오히려 불길했던 걸까. 아니, 안 해도 될 말을 괜스레 꺼냈던 게 불찰이었는지 모른다. 그래, 그 소릴 기어이 목구멍 속으로 삼켰어야 했는데. 유리가 마음을 연 것처럼 보였다고는 해도, 빌어먹을 소린 무덤까지 들고 가야 되는 거였어. 달리는 테이블 위에 구겨진 채 놓여 있는 피임약 포장지를 보며 중얼거린다. '반드시 사후 7일

이내에 드십시오. 7일 경과 시 매 1일마다 임신 가능성이 8%씩 높아질 수 있습니다.'

 세상에 처음 생명체가 생겨서 꼬물거렸을 걸 상상하면 온몸이 마구 흥분돼. 지금도 니가 뿜어놓은 정자들이 내 자궁관 속에서 꼬리를 물고 헤엄칠 걸 생각하면 온몸이 다 근질거리는걸.

 어젯밤, 유리가 귀에다 대고 입술을 오물거리는 동안 귓바퀴 사이로 바람이 꼬물꼬물 움직였다. 그 바람에 달리는 어깨를 잔뜩 움츠린 채 긴장을 풀어버렸다. 귀로 들어야 할지 살갗으로 느껴야 할지 알 수 없는 유리의 새살거림은 계속 이어졌다.

 20세기에 화학자들이 원시 지구에 존재했을 가능성이 있는 물질들을 플라스크에 넣고 실험을 했대. 자외선을 쏘여주고 전기 방전을 주기적으로 일으키니까 몇 주 후에 플라스크에 복잡한 구조를 지닌 분자들이 생겨났다는 거야. ……단백질, 그러니까 그것들이 우연히 만나기를 수억 년이나 반복하면서 생명체를 구성하는 유전자가 생겼다는 거지. 우리 몸도 사실은 그것들이 만나고 헤어지기를 거듭하다가 생긴 세포핵의 창고에 불과한 셈이고. ……그 오래전에 생긴 유전자가 언제는 어류의 몸속에, 또 언젠가는 파충류의 몸속에 살아 있다가, 지금은 우리 몸속에서 우글거리게 되었다는 게, 난 좀체 믿기질 않아. ……졸라 끈질긴 놈들.

 ……

 유전자에 관한 얘기라면 신입 사원 연수 때부터 귀에 딱지가 앉도록 들어온 거였다. 하지만 제법 논리적인 어법을 좋아하는 유리의 성격대로라면 그제야 본론이 시작될 거라는 걸 달리는 잘 알고 있었다.

생각해봐. 오스트랄로피테쿠스 이래로 인류가 이백만 년을 살았으니까, 모두가 스물다섯 살에 애를 낳았다고 가정하면, …… 인류만 따져봐도 우리 직계 조상은 모두 팔만 쌍이나 되는 거야. 설날 아침 차례상에 팔만 개의 위패가 일렬횡대로 놓여 있는 걸 상상해본 적 있어?

언젠가 달리는 운석(隕石)에서 시작된 얘기가 공룡의 탄생과 멸종으로 이어지는 긴 역사를 들어야 했고, 또 언젠가는 바퀴벌레가 고생대 석탄기부터 지금껏 진화도 하지 않고 번성하게 된 내력을 시시콜콜 듣고 있어야 했다. 하지만 두어 시간이나 계속된 얘기의 피날레는 늘 개미였다. 유리는 개미를 주제로 석사학위 논문을 준비 중인 대학원생이니까. 학위 과정에 있는 학생은 세상 모든 것이 자신의 논문을 위해 존재한다고 착각을 하게 마련인데, 그녀 역시 예외는 아니었다. 달리가 고개를 가로젓는 동안 유리의 머리카락에서 향긋한 냄새가 풍겼다. 이 페로몬이 내게서 성욕을 유발했던 걸까, 달리는 코를 벌름거리며 생각했다.

어렸을 때 이모 고향에 따라갔다가 본 적이 있어. 친척들이 둘러서서 모모학생부군신위라고 씌어진 종이에 넙죽넙죽 절하는 모습을. ……그러면서 갑자기 이런 생각이 드는 거야. 팔만 쌍이나 되는 내 조상 중에 섹스도 한번 못해보고 죽은 사람은 단 한 명도 없겠구나 하고. 이삼십 년 전만 해도 그 짓 말고 종족을 번식시킬 수 있는 방법은 거의 없었으니까.

……그, 글쎄, ……?

나한테……는, ……아빠가 없다는 얘기 한 적 없었지? 난 엄마하고 이모하고, 그렇게 살았어. 셋이서만. 어릴 때는 한 침대에서 같이 잔 적도 많았지. 어떤 날은 엄마하고 이모하고 그 짓을 하는 동안 멀뚱히 떨어져 앉아서 손가락만 빨고 있었어. 바보같이, 입양이 돼도 참, ……재수가 더럽게 없었던 거야. 그러다가 열 살 때던가, 인터넷에서 남녀가 섹스하는 장면을 처음 다운 받아서 보았거든. 그때 내가 그걸 들여다보고 어쨌는 줄 알아? ……엉엉 울었어. 걷잡을 수 없게 눈물이 쏟아지는 거야, 줄줄. ……산다는 건, 너무 끔찍하고 지겨워!

달리는 유리를 바싹 끌어당겨서 안아주었다. 그런 아픔이라면 달리도 충분히 이해하고 있다고 생각했다. 아니, 유리의 등을 토닥거려주면서 오히려 쾌재를 부르고 싶었다. 드디어 자신의 태생에 대해서도 이해해줄 여자를 찾아낸 것 같았으니까. 그렇지 않아도 며칠 전 어머니가 전화를 걸어 명주 형의 기일(忌日)을 되새겨주는 바람에 계속 찜찜하던 차였다. 올해는 어떻게든 핑계를 대고 빠지고 싶었지만, 그러지 못했다. 늘상 결정적인 순간에서 달리는 머뭇거리기만 했다. 잔뜩 주눅이 든 표정으로. 그래, 어차피 천 명 중에 세 명은 나처럼 태어나는 시대인데 뭐. 그리고, 조금씩 늘어나는 추세라잖아. 어쩌면, 25세기쯤엔 천 명 중에 한 삼백 명 정도가 나처럼 태어나게 되는지도 몰라.

그래도 그렇지, 그 소린 하지 말았어야 했어, 씨발. 달리는 테이블 위에 놓인 초록색 목련을 움켜쥐며 소리를 지른다.

쉰을 좀 넘겼을까 싶은 아주머니 한 명이 한참 동안 밖에서 기웃기웃 살피기만 하더니, 용기를 냈는지 문을 열고 들어온다. 오늘의 첫 손님이다. 그러나 달리가 일어나 인사를 하려는 찰나 테이블이 웅웅웅 진동한다. 순간적으로 유리의 전화다 싶었지만, PDA 액정에는 어머니의 얼굴이 떠오른다. 달리는 아주머니에게 무척 죄송하다는 표정을 짓고 나서 옆에 있는 의자를 조금 밀어준다. 아흔 가까운 나이를 감출 수는 없지만, 그래도 어머니는 꽤 건강한 모습이다. 옆에는 아버지도 앉아 있는 것 같다. 검정색 뿔테 안경과 희끗한 머리카락이 액정 화면 모서리에 슬쩍슬쩍 보였다가 사라지곤 한다.

명주야! 오늘, 형한테 가는 날인 거, 잊지는 않았지?

안부도 묻기 전에 어머니는 용건부터 꺼낸다. 달리는 아주머니 쪽으로 고개를 살짝 숙여 미안한 표정을 보이고 나서 PDA를 들고 한길로 나선다. 잊었을 리가 있는가. 벌써 며칠 전부터 치통처럼 한쪽 머리를 쿡쿡 쑤셔대고 있는 골칫거린데.

예, ······그런데, 그게 좀······

몇 시까지 나올 수 있니? 평일이니까, 아무래도 좀 늦겠지?
달리는 후— 길게 한숨을 내쉰다. 어머니의 눈빛을 마주 대할 때면 거부할 수 없는 묘한 분위기에 엉켜들곤 한다. 어쩌면 부모님은 일 년 내내 오늘만 기다리며 사는지도 모른다. 달리가 머뭇거리며 딴청을 부리자 어머니는 또 한 번 선수를 치고 나온다.
다섯 시에 마치지? 그럼, 여섯 시까진 충분하겠구나.
예, 그런데, 그……
입구에서 기다리고 있으마. 늦지 않도록 해라. 참, 차림새 신경 써서 하구 나오너라. 작년처럼, 또……
어머니는 말끝을 흐린 채 뿌연 액정 뒤로 사라진다. 작년에 달리는 붉은색 계열의 캐주얼복에 등산화를 신고 갔었다. 어머니는 지금껏 그게 못마땅한 것이다. 달리는 놀이터 가장자리에 있는 그네를 망연히 쳐다보다가 돌아선다. 사무실 유리창에는 아직까지 광섬유 전광판에 불이 들어와 있다. '복제 전문점 키스 캠벨* 신촌점, 당신의 사랑을 더 오래 간직하세요.' 노랑, 빨강, 그리고 보라색 불빛이 반짝거리고 지나간다. 왼쪽에서 오른쪽, 혹은 오른쪽에서 왼쪽, 깜빡깜빡, 차르르르, 배경이 움직이고, 글자들이 움직이고, 깜찍한 쌍둥이 마스코트가 사이사이 등장해서 춤을 춘다. 사랑을 더 오래 간직하세요? 창 너머 사무실 안에서 아주머니가 달리를 넘겨다보고 있다. 애간장이 마른다

---

* 키스 캠벨: 영국의 유전공학자. 1996년 영국 로슬린 연구소에서 이안 윌머트 박사와 함께 성장한 양을 최초로 복제시키는 데 성공, 돌리를 탄생시켰다.

는 표정으로.

그 위원회에서 허락을 받기만 하면 된다는 거죠?

달리는 고개를 끄덕거린다. 희망에 찬 표정을 지어주고 싶지만, 잘 되지 않는다. 그렇게 한다고 희망이 생기지 않는다는 것을 잘 알기 때문이다. 아니, 어쩌면 불행스러운 기억들만 유전될는지도 모른다.

벼랑에서 차가 굴렀는데, 용케 아주머니는 차에서 튕겨나와 약간의 골절상만 입었다. 남편은 즉사했고, 아들은 식물인간인 채로 한 달이나 병원에 누워 있다. 아들이라도 살아나기를 바랐는데, 어제 회진을 돌던 의사가 그만 마음의 준비를 하는 게 좋겠다고 목소리를 낮춰 말했다. 아주머니는 세상을 전부 잃은 표정으로 중얼거린다. 아들마저 죽는다면 나도 따라갈 수밖에 없어요. 어처구니없는 일이지만 이런 손님은 잊을 만하면 한 번씩 찾아오곤 했다. 인간복제는 본사에서만 접수를 받고, 그나마 '인간복제윤리위원회'의 엄격한 심사를 통과해야 한다. 달리가 근무하는 지점은 그저 애완동물이나 복제해주는 곳이다. 근처에 동물병원이 여러 곳 있어서 제법 목이 좋았지만, 그나마도 하루 두어 건 정도의 일거리를 위해 온종일 턱을 괴고 앉아 있어야 했다. 달리는 본사에 근무하는 입사 동기생의 연락처를 적어 아주머니에게 건네준다.

근데, 그게, ······정말 잘될까요? 똑같이. ······탈이 생기는 건 아니지요?

아주머니가 문을 열고 나가다 말고 고개를 돌리고 묻는다.

물론이죠. 대표적인 성공 사례가 여기 있잖아요, 후훗.

달리가 엄지손가락으로 자신을 가리키자 아주머니는 함빡 핀 목련꽃처럼 웃어 보인 뒤에 문을 닫는다. 그럼! 내가 생각해도 빠지기야 잘 빠졌지. 혼자 남은 달리는 액자 유리에 자신의 모습을 비춰 보이며 간만에 입꼬리를 추켜올린다. 액자 속에는 살바도르 달리의「나르시스의 변모」가 떠 있다. 달리는 벌써 육 개월 가까이 이 그림을 액자에 띄워놓고 있었다. 온몸을 구부리고 앉은 나르시스와 같은 모양을 하고 있는 죽음의 손가락, 알을 깨고 피어오른 꽃송이와 개미 떼. 유리가 맨 처음 사무실로 뛰어들어와 은행나무를 주문했던 날, 그녀는 문을 나서다 말고 발길을 돌려 한참이나 그림을 들여다보았었다. 나르시스가 얼굴을 비춰 보이고 있는 물속으로 풍덩 들어가버릴 것처럼.

피가 뚝뚝 떨어지는 푸들 한 마리를 안고 유리가 뛰어들어온 것은 지난가을의 햇살 좋은 오후였다. 유리의 하얀색 원피스는 강아지한테서 흘러나온 피로 온통 벌겋게 물들어 있었다. 다짜고짜 달리의 팔에 강아지를 안겨준 뒤에 그녀는 피범벅이 된 손으로 체세포 적출기부터 가리켰다. 달리의 감색 체크무늬 티셔츠까지 벌겋게 피 칠갑을 시켜놓은 강아지는 이미 절명한 상태였다. 뭔가 둔중한 흉기로 맞았던지 내장은 흉하게 파열되어 있었고, 뒷다리는 여러 군데가 바스러져 있었다. 달리는 그녀에게 소파를 가리키며 편히 앉아 있으라고, 똑같이 생긴 놈으로 다시 태어날 수 있을 거라고, 내가 밥 먹고 하는 일이 바로 그거라고 너스레를 떨었다. 그리고 나서 강아지의 젖샘 세포와 난소 부근 등 비교적 깨끗한 조직으로 열 군데를 적출해 급속 냉동기에 옮겨 넣었다. 강아지의 사체는 특별히 일회용 얼음 상자에 넣어서 소파에 쭈그리고 앉아 있는 유리의 앞쪽으로 밀어주었다. 그제야 그녀는 뒤늦은 눈물을 주르륵 흘렸다.

그때까지만 해도 유리는 다른 손님들과 별다를 것이 없는 여자였다. 새카만 눈망울이며, 꽤나 도도해 보이는 인상 뒤에 숨어 있는 묘한 매력이 달리의 심중을 움직여놓았던 걸 제외한다면 말이다. 아무튼 달리는 최대의 친절을 베풀어 사무실 뒤쪽에 붙어 있는 방 욕실에서 피로 얼룩진 몸을 씻고, 새 옷으로 갈아입을 수 있도록 배려해주었다. 그러고 나서 사무실로 나와 계약서를 쓰도록 했는데, 그때 그 여자는 눈도 깜짝하지 않고 말했었다. 우리 도라를 은행나무로 태어나게 해주세요, 하고. ……예? 저기 서 있는 저 목련나무 같은, ……나무 말인가요? 달리는 눈을 동그랗게 뜨고 되묻지 않을 수 없었다. 아뇨. 목련나무가 아니라, 은행나무 말예요. 그녀는 더욱 단호하게 말했다. 가운데가 이렇게 들어가고, 하트 모양 비슷하게 생긴 이파리가 달리는 나무요. ……죽어가면서, 도라가 그렇게 말한걸요. 은행나무로 태어나고 싶다고.

달리는 하마터면 쿡쿡쿡 소리 내서 웃을 뻔했다. 여기는 마술을 보여주는 카페가 아니구요, 동물을 복제해주는 곳입니다. 달리는 테이블 위에 올려져 있는 돌리 인형의 배를 꾹꾹 눌러대며 말했다. 돌리 인형이 메에에에— 우는 동안, 유리는 사무실 여기저기를 휘둘러보았다. 언젠가 뉴스에서 봤는데, 동물 유전자를 식물 세포에 섞어 넣을 수도 있다던데…… 키스 캠벨 복제사에 입사해서 일 년 넘게 이 사무실을 지키고 있었지만, 강아지를 은행나무로 만들어달라는 여자는 처음이었다. 게다가 죽어가면서 은행나무로 태어나고 싶다고 강아지가 말을 했다니. 물론 이론상으로 동물 유전자를 식물 세포에 삽입시키는 것이 아주 불가능한 얘기는 아니었다. 비용이 예상할 수 없을 정도로 많이 들어간다는 문제점을 빼고는.

못하시겠으면 아까 체세포 적출하신 거 저한테 주세요. 본사로 가볼 테니까. 의기소침한 표정이던 유리가 갑자기 얼굴을 들어 달리를 빤히 쳐다보며 말했다. 달리는 잠깐 동안 그녀의 눈동자를 쳐다보고 있다가 계약서를 테이블 위에 다시 올려놓았다. 본사 얘기가 자존심을 자극했기 때문은 아니었다. 어차피 달리가 하는 일이라는 게 체세포를 적출해서 급랭시킨 뒤에 계약서를 첨부해 본사로 보내는 것이니까. 일이 까다롭고 아니고는 본사에 근무하는 사람들이 고민할 문제지, 달리가 머리 싸맬 일이 결코 아니었다.

그나마 그녀의 요구 조건은 예상보다 무척 간단했다. 우리 도라는요, 비 오는 소리 듣는 걸 좋아했어요. 무척 낭만적이었거든요. 괴상하게도 음악은 파가니니만 좋아했지만. 또 다른 요구

조건은 없느냐고 달리가 묻자 그녀는 고개를 살래살래 저었다. 달리는 복제를 하더라도 기억이나 취향 같은 건 복제가 되지 않는다, 그런 것에 대해 알고 있느냐고 물어보았다. 그녀는 새카만 눈동자를 반짝거려가며 고개를 끄덕끄덕 해보였다. 달리는 계약서에 '청각 신경에 관여하는 염색체 선별 복제 요망'이라고 적은 뒤에 ^^;; 표시를 첨가했다. 본사에서 누군가 본다면, '환장하겠군' 하고 읽을 수 있도록. 식물 세포에 청각이라니. 달리는 유리가 돌아가기 전에, 생태 교란이 생길 수도 있기 때문에 두 종(種) 이상의 유전자가 섞일 때는 번식을 할 수 없도록 법제화되어 있다고 설명해주는 것을 잊지 않았다. 나무가 자라더라도 결코 은행이 열리는 일은 없을 거라고.

일주일 뒤 본사에서 내려온 견적서에는 삼십 년간 키스 캠벨에 근속했을 경우 달리가 받을 수 있는 퇴직금보다도 다섯 배가량이나 많은 금액이 ^^;; 뒤에 적혀 있었다. 달리는 자신의 봉급에서 위약금이 빠져 나가도록 하고 나서, 덕수궁 석조전 앞뜰에 떨어져 있던 은행 알 하나를 주워다가 화분에 묻었다. 그리고 지난 크리스마스 때를 맞춰서 화분을 유리에게 선물했다. 그때까지 그녀는 매주 달리의 사무실에 들러 진행 사항을 문의했고, 돌아가기 전에는 늘 「나르시스의 변모」를 한참 동안 들여다보곤 했다. 아하! 그래서 니가 이름을 달리라고 지었구나? 살바도르 달리의 그림이 너무 좋아서……

살바도르 달리는 태어나기 삼 년 전에 죽은 형의 이름을 고스란히 물려받았어. 자기는 죽은 살바도르 형이 아니라, 살아 있는 동생인데도 말이지. 그래서 그의 이름만 들으면 괜히 연민이 들고 안타까워. 남 얘기 같지도 않고. 달리는 아이폰Eyephone을 쓰고 인터넷에 들어가 살바도르 달리의 그림들을 훑어보며 중얼거린다. 그리고 참 오랜만에 「기억의 영속」을 다운받아 액자 위에 띄워본다. 개미 떼가 이번엔 시계로 몰려들었군. 세상은 죽은 것처럼 적막해 보이고, 시계는 축축 늘어졌어. 섹스가 끝난 뒤의 할 일 없는 페니스처럼.

달리는 지하철 12호선 용산3역을 빠져나온다. 다섯 시 사십 분. 이십 분이나 빨리 도착했는데도 멀리 용산 제2가족공원 입구 벤치에 부모님이 정물화처럼 앉아 있는 게 보인다. 어쩌면 아까 전화를 했던 위치가 바로 저기일지도 몰라, 생각하니 달리는 사는 게 끔찍해진다. 달리가 부모님에게로 걸어간다면,

부모님은 아들의 환생을 당연하게 받아들인다. 그래, 넌 충분히 그러고도 남을 놈이야. 우리가 애태우는 걸 한번 보고 싶어서 장난질을 쳐본 거지? 넌 어릴 때부터 우릴 자주 깜짝깜짝 놀래키곤 했으니까, 하하하. 아버지는 장성해서 돌아온 아들의 뒤통수를 어루만지며 공원이 떠나가라 웃는다. 그러믄요, 우리 명주는 열두 살에 벌써 4개 국어를 말했잖아요? 그리고 서울대 교수도 못 풀던 수학 문제를 풀었던 게, ……그래요, 열세 살 때였어요. 그 학교에서 입학 초청장까지 받았었잖아요, 왜. 결국

엔 MIT로 결정을 했지만요. 내 자식이지만, 참…… 어머니는 훌쩍 커버린 아들이 대견스러워 코를 만졌다 귀를 만졌다 어쩔 줄을 모른다. 하지만,

달리는 그런 과잉 반응을 보이는 게 차라리 인간적일 것 같다. 작년만 해도 부모님은 달리를 보자마자 말없이 발걸음부터 돌렸었다. 그러곤 예전에 미군 부대가 있었다던 공원 깊숙한 납골 묘역까지 걸어가면서 단 한 마디도 말을 건네지 않았다. 아니, 두 분이 교대로 한숨을 폭, 폭 내쉬던 걸 곁눈질했던 게 어제 일처럼 생생하다. 부모님은 '망자수재명주지령(亡子秀才明周之靈)'이라 씌어진 위패와 열네 살에서 멎어버린 사진 속의 명주 앞에 달리를 꿇어앉혀놓고는 움푹한 눈자위를 두루마기 옷고름으로 꾹꾹 눌러주었다. 향을 사르고, 잔을 올리고, 두 번씩 절하고, 마지막으로 머리 숙여 깊이 읍할 때까지. 달리는 사진 속의 명주보다 두 배를 더 살았지만 여전히 어린 형이 더 어른스러워 보였다. 아니, 자신의 나이는 그 사진 속 열네 살에서 아주 정지해버렸다고 느낀다. 더 나이를 먹는다는 건, 어쩌면 역사를 거스르는 일 같았으므로.

달리는 방금 전에 나왔던 지하철역 입구로 들어가 커다란 기둥 옆에 쭈그리고 앉는다. 그리고 PDA 플립을 열어 유리에게 전화를 건다. PDA 액정은 열심히 전파를 날리고 있다는 표시를 연신 보여준다. 아주 충실한 심복처럼. 그러나 곧이어 액정 위에는 늘상 보았던 화면이 떠오른다. 방금 샤워를 마치고 나온

것처럼 머리에 타월을 두르고 있는 유리의 모습은 언제나처럼 섹시하다. 정색을 한 표정으로 "어! 샤워 중인데 전화 주심 어떡해요?" 하더니 이내 까르르 웃어댄다. 그러고는 돌연 표독스러운 표정으로 바꾸고, "저 지금 무쟈게 바쁘니까 담에 전화해요. 알았져?" 한다. 달리가 사랑을 고백하겠다고 결심했던 지난 정초에는 무려 다섯 시간 동안이나 그렇게 샤워를 했었다. 어! 샤워 중인데 전화 주심 어떡해요? 까르르. 저 지금 무쟈게 바쁘니까……, 어! 샤워 중인데, 까르르, 어! 샤워 중, 어! 어! ……

검푸른 이내가 깔리고 있는 용산 제2가족공원 입구에는 아흔 가량 되었을 노부부가 벤치에 앉아 누군가를 기다리고 있다. 그 광경은 차라리 하나의 정사진처럼 고즈넉하다. 검정색 정장 차림의 남자는 지하철역 계단을 오르다 말고 질린 듯 걸음을 멈춘다. 벌써 네번째다. 그 계단을 다시 올라온 것이.

*

분명 벨로시랩터였는데, 누군가 비둘기라고 우기며 유리의 뒷덜미를 낚아챘다. 하필이면 기사들이 주변에 한 명도 없을 때였다. 다이아몬드검으로 후려쳐보았지만 놈은 제법 날쌘 구석이 있었다. 어느새 뒤쪽으로 돌아들었던지 청동검으로 어깻죽지를 가격하는 바람에 유리는 죽은 벨로시랩터 옆에 쓰러지고 말았다. 한 번도 본 적이 없는 놈이었다. 하지만 검정색 망토를 입은 데다 가슴에 태극 문장을 달고 있는 것으로 봐선 제사장이 분명해 보였다. 버릇없는 놈, 성주에게 대들다니. 유리는 목에 매달린 PDA를 움켜쥐고, 얼마 전에 새로 구입한 번개를 사용해 볼 작정이었다. 그런데,

아, 으윽!

유리는 팔을 뒤로 꺾인 채 제사장 두 놈에게 질질 끌려가 전갈이 우글거리는 지하 감옥에 처박혔다. 이놈들이 국경을 어떻게 넘은 거지? 돌아가면 기사 놈들부터 족쳐야겠군. 그러나 우선은 감옥에서 탈출하는 것이 급선무였다. PDA마저 놈들에게 빼앗긴 터라, 사용할 수 있는 무기는 아무것도 없었다. 구석으로 몸을 피했지만, 전갈들은 끊임없이 몰려들어 발목 언저리를 떠나지 않았다. 유리는 한껏 몸을 움츠린 채 죽은 시늉을 하고 있었다.

……

바닥에서는 제법 냉랭한 기운이 올라오고 있다. 몇 시쯤 되었을까? 아, 아으! 어깻죽지와 팔목에 통증이 느껴져 운신을 할 수 없다. 유리는 가만히 눈만 떠본다.

자정 무렵의 경찰서는 한국민속촌의 20세기 초 오일장을 재연하는 장소만큼 떠들썩하다. 유리가 누워 있는 길쭉한 나무 의자 맞은편에는 고등학생쯤으로 보이는 녀석 둘이 실랑이를 벌이고 있다. 한 녀석은 입에서, 다른 녀석은 코에서 피가 흐른다.

두 녀석은 술을 얼마나 퍼마셨던지 혀와 다리가 완전히 풀려 있다. 검정색 정복을 입은 경찰관이 달려와 두 녀석을 의자 밑 맨바닥에 꿇어앉힌다. 그 와중에 유리 앞에 떨어져 있던 치즈 조각이 경찰관의 구두에 밟힌다. 치즈 조각에 몰려 있던 개미들은 폭격 맞은 난민들처럼 흩어진다. 개미의 외분비샘에서 분비된 페로몬으로 그려졌던 냄새길은 심하게 교란되었을 것이다. 개미? 느닷없이 달리의 사무실에 걸려 있는 「나르시스의 변모」가 떠오른다. 그는 어제 오후 납골 묘역에 갔을까, 가지 않았을까? 유리는 문득 그가 보고 싶어진다.

이제 정신이 좀 들어요?

유리는 의자에서 몸을 일으키다가 한쪽 손목이 수갑에 채워진 채 의자 다리에 걸려 있는 것을 확인한다. 여자 경관 한 명이 다가와 수갑을 풀어준다. 손목에는 도넛 모양의 파란색 멍이 둘려 있다.

미안해요. 우린 마약 중독자인 줄 알았어요. 증세가 아주 비슷했거든요. ……어디 아픈 데는 없어요?

온몸이 뻑적지근했지만, 유리는 고개를 조금 끄덕여준다. 그리고 경관을 따라 긴 복도를 걸어가 끝에 붙어 있는 작은 방으로 들어간다. 그곳에는 목숨만큼 소중한 유리의 PDA와, 생경한 비둘기 두 마리가 뻣뻣하게 굳은 모양새로 보관되어 있다. 유리는 PDA부터 목에 걸고 나서 비둘기를 내려다본다. 날갯죽지와 가슴 부위에 피가 엉켜 있다.

혹시, 기억나요? …… 시민들의 제보가 있었어요. 어떤 실성한, ……미안합니다, 여자가 종로 거리에서 몽둥이로 비둘기를 때려잡고 있다고.

자기가 말하고 나서도 황당했는지, 여자 경관은 큭큭큭 웃음을 흘린다. 유리로서는 참, 알 수 없는 일이다. 아니, 이런 알 수 없는 일이 자꾸만, 더 자주 생기고 있다는 사실만 머릿속에 떠올라 오래도록 맴돈다.

세상에, 비둘기를 벨로시랩터―그거 백악기 시대 공룡 이름 맞죠?―라면서, 잡아야 한다고 몽둥이를―바로 저거예요. 근처 공사장에 비슷한 것들이 더 있더군요―휘두르지 않나, 겨우겨우 여기로 데려왔더니 이번엔 개미 떼를 보고 전갈이라면서 기겁을 하고 도망치질 않나……

경관이 물을 한 컵 따라 주자, 유리는 단숨에 들이켠다. 동생 같아 부담 없어서 해주는 말인데, 로 이어진 경관의 말은 귀에 잘 들어오지 않는다.

유리에게 유전병이 발병한 건 꼭 작년 이맘때였다. 집을 나가 방황을 하다가 새벽녘에야 들어왔고, 손에 경련이 일어 신문이나 책을 떨어뜨리는 일들이 생겼다. 옷을 뚤뚤 뭉쳐 들고는 옷장 속에 들어가 숨어 있기도 했고, 계단 턱에 걸려서 자꾸만 고꾸라졌다. 몇 번인가는 헛것이 보이기도 했다. 의사는 생전 처음 들어보는 병명을 댔다. 부모님 중에 헌팅턴 무도병으로 돌아가신 분 계시죠? 유리로서는 대답할 수 없는 질문이었다. 아뇨,

전 진짜 부모님이 누군지도 모르는걸요. ……아! 맞아요. 그 병에 걸리셔서, 절 더는 키울 수가 없었던 모양이죠? 어쩌면, 그래서 절 버렸나 봐요.

의사는 유전자 치료를 해야 한다면서 일주일에 한 번꼴로 유리를 불러 주사를 놓아댔다. 그렇게 반년 가까이 치료를 받은 뒤에 의사는 그만 와도 좋다고 말했다. 다른 증상들이 많이 호전된 건 사실이었다. 하지만 유리는 아직도, 아니 더 자주, 환각이 보였다. 그맘때쯤 어느 날엔 키우던 애완견이 티라노사우루스로 보이기까지 했다. 그리고 그 공룡 녀석이 앞발을 들고 잡아먹을 것처럼 공격을 하는 통에 아령으로 복부를 후려치지 않을 수 없었다. 정신을 차렸을 땐 이미 도라—유리의 인터넷 별명인 '판도라'에서 따온—가 죽은 뒤였다. 얼마나 아끼고 예뻐해주던, 정말 동생 같은 녀석이었는데. 그날 달리의 복제 전문점에서 도라를 은행나무로 태어나게 해달라고 주문했던 건 순전히 충동적으로 튀어나온 말이었다. 하지만 달리가 정말로 은행 알을 구해다 주리라고는 생각하지도 못했었다. 그 녀석, 보기보단 참 순진한 놈이야. 로맨틱해! 유리는 경관의 눈을 바라보며 속으로 중얼거려본다.

경관은 유리의 담당 의사와 몇 시간 전에 화상으로 통화했던 내용을 보여준다. 그러니까 유리씨가 선생님 병원에서 유전자 치료를 받았었단 말이죠? 담당 의사는 무덤덤한 표정이다. 지난번 서대문경찰서에 끌려갔을 때도 저런 표정이었다. 예, 유전자 치료는 잘 끝났습니다. 환각 증세가 가끔 있다고 호소를 하긴 하는데, 저로서는 이해할 수 없는 일입니다. 제가 썼던 치료 방법은 임상 실험에서 99퍼센트의 효과가 있는 걸로 판명되었거든요. 아, 그러니까 100퍼센트 완벽한 건 아니네요? 생각했던 것보다 경관은 날카로운 데가 있다. 유리는 그녀를 힐끗 쳐다본다. 하하, 의사가 뭐 신은 아니니까요. ……아무튼 지금의 제 소견으로는 유리씨의 증세는 유전병이기보다는 오히려 게임 중독에 의한 환각이 아닌가 싶습니다. 실제로 그녀는 사이버 공간에서의 게임을 자주 즐긴다고 스스로 밝힌 적도 있거든요. ……물론, 정밀 검진을 따로 해봐야 알겠지만……

의사는 유리가 내일 중으로 병원에 찾아온다고 약속한다면, 훈방하는 데 동의할 수 있다고 말한다. 경관은 화상 통화 시스템을 멈추고 나서 유리의 얼굴을 쳐다본다. 유리로서는 약속해주지 않을 이유가 없다. 어쨌든 이 시장통 같은, 아니 지하 감옥 같은 곳에서 빨리 벗어나고 싶으니까.

자동 항법 안전 구역인데도 이모는 운전대를 붙잡은 채 잔뜩 긴장한 표정이다. 이모는 엄마에 비해 훨씬 섬세하고 여린 구석이 있다. 엄마와 같이 움직일 땐 늘 보조석에 앉는 것이 당연하다고 생각하는 것 같았는데, 엄마는 하필 뉴욕에 출장 중이다. 이모는 힘을 쓰거나 위험해 보이는 일이 있을 때는 항상 엄마의 눈치부터 살폈고, 자신은 집 안을 꾸미거나 요리를 하면서 조용

조용 지내기를 원했다. 어쨌든 둘 다 여자인데도 그랬다. 유리까지 포함해 세 명의 여자들은 나름의 규칙대로 그동안 참 평안했다. 마치 암컷들만으로도 완벽하게 살아가는 개미 왕국처럼.

경찰서에서 유리를 데려오는 내내 이모는 아무 말도 하지 않는다. 경관에게 죄송하고 고맙습니다, 인사했던 게 전부였다. 내가 동성애자 집에 입양된 걸 재수 없게 생각하는 것처럼 이모도 하필 재수 없는 아이가 걸렸다고 생각할까? 유리는 운전석의 이모를 힐끗 쳐다본다. 그녀는 유리의 논문 지도교수와 동갑이지만 아이를 낳지 않은 탓에 훨씬 젊어 보인다. 살결도 곱고 제법 볼륨 있는 몸매를 아직까지 유지하고 있다.

이화대학교 후문 앞을 지나칠 때 유리의 PDA가 삐삐—삐이 울린다. 징기스칸이 보낸 인터넷 쪽지가 도착했다는 소리다. 그는 유리의 성(城)에서 책사를 맡고 있다. 판도라님 빨랑 와주세욤. 고산족이 해양족하고 협공할 조짐이. ㅠ.ㅠ;; 급해요. 이번엔 진짜 장난 아녜여;;;;; 이참에 유리는 다른 수신 메시지가 더 있는지 확인해본다. 달리가 네 번, 지도교수가 두 번 전화했었다고 발신자를 알려준다. 환각 증세가 있을 때 걸려왔던 모양이다. 이모는 여전히 앞만 바라보고 운전에 열중해 있다. 차는 달리의 사무실이 있는 놀이터 앞쪽으로 진입해 들어간다. 그의 사무실은 불이 꺼진 채 적막하다. 아직 한 시도 채 안 되었는데 벌써 잠자리에 들었을 리도 없고…… 유리는 고개를 갸웃거리며 멀어지는 그의 사무실을 힐끗힐끗 돌아본다. 오늘 같은 상황만 아니라면 유리는 이모에게 차에서 내려달라고 했을 거였다. 언젠가 이모도 "니 남자 친구 제법 쓸만해 뵈더라" 하며 웃은 적이 있었다.

아파트 주차장에 차가 들어설 때 징기스칸이 보낸 메시지가 또 도착한다. 좀더 급박한 척, 땀 흘리는 이모티콘이 길쭉하게 이어져 있다. 유리는 아예 PDA 전원을 꺼버린다. 어젯밤에도 비슷한 메시지가 들어왔다. 가뜩이나 달리와 함께 잠들 때는 그 사이에 혹시라도 환각 증세가 찾아올까 봐 잔뜩 긴장이 되었는데, 어제는 왠지 예감마저 좋지 않았다. 때마침 징기스칸이 메시지를 보내는 바람에 유리는 집으로 돌아가 인터넷에 접속을 했었다. 하지만 성은 멀쩡했다. 침투의 조짐조차 없었고, 척후병들은 모두 모르는 일이라고 보고를 올렸다. 그제야 징기스칸은 귓속말로 끈적끈적한 농담을 늘어놓았다. 사이버 공간에서만 볼 게 아니고 호텔에서도 한번 만나자는 둥, 자기가 강남에선 화력 좋은 남자로 소문났다는 둥. 유리는 성주의 권한을 사용해 징기스칸을 지하 감옥에 집어넣으려다가 한 번만 꾹 참기로 했었다.

집에 돌아와서야 이모는 유리를 꼭 안아준다. 지금껏 참고 있었던지, 그녀는 눈물까지 글썽거린다. 눈물을 담고 있는 이모의 눈이 꼭 원시의 바다 같아, 유리는 생각한다. 괜찮아요. 별일 없을 거예요. 전 아무렇지도 않은걸요. 오히려 유리가 담담하게 이모의 볼에 흐른 눈물을 닦아주고 등도 토닥거려준다. 이럴 땐 엄마가 있었어야 되는 건데, 그치? 이모는 거실 벽에 걸려 있는 가족사진을 바라본다. 유리가 대학에 입학했을 때 기념으로 찍은. 어찌 보면 터울이 많이 지는 세 자매처럼 보이기도 한다. 엄마는 셋이 모여 가족사진을 볼 때마다 소리 높여 주장하곤 했었다. 엄마가 유(兪)씨고 이모가 이(李)씨니깐, 넌 당연히 유리씨야, 알겠지? 나중에 혹시 결혼해서 애를 낳더라도 그 녀석한테 절대로 아빠 성만 주어서는 안 된다. ……흠, 유, 리, 유리. 내가 지었지만 참 잘 지은 이름, ……아니지, 잘 지은 성이야. ……후훗, 유우리, 내 사랑.

이모는 유리를 침대에 눕히고 나서 불을 끈다. 그러고도 한참을 유리 옆에 서 있다가 문을 열고 거실로 나간다. 누군가에게 기도를 했을 거야, 내 병이 빨리 말끔하게 낫도록 도와달라고. ……산다는 건, 어쩌면 끔찍하고 지겹기만 한 게 아닐지도 몰라. 유리는 어젯밤 달리에게 했던 말을 수정해본다. 그런데 달리는 납골 묘역에 다녀왔을까? 가고 싶지 않다고 체머리를 흔들어대더니.

가끔은, 그럴 수밖에 없었을 거라는 생각이 들기도 해.

어젯밤 달리는 유리의 가슴에 얼굴을 파묻고 나서 말했었다.

우리 부모님은 결혼하고 나서 잉꼬부부로 소문이 자자했을 정도였대. 그런데 참 이상하지? 남들한텐 너무 자주 생겨서 귀찮은 게 아이라는데, 우리 부모님한테는 그게 죽어라고 안 생긴 거야. 게다가 바로 병원에 가봤으면 그나마 좋았을 텐데, 대단한 놈이 태어나려고 애를 태우는구나 생각하고 마냥 기다렸다는 거야. 바보같이, 무려 십 년 동안이나. 우리 부모님은 내가 생각해도 너무 고지식한 게 병이야. ……그제야 부랴부랴 체외수정을 통해 명주 형을 낳았는데, 인간사 새옹지마라고 이번엔 감당하기 어려운 천재가 태어난 거야. 아이큐가 이백이 넘었다지 아마. 해외 토픽에도 두 번인가 다뤄진 적이 있었으니까. 그런데, 그 명주 형이 미국으로 유학 가고 나서 얼마 안 돼 갱들한테 총을 맞았대. ……딱 한 방이었는데, ……하필 심장을 건드렸나 봐.

달리는 그 얘기를 하고 나서 한숨을 후— 내쉬었다. 그 바람이 유리의 가슴과 명치께를 따뜻하게 감싸고 지나갔다. 느닷없고 어처구니없게도, 어쩌면 이런 게 사랑일지도 몰라, 유리는 그런 생각이 들었다.

명주 형의 유전자를 살리려고 아버진 당신의 모든 걸 버려야 했어. 삼십칠 년간 근무하면서 모았던 공무원 봉급, 일 년 남았던 명예퇴직까지 포기하고 앞당겨서 받은 퇴직금, 게다가 다섯 번 이사 다니면서 조금씩 불린 사십칠 평짜리 아파트. 그것들 전부하고 나하고 바꾼 거야. ……하긴, 돈만 들어간 것도 아니지. 몇 달이나 재판을 받아야 했다니까. 그땐 지금처럼 복제를 하는 게 수월하지도 않았던 모양이야. 후훗, 그러니까 난 법무장관의 허가를 받고 태어난 셈이야, ……남들은 삼신할미가 점지를 해준다는데.

후후, ……난 뭐, 개미가 데려다줬다는걸. 엄마하구 이모는 요즘도 가끔 그렇게 놀리곤 해. 보육원 앞에 누군가 강보에 싸인 나를 버려두고 갔대. ……훗, 완전히 20세기 신파극 같지 않아? 근데, 입에 물려뒀던 우유병을 내가 놓쳤던가 봐. 우유병이 떼구르르 굴러갔는데, 거기서 우유가 새 나왔던 모양이야. 근처에 있던 개미들이 모두 쏟아져 나와서 날 환영해줬대. 나는 세상이 떠나가라고 빽빽 울어댔고. ……그러니까, 내가 지금 개미에 푹 빠져 있는 건, 결코 우연히 결정된 게 아닌 거야. …… 하하하, 웃기지 않어? 개미.

달리는 유리를 따라 한참이나 큭큭거리고 웃어댔다. 그러더니, 아주 호기심 어린 표정으로 진지하게 물었다. 넌 어떻게 모든 얘기를 개미로 끝낼 수 있니? 정말 대단하다, 대단해.

아직 깜깜하던 새벽녘, 유리는 잠든 달리를 놔두고 살며시 빠져나오다가 사무실에서 피임약을 꺼내 들고 있는 자신의 모습이 참 생경하게 여겨졌다. 파란색 알약 하나가 생명선과 감정선이 만나는 손바닥 위에 놓여 있었던 것이다. 습관이란 건 참 무서운 거야! 유리는 파란색 알약을 손에 꼭 쥐고 있다가, 집으로 향하는 골목길 어귀에서 놀이터 쪽으로 획, 집어던졌다.

달리의 아주 작은 반쪽들이 아직도 내 뱃속에 살아남아 있을까? 어쩌면 그 녀석들 중에 한 놈은 아주 오랫동안 이어질 세포분열의 역사를 이제 막 시작하려고 할는지도 몰라. 유리는 깜빡깜빡 잠의 영역으로 한 발을 들이민다.

날개를 부러뜨리고 있는 여왕개미. 이제 막 새살림을 차린 그녀는 가운뎃다리와 뒷다리로 자신의 날개를 부러뜨리고 있다. 두 다리 사이에 날개를 집어넣기 위해 여왕개미는 어깨를 잔뜩 구부리고 있는데, 그 자세는 왠지 모를 안타까움을 자아낸다. 까맣게 반짝거리는 두 눈은 어딜 보고 있는 건지, 파르르 떨고 있는 솜털들은……

　유리는 컴퓨터 초기화면을 한참 동안이나 바라보고 있다. 그 위에 띄워놓은 여왕개미의 사진은 작년 봄, 관악산 연주대 아래에서 찍은 것이다. 그 장면을 찍어놓고 얼마나 환호작약했었던지. 지금도 그 순간을 잊을 수 없다. 대부분의 짝짓기 장면들이란 날개 달린 개미들이 바글거리는, 그야말로 통음난무의 현장에 불과했다. 그런데 유리의 사진기에 포착된 여왕개미는 굵직한 둥치 옆에 홀로 떨어져나와, 천지창조라도 하는 양 진지한 포즈를 취하고 있었던 것이다. 이 녀석은 지금쯤 수억 마리 개미들의 엄마가 되었을 테지?

　유리는 평소보다 조금 일찍 잠에서 깼다. 아마도 빗소리 때문인 듯했다. 아파트 단지는 온통 빗줄기 속에 푹 잠겨 있었다. 뭉클뭉클 지나가는 비구름이며, 저 32층 아래 지상으로 떨어져 내리는 빗줄기의 아우성 사이에서 유리는 차라리 말갛게 씻겨지는 느낌이었다. 도저히 깨지 않고는 배길 수 없게 만드는.

　여왕개미를 보다 말고 유리는 아이폰을 쓰고 인터넷에 접속한다. PDA로도 인터넷 접속은 가능했지만 아주 가끔, 접속이

끊기는 게 문제였다. 우주 미아가 된 것처럼 암흑 공간에 홀로 남는 건 유쾌한 경험이 못 된다. 아무래도 징기스칸 녀석의 메일이 걸리는 구석이 좀 있었다. 그렇잖아도 한번쯤은 들러서 새로 영역을 확대한 고산지대 쪽의 방비를 튼튼히 하고, 얼마 전에 생포한 고산족의 디아노닉스(육룡, 육식, 3.3미터)에게도 마법을 걸어 확실한 우리 편으로 세뇌시킬 필요가 있었다. www.dinosaur.cyber.kr 아이디와 비밀번호를 입력하면, 유리의 아바타가 나와서 현재의 상황과 점검해야 할 것들에 대해 브리핑할 것이다. 답지해 있는 쪽지가 굉장히 많다. 그런데 이게, ······ 이게 뭐지? 헉! (징기스칸님)어떻게 된 거예염? ㅠ.ㅠ;; 피댜까지 꺼놓고. 웅;; (바다님)왼쪽 성벽 무너졌음. 후퇴합니다. (공룡성님)징기스칸님을 임시 성주로 임명합니다. ㅠ.ㅠ;; (히틀러님)하하^^ 판도라님, 어딨나요? 투항을 하시는 게^^ ㅎㅎ. (알림)징기스칸님이 전사했습니다. (바다님)쟤네들 티라노가 엄청 쎄졌어염. 급한 대로 동굴의 미로 지역으로 아바타 이동시킵니다. 본성으로 찾아오시길;;; (하얀바람님)나 혼자선 도저히 못 막겠음. 판도라님 마법을 이용해서 빠져나오셈, 저 먼저 ㅜ.ㅜ;; ······, ······어쩌다, 이렇게 된 거지? 대충 훑어본 쪽지들로도 대강 사정은 짐작할 만했다. 유리는 우선 자신의 아바타가 처해 있는 상황을 점검한다.

판도라는 동굴 속 바위 뒤에 은폐되어 있다. 기사 레벨인 바다와 하얀바람이 판도라를 피신시키다가 사정이 급했던지 동굴 속에 감춰두고 본성으로 피한 모양이다. 동굴 밖에는 고산족에서 기른 벨로시랩터(육룡, 육식, 80센티미터) 세 마리와 해양족의 람포링쿠스(익룡, 40센티미터) 두 마리가 자리를 잡고 있다. 그나마 하얀바람이 마법을 걸어 판도라의 냄새를 맡지 못하도록 조처한 건 훌륭했다. 앞으로도 일주일가량은 위치를 들키지 않을 것이다. 그보다는 본성에서 떨어질 징계가 더 무섭다. 판도라가 맡고 있는 해안성은 고산족과 해양족 사이에 위치해, 양쪽 세력을 함께 견제할 목적으로 얼마 전 대대적인 공격으로 확보한 성이었다. 어쨌든 해안성 측의 피해는 엄청났다. 잘 훈련된 벨로시랩터 서른세 마리와 테라노돈(익룡, 40센티미터, 날개 포함 최대 7~8미터) 열다섯 마리를 잃었고, 무엇보다도 취면 중이던 티라노사우루스(육룡, 육식, 15미터) 다섯 마리를 고산족에게 빼앗긴 건 뼈아픈 일이었다. 그놈들을 잡아다가 사육시키느라 얼마나 고생을 했는데…… 은폐되어 있는 판도라 옆으로 벨로시랩터 두 마리가 들락거린다. 늘 보는 모양새지만 정말 끔찍하다. 그런데 가만있자, 여기서 어떻게 탈출을 한다?

아파트 32층에서 바라보는 빗줄기는 지상에서 보는 것과는 또 다른 감동이다. 창밖의 비 오는 모습을 한참 동안 바라보던 여자는 잊고 있던 중요한 일거리를 찾은 듯 화분을 들어다가 창틀에 얹어놓는다. 그 화분에도 한두 방울의 빗방울이 떨어져 들어간다. 방금 그녀는 지도교수로부터 전화를 받았다. 아쉽게도 여자가 계획 중이던 「사령관 개미의 역할에 대한 연구」가 다른 대학에서 이미 발표되었다는 것이다. 교수는 조심스레「개미와 진디의 상관관계에 대한 사례 연구」를 쓰는 게 어떻겠느냐고 조언했다. 여자는 대답을 하지 않고 조용히 전화를 끊었다. 진디는 개미가 노예처럼 기르는 생명체다.

비는 더 세차게 내린다. 여자는 오디오 시스템을 켜고 파가니니의「무반주 카프리스 24곡」을 다운받는다. 파가니니는 빗소리와 어울리면서 훨씬 그로테스크하게 들린다. 여자는 창가로 다가가 비 오는 모습을 내다본다. 앞에서는 빗소리가, 뒤에서는 파가니니가 여자를 행복하게 만든다.

지금 막 빗방울 하나가 창틀의 화분으로 떨어진다. 그 바람에 조그마한 흙덩이 하나가 깨졌는데, 그 사이로 초록 색깔이 어렴풋하게 머리를 내미는 게 보인다. 여자는 화분 속을 뚫어질 듯 들여다보다가, PDA 플립을 열고 누군가에게 전화를 건다. 비는 점점 더 세차게 쏟아진다.

욕망의 수수께끼,
어머니, 어머니, 어머니

Mix-and-Match 2

나는 누구지?
어디서 왔을까?

1

 아이는 아직 돌아오지 않고 있다. 두어 번 미끄럼틀을 내려오고 그네에 엉덩이도 붙여보고 정글짐 철봉을 통통통 두드리다가, 지금쯤 마른 시금치처럼 쭈그리고 앉아 해바라기를 하고 있지 않을까. 그렇지 않으면, 시소 옆 모래밭에 들어가 또 흙장난을 하려나. 아직 흙장난을 하기엔 땅바닥이 덜 풀렸을 텐데. 미란은 싱크대 위쪽으로 난 창을 기웃대며 놀이터 쪽을 바라본다. 까치발을 들었다 놓는 사이, 미란의 시야에는 놀이터 한쪽에 소담스레 핀 백목련만 가득 들어온다.
 2월 중순인데, 햇살이 참 따사롭다. 그러나 봄기운이 완연한 놀이터에는 아이들이 뛰어노는 소리라곤 조금도 들리지 않는다.

아이들은 인터넷에 들어가 공룡이나 중세의 장군, 또는 전설로만 남은 영웅의 분신이 되어 영토 전쟁을 벌이고 있을 테니까. 누군가 이불을 털고 있는지 탁 탁 탁, 파열음만 아파트 단지 안에 울려 퍼진다.

따뜻해! 미란은 눈을 감고 주방 창으로 들어오는 네모난 햇빛의 프레임에 얼굴을 들이민 채 온도를 음미한다. 눈꺼풀 속에서 햇빛은 검붉은, 아니 붉은, ……그렇지, 피의 색이다, 피. 어쩌면 자궁 속에서 느끼는 햇빛은 이런 컬러일지도 몰라. 미란은 언젠가 그림 그릴 때 이 컬러를 캔버스 가득 깔아보자고 작정한다. 그리고 눈을 떴을 때 창틀에 올려뒀던 유리컵이 문득 눈에 들어온다. 뭉텅 잘라서 넣어뒀던 고구마 토막에서 제법 길쭉한 가지가 뻗어 나와 유리컵 턱에 하트 모양의 연두색 이파리를 앙증맞게 올려놓았다. 이 녀석이 이젠 본격적으로 살아날 모양이네? 미란은 엄지손톱만 한 고구마 이파리를 조심스레 만져본다. 일주일 전만 해도 민둥한 고구마 토막이었던 것이 이젠 두 장의 이파리를 내밀고 올라와 제법 생명체 흉내를 낸다. 매끌매끌하고 보송보송한 이파리가 손가락 끝마디로 느껴진다. 어떻게든 살게 마련이야! 암, 그렇구말구.

물을 조금 더 넣어주고 나서 유리컵을 창틀에 올려놓는다. 그런데 이 녀석은 뭘 하느라구 여태 안 들어오지? 다른 아이들처럼 아이폰이나 씌워서 컴퓨터 앞에 앉혀놓을 걸 그랬나? 그림 그리는 건 좀체 성미에 맞지 않는 것 같은데…… 미란은 냉장고에 붙어 있는 액정 화면을 쳐다보다 말고 식탁에 앉아 양파 껍질을 벗기기 시작한다. 액정 화면에는 아날로그시계가 디지털 방식으로 돌며 오후 1시 39분을 가리키고 있다.

놀이터에 나가기 전에 아이는 볶음밥이 먹고 싶다고 시무룩하게 말했었다. 감자랑, 당근이랑, 버섯이랑 들어간 거. 이제 겨우 일곱 살 먹은 아이의 얼굴에는 세상을 다 잃은 것 같은 근심으로 가득했다. 못 나가게 말렸어야 했나? 아니, 아니야! 설마, ……못 들었을 거야. 미란은 머리를 절레절레 흔들고 나서 양파 껍질을 벗긴다. 아이는 양파 먹는 걸 죽는 것보다 더 싫어하기 때문에 최대한 잘게 썰어서 볶음밥에 넣어야 했다. 미란은 냉장고에 붙어 있는 인터넷 창에서 '간단히 준비하는 요리 재료'나 '어린이 요리 신속 배달' 등의 아이콘을 손가락으로 눌렀다가 이내 창을 닫아버렸다. '엄마의 정성이 들어간 요리를……' 냉장고 귀퉁이에는 언젠가 미란이 적어둔 노란색 메모지가 붙어 있다.

그런데 그만, 눈물이 핑 돌고 만다. 얇게 잘린 양파의 횡단면들을 쌓아놓고 잘게 썰려는 찰나. 양파의 매운 냄새 때문만은 아니었다. 양파의 동심원이 점점 작아지다가 중간쯤에서 데칼코마니처럼 갈라져 두 개의 반원으로 나뉘었지만, 그마저도 결국엔 허무하게 사라지고 만 모양 때문이었다. 늘 보아왔던 모양새도 때때로 사람 속을 이렇게 후벼 판다. 가슴 깊이 침잠해 있던 무언가를 휘저어서 온통 부옇게 만들고 마는. 미란은 아랫배에 손을 얹고 몇 번 쓰다듬어준다. 그러는 사이 햇빛이 눈물 속에서 그렁그렁 흔들린다.

아이가 곁에 있었다는 걸 눈치 챈 건 친구와의 화상 통화가 끝나갈 무렵이었다. 친구가 얼마 전 대학로에서 퍼포먼스를 한 대학 동기에 대한 소식을 전하면서 이야기는 자못 진지해졌다. 친구는 그가 마로니에공원 한가운데 15미터 높이의 직육면 틀을 세워놓고 페인트를 뒤집어쓴 뒤 그 사이로 다이빙을 했다고 전했다. 물론 그 길쭉한 틀 사이사이에는 컴퓨터로 정밀 계산된 숫자만큼 촘촘하게 얇은 종이를 끼워놓았기 때문에 그는 한 군데도 다치지 않았다. 땅바닥 쪽의 종이 대여섯 장이 찢어지지 않고 남았기 때문에 성공이다, 아니다, 의견이 분분했던 이 퍼포먼스의 제목이 「한 번만 더 날자꾸나」였다고, 그 녀석 예나 지금이나 생각하는 게 웃기지 않냐며 친구는 너스레를 떨었다. 그러고 나서 친구는 이제 고삐리들 레슨은 그만두고 제대로 붓을 잡아야 되지 않냐고 넌지시 미란을 떠보기 시작했다. 대체로 이야기는 그런, 아주 사소한 이야기로 진행되었다.

그러나 미란은 아이의 눈동자를 바라보는 순간, 그 사람, 발 끊은 지 오래됐어. 입양한 아이한테는 죽어도 정이 안 간대라는, 아니 그 비슷한 말만 머릿속에서 되살아나 울렸다. 정작 그 얘긴 미란이 더는 하기 싫다며 말을 잘랐기 때문에 몇 마디 주고받지도 않았었다. 그런데 언제부터 거기 있었는지, 아이가 방문 앞에 서 있었다. 상기된 얼굴로, 멀뚱멀뚱 미란을 바라보며.

어쩌면 그 표정 속에는 듣지 말았어야 할 말을 들어버린 낭패감 같은 게 담겨 있었을지도 모른다. 너, 거기…… 언제부터 서 있었니? 응, 언제부터……? 아이는 화장실로 들어가며 그냥, 방금, ……쪼금 전에, 그런데 왜에? 하고 물었다.
 그래! 그 얘긴 못 들었겠지. 설마……
 그런데, 아이는 아직 돌아오지 않고 있다. 이제 햇빛은 식탁을 벗어나 냉장고 문으로 가서 제 영역을 표시하고 있다. 그 바람에 액정 화면의 시계가 잘 보이지 않는다. 미란은 부지런히 감자와 당근을 썰어 프라이팬에 넣고 볶기 시작한다. 양송이도 얇게 썰어 넣고 올리브유를 듬뿍 넣은 뒤 나무 주걱으로 골고루 뒤적여준다. 제법 고소한 냄새가 코를 간질인다. 그때를 놓치지 않고 미란은 잘게 썬 양파를 듬뿍 집어넣는다. 매운 냄새와 뿌연 수증기가 와락 올라와 미란은 고개를 외로 튼 채 몇 번 더 뒤적인다. 다시 고소한 냄새가 은은하게 퍼진다.
 이 정도면 두 사람이 충분히 먹을 수 있겠지. 미란은 야채와 흰밥이 고루 섞인 볶음밥을 큰 그릇에 담은 뒤에 냉장고 문을 연다. 케첩이 아직 남아 있을…… 그러나, 냉장고 문을 연 채로 미란은 안쪽을 물끄러미 들여다본다. 냉장고 안에는 밀폐 용기에 담겨 있는 또 다른 볶음밥이 놓여 있다. 치즈가 얹혀 있는 볶음밥에는 토마토케첩으로 그린 하트 모양까지 선명하다. 미란은 새로 만든 볶음밥을 밀폐 용기에 담아 냉장고에 넣고, 언제 만든 건지 기억도 없는 볶음밥을 꺼내 들고 물끄러미 내려다본다.

전자레인지에 돌리고 나니 볶음밥 위에 얹힌 치즈며 케첩이 녹아서 반짝반짝 윤이 난다. 물론, 토마토케첩으로 그린 하트는 찌그러져서 이상한 모양이 되었지만. 미란은 밀폐 용기에 담겨 있는 볶음밥을 한 숟가락 떠서 먹어본다. ……이런 것도 신맛 일까? 그러고 보니 냉장고에서 처음 꺼냈을 때 밀폐 용기 귀퉁이 쪽으로 드문드문 곰팡이가 핀 걸 본 것도 같다. 곰팡이. 미란은 혀를 굴려 발음해본다. 곰, 팡, 이. 그러는 동안 시큼한, 침이 고인다. 저 춥고 숨 막히는 공간에서 어떻게 곰팡이가 생겼지?

미란은 볶음밥을 음식물 처리용 쓰레기통에 쏟아 붓고 나서 거실을 왔다 갔다 서성댄다. 이제 거실엔 햇빛의 네모난 프레임이 사라지고 없다. 바람에 날린 벚꽃 잎 몇 장이 반짝이며 어디론가 날아가는 게 창으로 보였을 뿐이다. 거실을 언제 청소했더라? 아하, 맞어! 오늘은 그림 레슨, 그런데 무슨 약속이, 아 참! 아파트 관리비…… 그런데, 이 녀석은 여태 어딜 가서…… 뭔가를 골똘히 생각하고 싶지만, 정작 미란은 아무것도 생각하지 않는 셈이다. 아무튼 미란은 오랫동안 거실과 안방, 그리고 아이의 방을 들락거리며 '생각'을 한다.

그러다 퍼뜩 든 생각은 '이 상태로 떨어지면 이 높이에서도 죽을 수 있겠구나!' 하는 거였다.

미란은 베란다 난간에 허리를 접은 채 매달려 있다. 4층밖에 안 되는 높이지만 머리가 먼저 떨어지면, 게다가 다행스럽게도 고개가 꺾여준다면…… 그러고 보니, 남편은 미란이 아이를 입양하기 전부터 이미 이 집에서 살지 않았던 것 같다. 미술 공부 하러 파리 유학을 다녀오고 난 뒤, 서른일곱 살에 한 만혼이었다. 폐경 상태였던 걸 속이려고 작정했던 건 아니었다. 드문드문 이어지던 월경이 미란의 결혼을 기다리기라도 했던 것처럼 그맘때쯤 아주 멈추었을 뿐이다. 아니, 아주 멈춘 것도 결국은 대여섯 달이 지나서야 알게 된 꼴이었다. 부랴부랴 병원으로 달려가 이런저런 검사를 받고 나서야 여성으로서의 인생이 완전히 마감되었다는 걸 알았다.

그러니 어쩌라구! 그림도 안 돼서 미칠 지경인데. 미란은 남편 앞에서 소리소리 질렀다. 그때 남편은 괜찮다며, 다 이해할 수 있다며, 미란을 끌어안아주었었다. 하지만 남편은 이미 다른 여자들의 이름을 떠올리기 시작했는지도 모른다. 아무튼 그러고도 오 년 가까이 같이 살기는 했다. 내 이름은 미란(美蘭)이 아니라, 벌써 오래전부터 미란(未卵)이 된 셈이군.

미란은 아파트 4층 베란다 난간에 허리가 접힌 채 매달려 양팔을 한껏 벌리고 있다. 어느 순간, 아파트 벽면이 수평 상태로 보이며 위아래로 조금씩 흔들리기 시작한다. 이 상태로 조금만 무게중심을 옮기면 그대로 날아오를 수도 있을 것 같은데, 생각하며 위치를 가늠해보기도 한다. 아니, 이렇게 간신히, 오래도록 매달려 있는 상태를 즐긴다. 어차피 인생이란 퍼포먼스 아닌가. 저 앞쪽 나뭇가지에는 하얀 꽃송이들이 양떼구름처럼 깔려 있다. 그런데 참, 이 녀석은 왜 여태 안 들어오는 거지?

2

 누군가 안온한 잠을 깨운다. 검붉은, 피. 자궁 속처럼 편안한 잠을. 미란은 잔뜩 웅크린 채 그 손길을 이리저리 피해본다. 어쩌면, 엄지손가락을 입에 물고 물속으로 깊이 가라앉고 있었나. 그랬는지도……
 미란은 눈을 떴다가 누군가의 발소리가 어렴풋이 느껴지자 이내 눈을 감는다. 간호사가 캡슐을 열고 미란의 동태를 살펴본 뒤 이런저런 주사약을 투여하고 환자복을 여며준다. 애벌레를 돌보는 일벌 같군, 생각을 하는 순간 머리를 내밀고 막 날갯짓을 했던 곳이 벌통 같다는 느낌이 들기도 한다. 이번에도 날지 못했나? 침대방이 아닌 캡슐방인 걸 보면 남편이 다녀간 게 분명한데…… 아무려나 이곳은 참 따뜻하고 편안해! 미란은 간호사의 손길에 몸을 맡겨둔 채 긴장을 풀었다가, 그녀가 캡슐 뚜껑을 닫고 멀어지는 게 느껴지자 다시 잠 속으로 가라앉는다.
 ……
 바람? 캡슐이 열려 있다. 상쾌한 느낌의 바람이 병실 창문을 비집고 들어와 미란을 감싸고 돈다. 누군가 창문 옆에 서 있는 게, 아! ……목을 돌릴 수가 없다. 짜르르한 통증과 함께 느껴지는 둔탁한 무엇인가…… 목부터 시작해 오른쪽 옆구리까지 깁스가 되어 있다.

오랜만이군. ……좀, 어때?

남편이, 아니 전에 남편이었던 적이 있는 남자가 캡슐 언저리를 짚고 내려다본다. 고치 속에 들어 있는 애벌레처럼 흉해 보이지는 않을까. 미란은 슬며시 눈길을 외면했다가, 다시 그를 쳐다본다. 이내 눈물이 고여든다. 저 남자를 설마, 아직까지도 그리워했던 걸까? 미란은 느닷없이 솟아오른 눈물 때문에 무척 난처해졌다는 생각이 앞선다. 돌아눕고 싶지만, 그렇게 할 수가 없다.

그래도 운이 좋았어. 에어 매트 가장자리에 걸치면서 비스듬히 떨어졌다니까. 오른쪽 어깨뼈가 탈골되면서 금이 좀 간 모양이야.

떨어지던 순간이 언뜻 기억나는 듯도 하다. 하얗게 깔린 양떼구름, 아니 목련꽃…… 오렌지색 조끼를 입은 구급대원들. 그리고 에어 매트 가장자리에 떨어져 럭비공처럼 튕겼을 자신의 모습을 상상해본다. 미란에게 과거는 단순히 지나간 시간이기보다 오히려 앞으로 일어날 일에 대한 복선으로 느껴질 때가 많아졌다. 언젠가는 찾아와서 그럴 줄 알았다며 따지고 들 게 뻔한.

그러게 장모님하고 같이 지내라고 내가 누누이 말했었잖아. 혼자 지낼수록 당신 병은 점점 더……

그만 해! 다음번엔 귀찮게 하는 일 없이 끝낼 테니까.

원, 사람두……

그는 미란을 한동안 내려다보다가 다시 창가로 가서 선다. 어쩌면 길게 한숨을 내쉬고 있는 것도 같다. 그는 지금 무엇을 내다보며 한숨짓고 있나, 미란 또한 천장을 바라보고 소리 나지 않게 날숨을 내뿜는다.

미란이 태어났을 때 어머니는 자기 몸을 건사하기에도 힘에 부친 가난한 집의 여고생이었고, 당연히 미혼이었다. 임신 칠 개월일 때 아빠가 교통사고로 돌아가셨다. 그래서 어쩔 수 없이 혼자 낳아 키울 수밖에 없었지. 유치원생인 미란을 안고 어머니는 눈물을 쏟았다. 하지만 아빠라고 불러야 할 남자가 자꾸만 바뀌고 있다는 걸 인식하는 데는 오랜 시간이 걸리지 않았다. 미란은 몸을 함부로 굴리는 여자가 하필 피임법이 서툴 적에 수정된 세포 덩어리가 자신이라는 게 창피하고 분하고 어이없었다. 그리고 초등학교 5학년생이 된 미란은 일기장에 또박또박 적었다. 나는 처음부터 부모 같은 건 없었어. 여긴 멧새 둥지에 불과해. 언제든 뻐꾸기가 되는 순간, 나는 미련 없이 멧새 둥지에서 날아가버릴 거야!

뻐꾸기가 되자마자 멧새 둥지를 버리겠다는 소망은 대학에 진학하는 순간, 서둘러서 이루어지는 듯했다. 누군지는 알 수 없지만 미란의 친아버지는 엄청난 재능이 있는 화가였던 게 분명했다. 그렇지 않고서야 개인 교습은 고사하고 미술 학원 한번 가본 적 없는 미란이 제일 알아주는 미술 대학에, 그것도 수석으로 합격할 수는 없는 일이었다. 미란의 어머니는 뭔가를 그리거나 만들어내는 일에 젬병이었다. 그러니 적어도 아버지만큼은 미적 감수성이 대단해야 이치에 맞는 일이라고 미란은 생각했다. 아무튼 미란은 생애 최초로 자신을 멧새 둥지에 밀어넣고 도망친 아버지에게 고마움을 느꼈고, 언젠가는 자신이 뻐꾸기의 자식임을 만천하에 보여주겠노라 다짐을 했다.

하지만 멧새 둥지에서 벗어났다고 생각한 건 착각에 불과했다. 학생 신분으로 국전(國展)에도 입선을 했지만 학비와 생활비를 대는 일이 만만치는 않았다. 더구나 미란은 먼 미래를 위해서 서양 미술의 본고장으로 유학을 가고 싶었고, 박사학위도 받고 싶었다. 그래서 미란이 선택한 길은 아주 잠깐 동안만 두 눈 꼭 감고 멧새가 되어주는 거였다. 자신의 알 몇 개를 버려 뻐꾸기를 만들어주는 일. 기나긴 예술가의 여정을 위해서라면 그만한 고난은 충분히 감수해야 한다고 미란은 자위했다.

미란이 한 일이라고는 의사가 부를 때마다 병원에 찾아가 마취제를 맞고 침대에 잠깐씩 누워 있는 일뿐이었다. 그러나 다 자란 세포가 새로 분열을 일으키는 일은 쉽게 이루어지지 않았다. 배가 아프거나 정신이 혼미해질 때마다 미란은 루브르나 오르세, 마르모탕, 달리, 피카소 미술관을 거닐고 있는 자신을 떠올려보았다. 키스 캠벨 복제사와 계약을 한 뒤, 미란은 '과배란 호르몬제'를 맞아가며 반년 동안 열일곱 개의 난자를 만들어냈다. 평소보다 세 배나 많은 난자를 만들어내는 동안 미란의 몸에서는 복수가 차올랐고 골반농양이 생겼다. 의사는 '난소 과자극 증후군'이라고 설명했지만 부작용에 대한 위험은 계약할 때부터 들어서 알고 있었다. 미란은 운이 없는 몇 사람에 자신이 낀 것뿐이라고 생각했다. 다행히 파리행 비행기에 오를 즈음인 다섯 달 뒤에는 다시 월경이 찾아왔다. 그 후로도 가끔씩 건너뛰긴 했지만 이만하면 정상을 되찾은 거라 생각하며 미란은 멧새 노릇을 했던 잠시 동안을 기억에서 지워버렸다.

병원 근처 어딘가에 아카시아 나무숲이 있는 모양이다. 바람이 불 때마다 아카시아 꽃향기가 조금씩 실려 들어와 코끝을 간질인다. 내가 어릴 때만 해도 아카시아는 4월이나 되어야 꽃이 피었었는데…… 그러고 보니, 언제인가 눈에 덮여 있는 아카시아 꽃을 본 적도 있는 것 같다. 2월에 피든 한겨울에 피든, 꽃향기만 좋으면 그만이지! 미란은 숨을 크게 들이마시다 말고, 그럼 꿀벌은, 꿀벌은 어쩌지? 괜스레 걱정을 했다가, 하! 누군가 겨울에도 쌩쌩한 꿀벌 유전자로 변형을 시켜줄 테지…… 암! 그래야 겨울에 핀 꽃들도 열매를 맺을 거 아냐, 생각하며 아주 천천히 고개를 돌려본다. 창가에는 아직 전에 남편이었던 그가 밖을 내다보며 서 있다. 저기, 있잖아…… 그를 부르자, 그가 고개를 돌리고 미란을 바라본다. 뒤쪽에 해가 떠 있는지 그의 얼굴은 많이 어둡다.

지금이, 언제지? 오늘이, ……내가 떨어진 게 어제야, 오늘이야?

어제 오후…… 난 저녁때 연락 받고 달려왔고. 당신은 계속 잠만 잤어. 난 저쪽 침대에서 자다 깨다 했고. 그러니, 오늘은 당신 입장에서 보자면 내일이겠군.

그는 농담처럼 얘기했지만, 미란은 웃지 않는다.

그럼, 아이는? 아이를 누가 데리고 있는데, 당신이 여기서 밤을 샜다는 거야?

애는 학교 갔겠지, 애 엄마가……

아니, 우리…… 우리 아이 말이야!

미란의 음성이 조금 커진다. 대체 이 녀석은, 그럼…… 그는 눈물이 그렁그렁 맺힌 미란의 눈을 한참 동안 들여다보다가 이내 돌아서 병실 밖으로 나간다.

3

지지리도 못난 년, 이번 참에 그림 값을 톡톡히 받아냈어야지. 앞으로는 뭘 먹구살겠다고 그냥 보냈냐? 에이, 병신 같은……

자기가 생각해도 좀 심했다 싶었던지 어머니는 말꼬리를 사린다. 벌써 비슷한 말을 타령조로 되풀이한 게 몇 번째인지 알 수 없을 정도다. 그렇지 않아도 전에 남편이었던 그를 그냥 돌려보낸 게 미란으로서도 아쉽던 참이다. 내가 애를 낳을 수 있었다면, 우리 사이에 애가 생겼다면, 당신은 나와 이혼하지 않았을까? 아니, 나를 사랑하긴 했던 거야? 물어보고 싶었다. 이번처럼 반나절이 되도록 단둘이 있었던 건 이혼 뒤로는 처음 있는 일이었다. 그런데도 미란은 천장만 쳐다보다가 그를 쫓아버린 꼴이 되었다.

 상황이 많이 안 좋았다. 척추에 손상이 가서 하반신 쪽으로는 감각이 없다. 작년에도 하반신이 마비되었다가 보름 만에야 감각이 돌아왔었다. 미란이 땅바닥에 떨어진 건 에어 매트가 놓이기 직전이었다고 했다. 그나마 목련나무 가지에 걸리면서 충격을 줄였으니 생명을 건진 거지, 그렇지 않았으면…… 의사는 거기까지 말하고 헛기침을 두 번 했다. 애가 어떻게 되었냐고, 빨리 가서 데려오라고 울부짖은 뒤에 미란은 무슨 주사인가를 맞았고, 오랫동안 잠에 빠졌다가 깨어났다. 깨고 보니 십 년 전에 이혼한, 전에 남편이었던 그 대신 삼십 년 전에 결별을 선언했던, 열여덟 살 많은 어머니가 병실을 지키고 있었다.

 정신이 좀 맑아졌다고 생각되는 순간 미란은 뭐가 뭔지 통 모르겠군, 하고 중얼거렸다.

 아무려나 어머니의 잔소리를 한 귀로 듣고 한 귀로 흘리고 있는 사이, 젊은 남자 하나가 미란의 병실을 기웃대다가 쭈뼛쭈뼛 들어온다. 한 시간쯤 전에 자신을 달리라고 소개했던 청년이다.

 점심 참에 창턱에 올려져 있던 미란의 PDA가 웅웅웅 울었었다. 어머니가 가져다준 PDA를 왼손으로 부들부들 받쳐 들며 미란은 이 녀석이 며칠 만에 전화 구실을 하는군, 생각했다. 통화 버튼을 누르자 액정 화면에는 생전 처음 보는 젊은 남자의 얼굴이 떠올랐다. 미란은 그가 깜짝 놀라는 모습을 보고서야 자신이 입원해 있는 환자란 걸 인식했다. 액정에는 머리가 붕대로 칭칭 감긴 낯선 여자의 모습이 슬쩍 비춰졌다.

저…… 임미란 선생님이신가요?

청년은 애써 태연한 표정으로 바꾼 뒤에 주저주저 물었다.

예, 그런데요?

아, 저는 인권…… 예, 인권위원회에 근무하는 달, 달리라고 하는데요. ……저, 선생님을 찾아뵙고 말씀을 좀, 듣고 싶어서요.

인권위원회 달리요? 살바도르 달리의, 그 달리 말인가요? 에스파냐의 천재 화가……

예. 제가 그 사람 팬이거든요. ……그건, 그렇구요. 다름이 아니라, 선생님께서 초창기 키스 캠벨 복제사에서 행한 인간복제 때 난자를 제공하신 걸로 알고 있는데요, 그와 관련해서 혹시 인권 침해를 당하신 게 없으셨는지 조사 중이거든요.

청년은 머리를 긁적이며 무안한 표정을 지어 보였다. 미란은 달리라는 이름에 혹해서 할 말은 별로 없지만 일단 와보라고 했었다. 그랬는데, 그 청년이 채 한 시간도 지나지 않아 병실로 찾아온 것이다.

큼직한 코와 길쭉한 얼굴형이 달리와 비슷해 보이기도 했지만, 결정적인 뭔가가 빠졌다고 느꼈다가 미란은 한참 만에야 아! 광기, 하고 혀를 굴려본다. 위로 추켜올린 콧수염이라도 있었더라면, 좀더 비슷했을 텐데…… 아무려나 인정스러운 청년은 한동안 안쓰러운 표정으로 미란을 바라보고 앉았다가 손수건을 꺼내 눈자위를 꾹꾹 누른다. 오히려 옆에서 지켜보던 어머니가 흥분해서 말소리를 높인다.

아, 이 병신 같은 년이 미술 공부를 하겠다구 지 속을 다 훑어다가 남의 씨받이 노릇을 해줬단 말입니다. 글쎄, 이 정신 나간 년이 말이지유. 그때, 그걸 내가 알았드라면은, 그저 쫓아가서는, ······똑똑한 척은 저 혼자서 다 하더니만, 그러다 지 새끼는 한 번도 못 낳아보구, 어이구 저, 저, 생각할수록 그냥······ 머저리 같은, ······그란디 선생님! 그 보상을 지금이라도······ 몇 년 전이든가, 한 번 보상받을 기회가 있었는디, 저 빌어먹을 년이······

캡슐 언저리에 손을 얹고 미란을 바라보고 있던 청년은 목에 걸려 있던 자신의 PDA를 빼 들고 녹음 기능을 설정하는 모양이다. 그런 뒤에 청년은 이리저리 시선을 옮겨놓다가 이윽고 한군데를 뚫어지게 쳐다보는 눈치다. 아! ······왼쪽 팔목이다. 언제였더라, 저기를 그었던 때가. 하! 검붉은 피가 천장까지 솟구쳐 올랐었는데······

그러니까, 그때 후유증으로 일찍 폐경을 맞았던 거군요? 그런데, 칠 년 전에 보상 심사가 있었는데, 그때 왜 보상 신청을 하지 않으셨지요?

청년의 눈길은 왼쪽 팔목에 고정된 채 안타깝다는 표정이 점점 더 짙어진다. 그때만 해도 저년 병이 저렇게까지는······ 어머니가 말을 하는 순간, 저는 임미란 선생님 말씀을 좀 들었으

면 싶은데요,

*

 달리가 말을 끊는다. 이러면 안 되는데…… 달리는 자꾸만 붉어지는 눈자위를 어떻게 해야 할지 점점 난감해진다. 눈물이 솟을 것처럼 가슴께가 뻐근해지며 뭔가가 자꾸 치민다.
 그때는 개인전 준비를 하고 있었어요. 난 그런 데 신경 쓸 틈이 없었구요. 아! 그 무렵이었던 모양이다, 보상 신청 기간이…… 나한테도 아이가 생겼거든요. 아이는 하나면 충분하잖아요? 그 녀석, 어릴 적에 얼마나 예뻤다구요. 이유식 먹이고, 목욕시키고, 응석 받아주고…… 하! 그 녀석이 얼마나 장난꾸러기였던지…… 그러니, 내가 얼마나 바빴을지 아시겠죠? 애 키우면서 서른 점이 넘는 작품을 준비해야 했으니까.
 ……
 기어이 눈물이 흘러내려 달리는 손수건을 눈에 대고 한참 동안 꾹 눌러준다. 그러는 사이 옆에 선 아주머니가 이 미련한 년아! 어이구, 그저…… 자꾸 끼어들어 욕을 해댄다. 임미란씨와 비슷한 연배로 보이는데, 말하는 걸로 봐선 언니이거나 이모 같기도 하다. 서류상에 적힌 걸로 따져보면 임미란씨의 나이는 올해로 쉰셋이어야 맞지만, 조기 폐경이 되었던 때문인지 일흔이라고 주장한다면 그렇게 믿어줘야 할 판이다. 아무려나 아흔 줄에 들어선 어머니에 비한다면 아직 한창 젊은 아주머니들이긴 하지만.

간신히 눈물을 진정시킨 달리는 딱 한 가지만 더 물어보자고 작정한다. 글쎄, 그 다음은……

저기, 혹시 말이죠. 당시에 난자를 제공받아서 태어난, 아기를 보고 싶지는 않으셨나요? ……아니, 지금이라도 말예요. 지금쯤이면 서른 살은 되었을 텐데.

한참 동안 달리를 쳐다보고 있다가 임미란씨는 아! 그 복제되었을 아이요? 한다. 달리는 용기를 내어 눈을 마주쳐본다. 임미란씨의 눈은 부쩍 핏발이 서서 벌겋게 보인다.

궁금하긴 했지만, 보고 싶지는…… 그건, 불법이잖아요. 복제 의뢰를 했던 사람이 원하지도 않을 테고…… 그런 거라면, 나보다야 대리모를 했던 분이 더 보고 싶었겠죠. 아무튼 열 달 동안 뱃속에 넣고 키우면서 정이 많이 들었을 테니.

달리는 머리를 끄덕이며 어제 만났던 김박민주씨를 떠올린다. "짧게 보면 대리모가 더 큰 고통을 겪는 것 같지만, 시간이 지나서 보면 오히려 만신창이가 되는 건 난자 제공자의 몸이라우." 김박민주씨는 그렇게 말했다. 만신창이. 갑자기 코끝이 찡해져서 달리는 괜스레 침만 꼴깍꼴깍 넘긴다. 그 사이, 한참 입술을 달싹이고 있던 임미란씨가 말을 잇는다.

멧새는 자기 둥지에서 자란 알들에 대해 의심하는 법이 없어요. 설령 자기가 낳은 알들을 뻐꾸기가 다 밀어내 떨어뜨린다고 해도, 뻐꾸기가 잘 자라준다면 그보다 더 고마울 게 없을 거예요. 글쎄, 누구의 알인지가 그렇게 중요할까요?

아, 「새」 그림에서도 태(胎) 안에 있는 동물이 고양이라죠? 좀 다른 얘기긴 하지만······

훗, 달리의 그림 말이군요. 그거 파리에 살 적에 달리 미술관 찾아가서 본 적이 있어요.

저두 꼭 가보고 싶어요. 진품으로······ 저는 인터넷 미술관에서만 보았거든요.

내가 그림을 좋아하는 데는 다 이유가 있었구나! 달리는 문득 내 미토콘드리아*는 이분한테서 왔을 거라는 걸 새삼스레 되새긴다. 미토콘드리아. 달리는 모처럼 그윽한 눈빛으로 임미란씨를 쳐다본다. 임미란씨의 눈빛도 많이 순순해졌다고 느끼는 순간, 또, 또, 그림 얘기만 허구 있네. 아, 보상 얘기를······ 옆에 선 아주머니가 끼어든다.

죄송합니다만, 저는 조사를 하러 온 거구요······ 필요하시다면 전담 변호사를 알선해드릴 수는 있습니다. 달리는 괜한 직책을 사칭했다고 뒤늦은 후회를 한다. 복제사 직원인 주제에 인권

---

* 미토콘드리아: 우리 몸속의 세포 한 개마다 수천 개씩 들어 있는 마름모꼴의 작은 기관. 세포핵의 외곽에서 에너지 대사와 관련된 역할을 하므로 '세포 발전소'라고 불리기도 하는데, 수정되는 순간 정자에 있는 미토콘드리아는 파괴되고 난자의 것들만 남게 된다. 복제인간의 경우, 난자의 핵을 제거하고 체세포의 핵으로 치환하게 되면 체세포 제공자가 아닌 난자 제공자의 미토콘드리아를 물려받게 된다.

위원회라니.

아니, 남의 인생을 이렇게 만들어놨으면……, 도대체 인권위원회가 하는 일이……

아주머니가 언성을 높이자 임미란씨가 왼팔을 휘저으며, 그만 해! 소리를 지른다. 그 바람에 왼팔에 그어진 칼자국이 선명하게 드러난다. 자세히 보니 한 개가 아니고, 두 개다. 달리는 괜스레 티셔츠의 팔소매를 손등까지 끌어내린다. 달리에게도 그 위치에 비슷한 모양의 흉터가 있다. 그런데, 어쩌자고 두 번씩이나……

달리는 자신의 PDA를 챙기고 나서도 한참 동안 임미란씨를 바라보고 서 있다. 저 아주머니만 없어도 얘기를 더 나눠보련만. 나는 이제 어디로 가야 하나? 한참 동안 병실 안에 정적이 감돈다. 꼭 감고 있는 임미란씨의 눈에서 눈물이 새 나온다. 일단 자리를 피했다가 나중에 다시 오는 게 좋을까, 아니면…… 그때 임미란씨가 눈을 치뜨더니 옆에 서 있는 아주머니에게 소리를 버럭 지른다.

엄마는 지금 뭐 하는 거야? 집에 가서 애 밥을 챙겨주든지, 아니면 이리로 데리고 와야 될 거 아냐. 대체 정신이 있어, 없어?

2

 엄마, 나는 누구죠? 나는 어디서 왔나요? 엄마는 아빠를 보고 빙그레 웃는다. 아빠, 나는 누구죠? 나는 어디서 왔나요? 아빠는 엄마를 안고 미소만 짓는다.
 한 시간이 넘도록 달리는 같은 노래를 흥얼거리고 있다. 유치원에 다니는 꼬맹이들이나 부를 만한 동요를. 엄마, 나는 누구죠? 나는 어디서 왔나요? 그러고 보면 달리야말로 궁금해 미칠 지경이다. 도대체 나는 어디서 온 걸까? 아니, 왜 온 걸까? 그렇게 속으로 묻고 나서 혼자서 피식 웃는다. 그렇게 따지고 든다면 자신처럼 왜 태어났는지 확실한 사람도 많지 않을 테니까. 어제 어머니도 그렇게 불호령을 하지 않았던가. 네가 어떻게 태어났는지 몰라서 그러느냐? 이런, 배은망덕한 놈!
 달리는 임미란씨의 전화번호가 적힌 메모지를 만지작거리며 들여다보다가, 창밖을 내다보고 후— 한숨을 쉬었다가, 테이블 위에 올려져 있는 돌리 인형의 배를 꾹꾹 눌렀다가, 다시 메모지를 들여다보며 한숨을 내쉰다. 후— 메에에에— 후— 그러고 나서 PDA를 들었다 놓기를 몇 번째다.
 창밖 놀이터 한쪽에는 목련이 한창이다. 백목련과 자목련, 그리고 노란 빛깔과 진초록의 목련까지. 가끔 바람이 불 때마다 목련나무에서 한두 장의 꽃잎이 떨어져 달리의 사무실 쪽으로 날아오기도 한다. 며칠 닦지 않아서 뿌옇게 된 사무실 유리창에는 광섬유 전광판이 붙어 있다. '복제 전문점 키스 캠벨 신촌점, 당신의 사랑을 더 오래 간직하세요.' 전원을 올리면 깜찍한 쌍둥이 마스코트가 등장해서 춤을 출 테지만, 지금은 하얀 빛깔의 광섬유만 도드라져 보인다. 어떡한다? 전화를 해야 하나, 말아야 하나? 무슨 말을, 왜…… 괜히 상처만 건드리게 되는 건 아닐까? 이번엔 내가 누구라고 소개해야 하지?

김박민주씨는 전에도 3D비전을 통해서 본 적이 있었다. 물론 달리가 김박민주씨를 자신과 관련이 있는 사람일 거라고 생각한 적은 한 번도 없었다. 아무려나 널리 알려진 여성 운동가가 자신을 낳아준 여자라는 걸 확인하는 순간, 달리는 알 수 없는 흥분과 전율을 느꼈다. 그렇지만 그녀가 평생토록 여성 운동가로 활동하게 된 데는 자신과도 연관이 있을지 모른다는 생각이 들자 오싹 소름이 돋았다. 나의 탄생이 누군가에게 큰 상처를 입힌 거였구나, 하는 생각은 그때 처음 해보았다. 그때까지 달리는 누구누구 때문에 나는 너무 큰 상처를 입었어! 라고만 생각해왔었다.

달리가 김박민주씨를 만난 건 어제 오후 늦게였다. 물론 김박민주씨를 만나기까지 달리는 수없이 주저했다. 키스 캠벨 복제사 한국지사 로비에 앉아서 달리는 건물 밖에서 진행 중인 항의 시위를 한 시간이 넘도록 지켜보았다. '여성 인권 말살하는 인간복제 중단하라!' 시위대 맨 앞에 마련된 단상 위에는 그런 문구가 적힌 말이식 전광판이 걸려 있고, 김박민주씨는 그 단상 오른편에 앉아 있었다. 얼마 전 3D비전을 통해 본 적이 있지만 그녀는 무슨 주장인가가 관철되기를 기원하는 의미에서 삭발을 한 터였다. 짧은 머리에 각 진 얼굴선, 그리고 유난히 커다란 눈망울 때문인지 그녀의 인상은 더욱 강렬해 보였다.

하필 본사에 근무하는 동기생이 보라며 건네주었던 신문은 김박민주씨 앞에 나서려는 달리의 발목을 잡고 늘어졌다. 달리는 괜스레 미안했다, 이 세상 모든 여성들에게. 그러니 나의 탄생이 누군가에게 상처를 주었겠구나, 생각하는 순간 달리는 자신이 남자라는 사실이, 더구나 복제된 인간이란 사실이 끔찍하게 싫었다. 자꾸만 제인이란 여자의 신문 속 얼굴과 창밖의 김박민주씨 얼굴이 겹쳐져서 달리는 얼굴이 화끈 달아올랐다. 어제 날짜 신문 1면에는 「**현대판 씨받이 현장 발견**」이란 제호 아래, '줄 잇는 인권 유린 범죄로 아메리카 대륙 떠들썩'이라는 부제가 박혀 있었다.

어제 오후 2시경(현지 시간) 미 연방수사국은 사우스캐롤라이나 북부 샬럿 인근의 현대판 씨받이 현장을 급습, 관련자 7명을 체포하고 대리모 72명을 구출했다. FBI는 이곳 사건 현장에서 5년 전부터 무려 230여 명의 대리모를 상대로 씨받이 장사가 행해졌던 것으로 추정된다고 발표했다. 지금까지 발견된 동일 범죄 중에서는 가장 대규모로 이뤄진 인권 유린의 현장인 셈이다. 한편 이번 사건은 이곳에 감금되어 있다가 가까스로 탈출한 제인

(가명, 23)에 의해 밝혀졌는데, FBI는 그녀의 신고가 접수된 지 7분 만에 현장을 덮치는 기민함을 보였다. 기자회견장에서 제인은 "2년을 그곳에서 썩었다. 상상도 못했던 일이었다. 가장 얇은 벽을 뚫고도 두꺼운 담장 밑으로 땅굴을 또 파야 했다"며 울음을 터뜨려 주위를 숙연케 했다.(관련 기사 5, 6면) 한편 이 사건으로 합법화된 세계 최대 규모의 복제사인 키스 캠벨 복제사의 주가는 12% 상승하며 장을 마감했는데……

5면과 6면에는 대리모들이 구출되는 사진과 제인의 기자회견 모습이 실려 있었다. 그들은 하나같이 비현실적인 웃음을 띤 채, 동굴 속에서 막 나온 사람이 태양을 보면서 찡그리는 특유의 눈과 입 모양을 하고 있었다. 빌어먹을, 세상이 온통 썩어 문드러졌어! 달리는 신문지를 뭉쳐 무릎에 대고 탁 탁 때리며 중얼거렸다. 그러고 나서 창밖을 내다보며 한숨짓기를 몇 차례, 막 시위를 정리하는 사람들 틈새로 끼어들어 김박민주씨 곁으로 엉거주춤 다가갔다.

저, 김박민주 선생님 맞으시죠? 김박민주씨가 그윽한 눈빛으로 달리를 쳐다보았다. 무슨 일인데 그러우? 하는 표정으로. 가까이에서 본 그녀는 3D비전에서 보았던 것보다 훨씬 젊어 보여서 당황스러웠다. 달리는 대충 인터넷 신문사에 근무하는 기자라고 둘러댄 뒤, 기획 기사로 '인간복제 반대 운동을 하는 여성 운동가들의 삶'을 조망하고 있다고 눙쳤다. 나야 뭐, 별로 할 얘기도 없는데…… 그러면서 김박민주씨는 달리의 손을 부여잡고 벚나무 아래 벤치로 끌고 갔다. 손이 참 따뜻해! 달리는 그때껏 투사로만 여겼던 그녀의 본모습이 이런 거였구나, 여기며 벤치에 앉아 PDA에 녹음 기능을 설정했다.

정말 궁금한 걸 묻기 위해 달리는 훨씬 더 많은 걸 질문해야 했다. 물론 그녀의 살아온 내력이 궁금하지 않은 건 아니었지만, 웬만한 건 인터넷 방송을 통해 들어서 이미 알고 있는 내용이었다. 김박민주씨는 본래 사회복지학을 전공한 아주 평범한 학생이었다고 했다. 그런데 대학 신입생 시절 깊이 사랑했던 남자가 원인 모를 병으로 죽은 뒤, 생명 하나를 잉태해보자는 아주 충동적인 결심으로 대리모 모집에 자원했다. 누군가가 꼭 필요로 하는 생명을 대신 출산해주고 싶었다. 그게 사랑했던 연인을 되살리는 길이라 여기며…… 그땐 내가 참 순진했다우, 말하며 그녀는 웃었다. 이름도 모르는 누군가의 복제 아기를 열 달 동안 키워 출산한 뒤 얼굴도 제대로 못 본 상태에서 복제사에 빼앗겨야 했다. 원래 규정이 그랬으니까 그런가 보다 했는데, 언제부터인가 못 견디게 아기가 보고 싶어지더란다. 내가 바로 그 아기였어요, 라는 말이 목구멍을 간질여 달리는 하늘을 쳐다보고 한참 동안 눈물을 삼켰다. 그때부터 김박민주씨는 대리모의 입장이 일방적으로 불리하다는 걸 인식하고, '인간복제피해자협의회'에 가입해 지금껏 활동하게 되었다.

그런 일이 있고 나서 전공을 바꿔 이십 년이 넘게 산부인과 의사로 일하고 있다우. 그런데 사실 나는 아직껏 남자랑 자본

적이 한 번도 없는 처녀예요. 후후—, 그러니 아이러니 아니우? 처녀가 애를 낳았으니…… 김박민주씨가 하하핫, 큰 소리로 웃는 바람에 달리도 따라 웃다가 그만 허탈해지고 말았다.

……

달리와 김박민주씨는 한동안 키스 캠벨 복제사 건물을 바라보고 앉아 아무 말도 하지 않았다. 건물 앞 벽면에 설치된 전광판에서는 오늘도 주가가 9.5퍼센트 올랐다고 계속 자막이 나오고 있었다. 저런 걸 보면 세상을 사는 건 사람이 아니구, 돈 같지 않수? 자본 말이야…… 기자 양반이 들고 있는 신문 기사도 어쩌면 자본이 만들어내는 시나리오 아닐까 싶어.

그런데, 사실은 말이죠…… 달리는 그렇게 말을 꺼내볼까, 입속에서 말을 굴려보다가, 음…… 그러니까 선생님은 지금이라도…… 그 아기가 보고 싶으신 거군요? 라고만 물었다.

당연히 보고 싶지요. 그런데 저놈들이 말을 들어야 말이지. 인류보다도 돈이 더 중요하다고 생각하는 저놈들 말이우.

김박민주씨는 키스 캠벨 복제사 건물을 가리키며 눈을 부라렸다. 달리는 지금이라도 사실을 말할까, 고민만 하다가 잊고 있었던 게 생각났다는 듯 다른 걸 불쑥 물었다.

저, 혹시, ……임, 미란, 씨라고 아시나요? 그분이 당시에 선생님께서 임신했던 아기의 난자 제공자였다는 기록을 본 것 같은데, 연락처가 없어서…… 아직 뵙지를 못했습니다.

그래요? 그런데, 그걸 어떻게 알아냈수?

달리는 아차! 싶었지만 이미 엎질러진 물이었다. 아, 그냥요…… 취재 갔다가 우연히, …… 예, 정말 우연히 알게 됐어요. 좀 궁색하다 싶은 변명을 늘어놓았는데, 김박민주씨는 한동안 얼이 빠진 듯한 표정으로 있다가 갑자기 두 눈에서 굵은 눈물을 주르륵 흘렸다. 자신의 우울한 과거를 들려주면서도 그때껏 남 얘기하듯 표정 변화가 없었는데…… 그녀는 한참 만에야 웃음기를 띠며 겸연쩍어했다.

미란씨, 그 사람 참 안됐어요. 한때는 이름을 떨치던 화가였다는데…… 저 회사가 사람 인생 하나를 완전히 망쳐놓았구먼. …… 난자 제공 후유증으로 조기 폐경되었지요, 애 못 낳는 걸 속이고 결혼했다는 트집으로 이혼당했지요, 그저 착하기만 해서 자기 그림은 남편한테 위자료 명목으로 다 뜯기고…… 후— 얼마 뒤에 아이를 입양해서— 진짜 이름이 뭐였는지는 모르겠는데, 그냥 그 여자 애를 '아이'라고 불렀다우— 이젠 좀 기운 차리고 사나 했는데, 몇 년 만에 그만 아이를 잃어버렸지 뭐야! 재작년, 한때 그 사건으로 떠들썩했었는데…… 애가 그때 일곱 살이었다지, 아마…… 기자 양반이, 어째 그걸 모를까? …… 임미란씨가 무슨 전화 통화를 하다가 깜빡 실수를 했던 모양인데, 애가 그걸 들었다지 뭐야! 자기가 입양아란 얘길 그렇게 들었으니 어린 나이에도 얼마나 충격이 컸겠어, 쯧쯧. ……놀러 나간다고 나갔던 아이가 보름인가 지나서 집 근처 공사장에서 죽은 채로 발견됐다우. 그 전엔 우리 모임에도 자주 나오곤 했었는데, 그 뒤로 정신을 놓아버렸어요. 혼자 살다 그 지경이 되었으니 치료도 제대로 못 받고…… 참, 그러고 보니 요즘엔 한번 찾아가보지도 못했네! 아직도 들락날락 하는 모양이던데…… 툭하면 자살 소동을 벌여서, 원……

그런데 참 얄궂기도 하지, 그 녀석이 늘 끼고 다니던 그림일기장을 나중에 보았는데, 언제 적었던 건지 이런 글이 적혔답디다. 나는 누구지? 어디서 왔을까? 하고. ……임미란씨 만나거들랑 내 말 좀 전해주구랴. 이제 모임에도 좀 나오더란다고. 우리가 올해는 본격적으로 출산 파업 투쟁에 들어갈 거니까…… 여자들이 제대로 뭉쳐야 저놈의 회사 문 닫는 꼴을 볼 거 아니겠수?

후— 임미란씨의 연락처가 적힌 메모지를 들고 달리는 또 한숨을 내쉰다. 괜한 일을 벌인 건 아닐까? 생각하며 엄마, 나는 누구죠? 나는 어디서 왔나요? 흥얼거린다. 그러다가 출입문 옆에 걸려 있는 그림 액자를 물끄러미 들여다본다. 달리의 그림 「기억의 영속」이다. 축축 늘어진 시간, 거기에 몰려든 개미 떼, 파리 한 마리. 도무지 사는 게 적막해서 미칠 지경이군! 중얼거리며 달리는 아이폰을 쓰고 인터넷 미술관으로 간다. 사는 게 적막할 땐 달리 미술관에 가는 게 제격이지, 눈으로만 어슬렁거린다. 그러다 문득 「욕망의 수수께끼, 어머니, 어머니, 어머니」란 작품 앞에 눈길이 쏠린다. 저 수없이 뚫려 있는 구멍 속에 씌어 있는 '나의 어머니'란 글귀는 뭘 의미하는 걸까? 나의 어머니,

나의 어머니, 나의 어머니…… 태아처럼 생긴 생물체에 붙은 수염이며 개미 떼, 사자, 메뚜기, 물고기, 칼을 쥔 손, 아! 아버지를 부둥켜안은 달리 자신의 모습까지, 온통 뒤엉켜 있는……

1

 차라리 이 상태로 돌아갔으면 좋겠어! 달리는 캡슐 속에서 태아처럼 둥글게 말고 누워 발가벗은 몸 여기저기로 뿜어져 나오는 생체 활성화 물질을 음미한다. 태어나기 전, 대리모의 뱃속에 있을 때도 이런 기분이었을까? 아무것도 걱정할 게 없는 상태. 달리는 지금의 상황에서 기억만을 온전히 삭제했으면 참 좋겠다는 생각을 한다. 삼십 년간의 기억. 세상이야 어떻든, 나뭇가지와 탁자 위에 시계를 척척 널어놓고, 개미가 꼬이든 파리가 꼬이든 그저 그렇게 팽개쳐두었으면 싶다.
 아! 어머니…… 다른 때 같았으면 충분히 숙면을 취했겠지만, 달리는 캡슐 안에서도 여러 번 잠을 깼다. 어머니는 꿈에까지 나타나서 몹시 화를 냈다. 글쎄, 형의 기일에 한 번 불참한 게 그렇게도 노여움을 살 일이었을까? 물론 짐작하지 못한 바는 아니었지만, 그렇다고 나이가 서른 살이나 된 아들에게 그렇게까지 몰아붙이실 줄은 몰랐다.
 달리는 부모님과 헤어지고 나서 시간에 얼마씩 계산하는 캡슐방에 들어가 머릿속을 비워보려고 무진 애를 썼다. 캡슐 뚜껑을 닫고 완전한 암흑 상태로 만든 뒤, 옷까지 훌훌 벗어놓고 잠을 청했지만 신경은 더욱 날카로워졌다. 도무지, 내가 잘못한 게 뭐란 말야! 암흑의 공간에 속삭이듯 말했지만, 생체 활성화 물질이 뿜어져 나오면서 내는 아주 적막한 파문만 조금 들렸을 뿐이다. 그러자 느닷없이 사무실 액자에 띄워놓은 「기억의 영속」이 떠오른다. 살바도르 달리는 왜 그 그림에 기억의 영속이란 제목을 붙였지? 그에게는 어떤 기억이 잊혀지지 않고 오래도록 지속되었을까? 자신이 태어나기 삼 년 전에 죽은 살바도르 형의 이름을 그대로 물려받은 것에 대한 표현? 아니면 저항……

달리는 왼쪽 팔목께를 더듬어 살짝 도드라진 상처의 흔적을 어루만졌다. 어릴 때는 사이보그라는 놀림을 받았고, 좀더 자라서는 천재 소년이었던 명주 형과 비교되면서 힐난을 들어야 했다. 한 번만 더 그어보면 어떨까? 그러면 기억이 완전히 단절될 수 있을까? 달리는 자꾸만 몸을 뒤틀었다. 새벽녘까지 마셨던 술 때문에 속이 자꾸만 부대꼈다.

달리는 말을 배우기 시작할 무렵부터 너는 죽기 전에 천재였단다, 소리를 귀에 못이 박히도록 들었다. 너는 죽기 전에 아이큐가 이백이 넘었단다. 열두 살에 4개 국어를 말했고, 열세 살엔 서울대 교수도 못 푼 수학 문제를 풀었지. 우리가 널 미국으로 유학만 안 보냈어도, 거기서 마약을 맞은 깡패들을 만나지만 않았어도…… 너를 낳기 위해 우리가 얼마나 고생을 했는지 너는 상상도 할 수 없을 게다. 너는 오 대 독자잖니? 어서 무럭무럭 자라 명주 형처럼 훌륭한 물리학도가 되어야지? 아무렴, 너를 살리느라구 우리가 전 재산을 털어야 했는데…… 우린 너를 믿는단다, 어서 빨리 자라서 우리를 기쁘게 해주렴.

하지만 달리는 수학이나 물리가 지긋지긋하게 싫었다. 달리는 그림 그리는 게 좋았고, 어린이 도서관에 들러 동화책을 빌려 오는 게 무엇보다 행복했다. 학교 성적은 중간 이상을 넘지 못했고, 친구들은 생겼다가도 금방 소원한 관계로 변해갔다. 영재 학교 입학 시험에 떨어졌던 날 달리는 왼쪽 팔목을 면도칼로 그었고, 대학 입시에서 두번째로 떨어졌을 때는 다량의 수면제를 먹었다. 하지만 그때마다 달리는 기적같이 살아났다. 명주 형은 총알 한 방에 모든 게 끝났다는데…… 미국으로 유학을 보내달라고 말했다가, 달리는 미치지 않을 만큼 잔소리를 들어야 했다.

아버지가 키스 캠벨 복제사를 상대로 과실 보상 심사를 청구했던 때가 초등학교 4학년 때였던가? 우리 명주는 얼굴이 더 복스럽고 점도 지금 저 녀석하고 위치가 많이 달랐어요. 복제에 문제가 있는 게 틀림없어요. 그렇지 않고서야, 어떻게 저런…… 그러나 청구는 받아들여지지 않았다. 그 대신 달리가 대학을 졸업할 무렵 취직이 어렵자 아버지는 또 한 번 달려들어 기어이 달리에게 지점장 자리를 만들어주었다. 그러나 애완동물의 복제 서류를 꾸며주는 일 따위는 결코 즐겁지 않았다. '당신의 사랑을 더 오래 간직하세요.' 그 캠페인 문구를 처음 보았을 때 달리는 고개를 절레절레 흔들었다. 대체 누구를 위한 사랑이란 말인가?

명주 형의 기일마다 용산 제2가족공원 안에 있는 납골 묘역에 가는 것은 죽는 것보다 싫었다. '망자수재명주지령(亡子秀才明周之靈)'이라 씌어진 위패를 떠올리기만 해도 머리가 깨질 것처럼 아팠다. 열네 살짜리 꼬마의 영정에다 대고 스물아홉 해 동안 읍(揖)을 했는데, 올 한 해 안 갔다고 해서 그렇게 역정을 내시다니…… 달리가 밤새 술을 먹고 나서 오늘 아침에야 사무실로 갔을 때, 아버지와 어머니는 구순의 노구를 이끌고 사무실 앞 계단에 나란히 앉아 있었다.

이런, 배은망덕한 놈! 네놈이 누구 때문에 태어났는지 몰라서 형의 기일에 술이나 퍼먹고 돌아다녔느냐?

달리는 그저 고개를 수그리고 있었다. 저두요, 아버지 어머니의 아들이라구요! 예? 아시겠어요? 제가요, 기계가 아니라니까요…… 복제 회사에서 만들었다고, 그냥 찍어내면 만들어지는 기계가 아니에요. 제가 여태 참았는데요…… 아니, 제가 잘못한 건 또 뭐가 있는데요? ……두 분이 시키는 건 다 따라 했잖아요, 바보같이…… 입속으로만 웅얼웅얼거렸다.

명주 형이 아니었으면, 넌 이 세상에 나오지도 못했어, 이놈아! 형이 했던 것만큼, 아니 그 반만큼이라도 따라가지 못했으니…… 잘못했다고 용서를 빌어도 모자랄 판에 형의 기일에 저, 저…… 어머니가 말했고, 지금이라도 안 늦었다. 가자! 가서,

명주 형한테 빌어라. 내가 잘못했습니다, 하구…… 아버지가 말했다.

　삼십 년을 그래왔듯, 달리는 싫다 소리 한마디를 못하고 그 이른 시간에 용산 제2가족공원에 끌려가고 말았다. 부모님은 납골 묘역의 문이 열리자마자 제일 먼저 들어가 명주 형의 영정 앞에 달리를 꿇어앉혀놓고 나서야 흐뭇한 미소를 지으셨다. 향을 사르고, 잔을 올리고, 두 번씩 절하고, 마지막으로 머리 숙여 깊이 읍할 때까지. 달리는 속이 뒤집힐 듯 꼬여오는 걸 억지로 참아야 했다. 정말 세상이 온통 뒤집힐 것 같은 복통이었다. 한 시간 가량이 어떻게 흘렀는지…… 간신히 부모님을 보내드리고 나서야 달리는 가족공원 입구 쪽 벤치 옆에다 어젯밤에 먹었던 것들을 모두 토해냈다. 속이 쓰렸던 건지, 시원했던 건지, 아무려나 그제야 닭똥 같은 눈물이 흘러나왔다.

　달리는 캡슐 속에 웅크리고 누워, 바깥에 나가는 게 두려워! 하고 중얼거렸지만, 삼십 년 전에 그랬듯 결국 세상으로 떠밀려 나왔다. 해는 중천을 지나 서쪽으로 한참 기울어 있었고, 이름을 알 수 없는 꽃잎 몇 장이 하늘 높이 날아오르고 있었다. 그 아래로 비둘기 몇 마리가 푸드덕 날아올라 다른 건물의 처마 밑으로 기어들었던가. 달리는 뭔가 세상이 좀 달라진 것 같은 환상이 생긴다. 전혀 어울릴 것 같지 않은 사람들이 짝을 지어 지나가며 웃음보를 터뜨린다. 저 사람들은 이승에서 만나기로 했던 약속을 어떻게 잊지 않고 있다가 저렇게 만났을까? 어쩌면 수

천 년이 지났을지도 모르는데. 내게도 전생이 있어서 누군가와 약속이란 걸 했던 게 아닐까? 아! 어머니, 어머니, 어머니……

키스 캠벨 복제사 본사 앞에는 한 떼의 아주머니들이 모여들고 있다. 일부는 단상을 만들고, 일부는 지나가는 사람들에게 유인물을 나눠주고 있다. '여성 인권 말살하는 인간복제 중단하라!' 달리는 유인물을 나눠주는 아주머니들을 지나쳐 본사 건물로 들어간다. 월례 회의가 있을 때나 가끔씩 찾아오곤 하는.

달리는 건물로 들어가자마자 입사 동기생이 근무하는 회원관리팀을 찾는다. 저쪽 어디쯤…… 그는 벌집 같은 파티션 한쪽 모서리에 일벌처럼 붙어 앉아 컴퓨터를 주시하고 있다. 달리는 그에게 다가가자마자, 책상 위에 놓여 있는 문구용 칼부터 집어 든다. 동기는 반가운 표정을 짓다 말고 심상치 않은 낌새를 느꼈는지 움찔 놀란다.

쉿! 조용히 하고, 내 자료부터 찾아봐, ……얼른. 달리는 목소리를 최대한 낮추고 상체를 숙여서 다른 사람의 눈에 띄지 않게 조심한다. 동기 녀석은 이게 무슨 짓이야? 하는 표정으로 달리를 쳐다본다. 달리는 자신의 왼쪽 팔목에 칼날을 가져다 댄다. 영재 학교에 탈락하고 나서 면도칼을 그었던 바로 그 자리다.

그건 일급 기밀이야! 잘 알잖아? 이렇게 되고 싶어? 동기는 목 쪽에 손바닥 모서리를 가져다 대며 앞뒤로 흔든다. 달리가 칼날 끝으로 꾹 누르자 핏방울이 방울방울 스며 올라온다. 그제야 동기는 키보드를 가슴팍으로 바싹 끌어당긴다.

너, 이름이 뭐였지? 달리 말고……
달리는 잠깐 생각하고 나서 이, 명, 주, 하고 속삭인다.

4

캡슐 속에 애벌레처럼 누워 있던 초로의 여자가 갑자기 왼팔을 마구 휘저으며 소리를 지른다. 그러나 옆에 서 있는 그녀의 어머니는 무슨 소린지 알아듣기가 어렵다. 하반신이 마비된 환자가 창 쪽으로 가서 밖을 내다보고 싶다니…… 마지못해 창가 쪽으로 캡슐을 옮겨놓자, 그녀는 머리를 추켜올리며 창밖을 내다보기 위해 용을 쓴다. 그러나 그때마다 비명 소리만 터져나올 뿐 그녀의 머리는 한 뼘도 창턱 위쪽으로 솟구치지 못한다. 그러기를 몇 차례, 초로의 여자는 어머니에게 병실에 걸려 있는 벽거울을 떼어다가 밖을 비춰보라고 소리소리 지른다. 빨리, 빨리……

창밖의 풍경은 초로의 여자에게 잘 보이지 않는다. 그녀가 있는 곳은 병원 5층에 자리한 병실이다. 좀더 아래로, ……아니, 그쪽 말고…… 그래, 조금만 더, 오른쪽으로…… 간신히 병원 입구 쪽의 풍경이 거울 속으로 보이는 듯도 하다. 병원 앞뜰에는 목련, 개나리, 벚꽃 등속이 흐드러지게 피어 있지만 그녀의 눈에는 그저 얼룩덜룩하게만 보인다. 그러자 그녀의 눈은 차라리 밖으로 빠져나올 것처럼 핏발이 선다. 됐어? 대체, 뭐가 보고 싶다는 겨? 그녀의 어머니도 짜증스레 버럭 소리를 지른다.

　마침 병원 정문을 빠져나가던 서른 살가량의 남자 하나가 설핏 눈을 찡그리며 손바닥으로 빛을 가린다. 누군가 거울로 장난을 치고 있는지, 자꾸만 남자 쪽으로 햇빛을 반사시키고 있다. 남자는 눈을 가렸던 손차양을 치우고, 그 빛이 어디서 오고 있는지 차근차근 헤아려본다. 저 빛은 어디서 왔을까?

슬픈 아열대

Mix-and-Match 3

현재는 과거의 열쇠이다.
—찰스 라이엘

그렇다면, 미래는?

나르시스의 변모

 까만 알갱이 하나가 정강이를 타고 기어 올라오고 있었다. 사각사각, 소리를 내는 것 같기도 했다. 그러나 소리는, 묘하게도 귀가 아니라 살갗으로 감지되는 느낌이었다. 까만 알갱이는 가로뻗은 터럭 아래를 통기듯 빠져나오더니 촘촘한 터럭들 위를 지날 땐 숫제 징검다리를 건너듯 경중경중 내달렸다. 녀석은 구부려 앉은 무릎 꼭대기에 이르고서야 잠깐 멈추었다. 굽어보니 까만 알갱이는 어느새 세 개의 마디로 나뉘어 있었다. 엄지와 검지발가락 사이에 처음 모습을 드러냈을 땐 분명 하나의 알갱이였는데 말이다. 사진에 찍힌, 우연히 등장한 미확인비행물체처럼. 찌그러진, 검정 쌀알만 한 녀석이 무릎 위에서 이리저리 몸을 굴리는 사이, 하나이던 알갱이는 순식간에 세 마디의 알갱이로 변했고, 양 옆으로 세 개씩 여섯 개의 다리가 돋아난 것이다. 맨 앞의 마디에서는 구부정한 더듬이가 툭 튀어나왔고, 가운데 마디에서는 큼직한 날개가 활짝 펼쳐졌다. 그리고 낫 모양의 커다란 집게 턱을 양쪽으로 쫙 벌리더니…… 녀석은 내 얼굴을 향해 곧바로 돌아섰다.

머리를 추켜올리고, 녀석은 사뭇 공격적인 자세를 취했다. 마치 어떤 협상이나 거래도 기대하지 말라는 듯. 그러나 내가 눈을 깜박이며 가만히 내려다보고 있자, 녀석은 더듬이를 좌우로 흔들며 무릎뼈 위를 한 바퀴 천천히 돌았다. 날개는 이미 비행의 도구가 아니라는 듯 다리 사이에 축 늘어져 있었다. 왠지 녀석은 몹시 지쳐 있는 것처럼 보였다. 아주 고된 작업을 방금 마쳤거나 이제 막 시작하려는 것처럼. 녀석은 날 해치려는 게 아니야. 다만, 이후의 삶이 두려울 뿐인 거지! 녀석은 방금 전에 혼인비행을 마친 여왕개미가 틀림없어 보였다. 그녀의 뱃속에는 아마도 여러 마리의 수개미와 교미해서 얻은 2억 개 이상의 정자들이 우글거릴 것이다. 그것으로 그녀는 자신의 왕국을 건설하게 될 테지……

내가 손가락을 뻗어 여왕개미에게로 향했을 때, 그녀는 가운뎃다리와 뒷다리 사이에 날개를 끼워 넣고 부러뜨리는 중이었다. '숙명'이란 주제로 연기를 하고 있는 팬터마임 배우처럼, 그녀의 표정은 몹시 진지해 보였다. 그러던 어느 순간, 내 눈과 여왕개미의 눈이 허공에서 마주쳤다. 까만 알갱이 위에, 마치 까만 이슬방울 두 개가 맺혀 있는 듯한, 눈. 그 속에서 내다보이는 세상은 대체 어떤 모습이지요, 여왕 폐하? 내가 천천히 팔을 뻗어 여왕개미의 더듬이 앞에까지 검지를 내밀었을 때,

 여왕개미가 느닷없이 앞으로 돌진하기 시작했다. 세 개의 마디로 이루어진 까만 알갱이는 내 허벅다리를 미끄러지듯 달려 내려오더니 급기야 속옷 틈새를 비집고 쏙 들어와버렸다. 나는 깜짝 놀라 쪼그려 앉은 자세 그대로 손을 집어넣어 여왕개미를 찾았다. 거웃 사이로 작은 움직임이 꼬물꼬물 느껴지기도 한 것 같은데……

 창밖엔 여전히 장대 같은 빗줄기가 사선을 그으며 떨어지고 있었다. 바람을 타고 방 안으로 몇 방울이 튀어 들어오더니, 어느 순간부터는 창문 안쪽으로 일부러 물을 뿌려대기라도 하는 것처럼 들이치기 시작했다. 방바닥에는 빗물이 이내 홍건히 고이더니 이윽고 찰랑찰랑 파문이 일기도 했다. 그 수면에 방 안의 모습이 속속들이 비쳤다. 무릎을 구부린 채 벽에 기대앉아 있는 빼쩍 마른 여자, 책장 가득 위태롭게 꽂혀 있는 책과 시디들, 한쪽 벽에 걸려 있는 나른한 그림 한 점, 그리고 창틀에 놓여 있는 화분 하나까지……

 하— 길게 숨을 내쉬자 하얀 입김이 뿜어져 나오다가 바람 속으로 이내 사라졌다. 흐읍— 이번엔 길게 숨을 들이쉬자 푸

른빛의 바람이 내 몸속으로 빨려 들어가 가슴 부위에서 잠시 소용돌이를 일으켰다. 그리고 소용돌이가 일어나던 순간, 나는 내 몸이 언뜻 투명하게 변하고 있음을 알아챘다. 갈비뼈들 사이로 두 개의 폐가 유리병 모양으로 매달려 있었고, 그 안에 무수하게 달린 작은 고무 봉지들이 말미잘 같은 주둥이를 분주하게 오므렸다 펼치곤 했다.

나는 오랫동안 방바닥에 고여 있는 물을 들여다보고 앉아 있었다. 그러는 사이 헝클어진 머리 사이로 퀭한 눈동자를 껌벅이며 앉아 있는 거뭇한 형체가 물속에서 나를 올려다보고 있었다. 그 형체가 무슨 말인가를 나직하게 읊조렸지만 나로서는 도무지 알아들을 수 없는 언어였다. 저음의 그 소리는 수면에 긴 파장을 남기며 오랫동안 울렁거리기만 했다. 「나르시스의 변모」. 나는 문득 내 방 안 풍경이 달리의 사무실에 걸려 있는 살바도르 달리의 그림과 어딘가 닮은 구석이 있다는 생각이 들었다. 살바도르 달리가 너무 좋아서 이름까지 달리라고 바꾼, 복제된 사내. 자신에게 체세포를 주었다는 형이 안치된 납골 묘역에 분향하러 가는 것이 죽기보다 싫어서 체머리를 흔들어대던…… 참으로 불쌍한, 소모품. 그렇지만, 소모되지 않는 인생이 어디 있나? 그를 생각하며 고여 있는 물을 들여다보고 있는 사이, 내 눈에서 물방울이 떨어져 수면에 파문을 일으켰다. 그러자 거뭇한 형체는 더욱 기괴한 모습으로 나를 올려다보며 한동안 일렁거렸다.

몸을 일으켜 창문 앞으로 걸어가는 동안, 물이 찰박찰박 밟혔다. 거뭇한 형체는 지령 하달을 마친 사자(使者)처럼 어딘가로 가뭇없이 사라져버렸다.

32층 아파트의 작은 창문턱에 팔을 올리고 밖을 내다보자 뭉클뭉클하고 희뿌연 비구름이 이내 나를 에워쌌다. 잘디잔 물방울들 때문에 내 머리카락은 금세 축축하게 젖었다. 그러고 나서도 오랫동안 나는 비구름 한가운데 휩싸여 앞뒤를 분간할 수 없었다. 그 무아지경 속에 홀로 서 있는 느낌이 좋아서 나는 몽롱한 표정으로 아래를 내려다보았다. 저 아래쪽으로 교회의 붉은 첨탑 하나가 분명히 있을 텐데……

내가 고개를 길게 빼고 밖을 내다보는 아주 잠깐 동안 언뜻 비구름이 걷혔다. 그리고 바로 눈앞에 펼쳐진 낯설지 않은 풍광에 나는 기겁을 하고 창딕 아래쪽으로 몸을 숨겨야 했다. 불과 스무 걸음 남짓한 곳에서 벨로시랩터(육룡, 육식, 80센티미터) 세 마리가 기웃거리고 있었고, 그 위쪽으론 람포링쿠스(익룡, 40센티미터) 두 마리가 큰 날개를 퍼덕이며 저공비행하고 있던 것이다. 매 소리를 닮은 금속성의 찢어지는 울음소리가 고막이 먹먹하도록 울렸다.

벨로시랩터 세 마리는 고산족에서 새로 길러낸 것이고, 람포링쿠스 두 마리는 해안족의 것이 분명했다. 녀석들은 훈련이 아주 잘되어 있어서 잠깐의 방심도 용납하지 않을 터였다. 한 마리씩 따로 상대하는 것이라면 충분히 해치울 만했지만, 저들이 한꺼번에 달려든다면 목숨을 보장할 수 없었다. 전투가 있을 때면 항상 데리고 다니던 디아노닉스(육룡, 육식, 3.3미터)라도 옆에 있다면 어떻게 해볼 테지만…… 그런데, 기사 놈들은 대체 어딜 가고 하나도 없는 거야?

내가 살며시 고개를 들고 밖을 내다보는 사이 벨로시랩터 두 마리가 지척에서 왔다 갔다 하며 코를 킁킁거렸다. 놈들은 방금 큰 전투라도 끝냈던지 온몸이 피로 칠갑이 되어 있고, 송곳니 사이에는 아직도 피가 흥건한 살점이 끼어 있었다. 자주 보는 놈들의 몰골이지만 소름이 돋을 만큼 끔찍하기는 여전했다. 저 멀리 햇빛이 비치는 초원에는 아파토사우루스(육룡, 초식, 약 20미터) 두 마리가 긴 목을 늘어뜨린 채 평화롭게 나뭇잎을 뜯어 먹고 있었다.

나는 숨소리라도 들킬세라 오랫동안 창턱 밑에 몸을 웅크리고 엎드려 있었다. 놈들에게 들키는 날이면 모든 게 끝장이야! 내가 성주(城主) 레벨로 올라가느라 얼마나 피눈물 나는 고생을 했는데…… 그런데, 언제부터였을까,

몸을 숨긴 채 벨로시랩터와 람포링쿠스가 지나가기만을 기다리고 있는 사이, 나는 내 신체에 작은 변화가 생겨났음을 직감했다. 아랫배 속에서 뭔가가 꼼질꼼질 움직이기 시작하더니, 어느 순간부터는 바닷가 자갈밭에 물거품이 이는 것처럼 자글자글 소리가 몸속 저 안쪽에서 들려왔다. 나는 웅크린 자세 그대로 내 몸을 내려다보았다. 이게 뭐지? 아까 언뜻 보았던 유리병 모

양의 폐 아래쪽에 작은 구멍이 뚫려 있었는데, 그 속에 뭔가가 잔뜩 들어차 있는 느낌이었다. 바글바글.

나는 몸을 잔뜩 구부려 구멍 앞에 눈을 들이대고 안쪽을 들여다보았다. 언제 까놓았는지 여왕개미 옆으로 겨자씨 같은 개미 알들이 오글오글 뭉쳐 있었다. 하! 당신이 나를 숙주로 삼은 거군요? 이제 막 녀석들이 알을 깨고 일제히 애벌레로 분화할 모양인지 뭉쳐진 알들 사이에서는 잔잔한 진동이 일었다. 그러나 내 기대와는 달리, 녀석들은 애벌레로 분화하는 과정을 건너뛰고 곧바로 일개미가 되어 알에서 톡, 톡, 튀어나오기 시작했다. 처음 얼마간은 몇 개의 알만 그러했는데, 어느 순간부터는 프라이팬 위에서 팝콘이 튀겨지듯이 팍 팍 파바바박…… 일개미들이 튀어나왔다.

녀석들은 오글오글 모여들어 야구공만 한 덩어리를 이루었다. 그러나 새카맣게 깨어난 어린 개미들이 참 귀엽게 생겼다고 생각하는 순간,

개미들은 뚫려 있는 틈 사이를 비집고 일제히 내 몸 밖으로 몰려나오기 시작했다. 그리고 얼마 지나지 않아 놈들은 나를 새카맣게 뒤덮고 나서 날카로운 집게 턱으로 살점을 물어뜯기 시작했다.

아, 아악!

비명 소리를 들었던지 벨로시랩터와 람포링쿠스들도 내가 숨어 있는 곳으로 쏜살같이 몰려들었다.

우리는 서로서로 사랑하는 사이

춥고, 온몸이 두들겨 맞은 것처럼 아프고, 그리고 사방이 어두웠다. 명징한 감각을 되찾았다고 느낀 순간, 나는 주위를 둘러보다 말고 서럽게 울음을 토해냈다. 해 질 무렵의 붙박이장 속, 이불을 둘둘 뭉쳐 양손으로 꼭 껴안고, 바닥에 웅크리고 누워서…… 나는 끔찍하고 지겨운 내 운명에 대해 몸서리를 쳤다.

비가 그쳤는지, 사방은 쥐 죽은 듯 조용했다. 나는 살짝 열려 있던 옷장 문을 열고 밖을 내다보았다. 물이 흥건히 고여 있는 방의 풍경은 기억 속의 현장이 결코 꿈속이 아니었음을 명확하게 알려주었다. 이틀도 채 되지 않아서 또다시 환각을 겪은 것이다. 점점 자주 나타나는 이상 징후들에 대해 나는 어떻게 대처해야 할지 해답을 찾을 수 없었다. 구석에 놓였던 큰 타월을 집어다가 방바닥의 물기를 훔쳐내며 나는 무슨 일이 있어도 오늘은 병원엘 다녀왔어야 했다는 후회가 들었다. 게임 중독이든, 유전자 치료의 후유증이든…… 더 큰 사고를 내기 전에 정확한 진단을 받을 필요가 있었다.

현관문 여닫는 소리가 들렸다. 이모가 외출했다가 돌아온 모양이었다. 다른 때 같았으면 한 번쯤 내 방문을 열고 들여다보았을 텐데. 안방 문 여닫는 소리가 들려온 후 사방은 다시 적막해졌다. 물속처럼. 하지만 오히려 다행일까? 이런 몰골을 이모에게 들키지 않은 게.

아무래도, 엄마한테…… 엄마가…… 출장이 잦다 싶을 때 눈치를 챘어야 했는데……

오늘 아침, 이모는 밥을 먹다 말고 어렵사리 그 말을 꺼냈다. 엄마에게 남자가 생긴 것 같다고. 이모는 입 안 가득 밥을 구겨 넣고 나서 한동안 우물거리기만 했다. 그러고 나서도 몇 숟가락을 더 퍼 넣고 나서, 욕을 반쯤 섞어가며, 그간 수집해온 증거들을 하나하나 토설했다. 저러다 입속에 든 게 모두 튀어나오고야 말겠다는 생각을 하고 있을 때, 이모는 천장을 쳐다보며 꾸역꾸역 맨밥을 목구멍으로 밀어넣었다. 그 압력 때문인지 이모의 눈에서는 한 숟가락은 실할 눈물 줄기가 뿜어져 나와 볼을 타고 흘러내렸다.

어젯밤, 뭔가 할 말이 있는 듯 잠자리 옆에 지켜 서 있었던 게 바로 그것 때문이었구나, 나는 시금치를 우물거리며 생각했다. 남자라! 오십 줄의 여자에게, 더구나 삼십여 년을 동성애자로 살아온 여자에게 뜬금없이 남자라…… 그것도 열네 살이나 어린 티베트 출신의 장족에게…… 나는 눈물이 그렁그렁한 이모의 눈을 말없이 건너다보다가 문득, 그럼 나한테도 이제 아빠가 생긴 건가? 하는 생각이 들었다. 아빠? 아빠라……

창틀에 올려놓았던 화분이 떨어진 바람에 방바닥 여기저기에 파편처럼 흙이 튀어 있었다. 화분이 깨지지는 않았지만 1센티미터쯤 자란 은행나무 새순이 은행 껍질을 뿌리 끝에 매단 채로 간신히 부엽토에 박혀 있었다. 달리가 선물한 것이었다. 나는 쏟아진 부엽토를 쓸어 모아 화분에 조심스레 담고 꼭꼭 눌러주었다. 하트 모양의 은행잎이 내 나이만큼 돋아나면 저 아래 화단에 옮겨 심어주마! 화분을 다시 창틀에 올려놓고 나서, 나는 스물다섯 장의 노란 은행잎이 달린 나무를 상상했다. 은행나무. 그런데…… 내년엔, 스물여섯 장의 은행잎을 피워낼 수 있을까? 혹은, 후년엔…… 내가, 스물일곱 장의 노란 은행잎을 상상하는 일이 과연 가당한 일일까? 아파트 아래쪽 교회의 첨탑 꼭대기에 있는 십자가에 어느 틈에 빨간 불이 들어와 있었다.

따뜻한 물로 샤워를 하자, 한결 기분이 더러워졌다. 얼마나 쥐어뜯고 때렸던지 배꼽 주위에 피멍이 시퍼렇게 들었고 팔뚝과 허벅다리 곳곳에도 할퀸 상처가 남아 있었다. 따뜻한 물이 닿을 때마다, 나는 깜짝깜짝, 악몽 같은 기억을 환기해야 했다. 배꼽에서 개미가 쏟아져 나왔다…… 배꼽. 샤워 꼭지를 그곳에 대고 있을수록 더 벌겋게 부어올랐다. 나를 낳아준 년에겐 참 미안한 말이지만, 그년이 나를 보육원 뒤에 버려두었던 날의 풍경을 나는 정확히 기억한다, CCTV 화면 들여다보듯. 초여름이었고, 버려지고 얼마 지나지 않아 내 얼굴엔 7월 3일 오전 11시 18분의 땡볕이 내리쪼였다. 손에 들렸던 우유병이 엎질러졌던지 근처에 있던 개미란 개미는 모두 몰려나왔(었다고 원장이 말했)다. 특히, 내 눈 주변까지 올라왔던 놈들을, 나는 지금도 잊을 수 없다. 더 이상 내 얼굴 가려주는 것을 포기했던 보육원 후문 옆의 오래된 느티나무, 그리고 내 울음소리에 화음을 맞춰주었던 매미 소리도……

남자 애들 것하고 아무런 차이도 없는 내 젖꼭지를 만지는 일이 유일한 낙이었던 원장이 선심 쓰듯 보여준 복제 CD엔 애석하게도 그년의 등판만 보였다. 단 한 번도, 뒤를 돌아보지 않던.

이십 년 후에나 발병할 가능성이 있다는 유전병 때문에, 사람들은 나를 데려가려 하지 않았다. 그러다 학교 갈 나이가 다 되어갈 즈음, 나를 입양하겠다며 나타난 사람이 엄마와 이모였다. 아직 동성(同性) 간의 혼인이 합법이지 않던 시절이었다. 그런데, 그 빌어먹을 이십 년이, 훌쩍 지나가고야 만 것이다.

아! 어쩌면…… 그래서 엄마가 바람이 난 건가? 이제 이십 년이 지났기 때문에? 머리카락의 물기를 닦아내다 말고 나는 안방을 물끄러미 쳐다보았다. 터무니없는 생각이었다. 샴쌍둥이처럼, 이십 년이나 붙어 산 이모는 어쩌구? 그동안 우린 참 평안하고 단란했었는데…… 샤워 가운을 두른 채 거실에 서서, 나는 이모가 숨을 죽인 채 분노를 삭이고 있을 안방을 한참 동안 넋 놓고 바라보았다. 우리라고, 뭐 이렇게 살고 싶었겠니? 남자 애들한텐 통 관심이 안 갔는걸. 그러다, 너희 엄마를 만나는 순간, 꼭지가 확 돌아버린걸. ……아이구, 내 팔자야! 이모는 말했다. 사람이 사랑을 하는 방식은 사람 숫자만큼 많은 거란다. 명심해. 사랑이 쌍으로 하는 거라고 사람 숫자의 반만큼이라고 생각하면 큰 오산이야. 정확하게 사람 숫자만큼이야!

사람마다 전부 다른 거니까……

 그러니 어쩌면, 엄마에겐 엄마 방식의 욕망이…… 오십이 다 되어가는 나이에, 이제 와 곰곰 생각해보니…… 티베트 출신의 장족 남자를 만나는 순간, 꼭지가 확 돌아버린 게 아닐까? 양가죽으로 만든 두루마기 위에 온갖 알록달록한 장신구를 치렁치렁 매단 가무잡잡한 사내에게.

 안방 문을 열고 들어갔을 때, 놀랍게도 이모는 곤한 잠에 빠져 있었다. 외출복을 입은 그대로. 봄볕에 취한 암고양이처럼 동그랗게 몸을 말고 누워 쌔근쌔근 숨소리까지 내고 있었다. 그 곁에 바짝 붙어 이모의 얼굴을 들여다보고 있자니 참 귀엽다는 느낌부터 들었다. 그리고, 고소한 위스키 냄새! 나는 이모가 편안히 잘 수 있도록, 옷을 하나씩 벗겨주었다. 한 번도 아이를 가져보지 않은 이모의 몸매는 전혀 사십대의 것으로 보이지 않았다. 남자들 눈엔 오히려 이모가 훨씬 더 여성스러워 보일 텐데…… 그런데 어쩌자고,

 이모의 몸은, 왜 이렇게 따뜻하고 부드러운 걸까? 나는 이모의 몸을 바싹 끌어당겨 안은 뒤 젖가슴에 얼굴을 묻고 숨을 들이마셨다. 새삼스레, 토막토막 끊어진 줄 알았던 온몸의 신경들이 한 두름에 얽힌 듯 팽팽하게 조여졌다. 내 손끝이, 혹은 이모의 살갗이 닿는 곳마다 오소소한 소름이 돋았다가 푸수수 자지러졌다. 그러니 어쩌자고, 우린 서로의 꼬리를 물고 삼킬 것처럼 똬리를 틀고 엉키게 되었을까? 처음엔 상처투성이의, 피멍이 든

내 몸에 이모의 손길이 닿는 것이 너무나 좋아서 이모의 손을 움켜잡고 놓지 않았는데, 이모의 혀끝이 그 피멍울을 훑고 지나가자 꿈속에서의 아주 긴 추락처럼 짜르르했는데, 그리고, 그리고…… 아아, 거기 말고, 으응, 그래, 거기…… 거길 만져줘, 응, 좋아, 아주…… 아아…… 사랑을 꼭 이성하고만 해야 되는 건 아니지 않을까. 달리와는 달리와의 사랑이 있는 거고, 이모하고는 이모하고의 사랑이 있는 게 아닐까. 엄마하고 이모하고 침대에 엉켜 있을 때, 내가 저기 저 방구석에 베개를 안고 서서 얼마나 외롭고 슬펐는지 알아? 그런데, 아, 아, 그런데 말이야,
 나를 처음 데려왔을 때 서로 엄마가 되겠다고 싸우진 않았어? 엄마, 이모, 이딴 호칭은 대체 누가 정한 거야?

www.dinosaur.cyber.kr

 판도라는 동굴 속 바위 뒤에 몸을 숨긴 채 오들오들 떨고 있었다. 식은땀이 흘러내려 온몸이 축축하게 젖었고, 동그랗고 새카만 눈동자는 지난 세기의 깊고 컴컴한 우물처럼 불안한 그림자를 일렁거렸다. 보호막이 주황색에서 빨간색으로 바뀐 지는 한참 되었고, 머잖아 검정색으로 바뀌고 난 뒤 점차 보호막이 걷히게 된다면…… 그 다음은? 상상조차 하기 싫었다. 그제, 환각 속이었지만, 벨로시랩터 놈들에게 온몸을 물어뜯겼던 걸

생각하면…… 그런데,

저놈은 대체 누구지? 누구기에 입구가 천 개도 넘는 '동굴의 미로' 지역에서 내 위치를 정확하게 짚어내 저렇게 저주를 퍼붓고 있는 거지? 나는 엉겁결에 옆 자리에 앉아 있는 J를 더듬어 옆구리를 찔러댔다. 빨리 좀 어떻게 해봐! 이러다간 저놈들한테 잡아먹히고 말겠어. 저놈들이 얼마나 잔인한 놈들인지 몰라서 그래? J는 뭔가 치밀한 작전을 짜는 데 정신이 팔려 있었던지, 옆구리를 움찔하며 놀라는 기색이었다. 알았어, 알았으니까, 좀 기다려봐. 그리고 웬만하면 쪽지를 보내! ……옆구리 쿡쿡 찌르지 말고. 놀랐잖아!

판도라는 가상공간에서의 내 분신이다. 아바타avatar. 아카시아나무 뿌리에 서식하는 개미를 관찰하고 있을 때, 그녀가 나타나 자신의 위험을 알렸다. 살려주세요. 급해요. 이러다간 꼼짝없이 죽고 말겠어요. 가방에 넣어두었던 PDA를 웅웅웅, 계속해서 진동시켰다. 그곳, 학교 근처 옥외 연구소에 있는 아카시아나무 뿌리에는, 흙으로 움막을 지은 뒤 진디를 사육하는 개미들이 살고 있었다. 진디를 천적들로부터 보호해주는 대신, 진디로부터 단물을 받아먹으며 살아가는.

암컷 진디는 말이야, 수컷 없이도 새끼를 낳을 수 있는데, 재밌는 건 어미 자궁 속에 있는 새끼 진디 역시 외부의 도움 없이 자신의 자궁 속에 새끼를 가질 수도 있다는 점이야. 진디 암컷은 딸과 손녀를 동시에 임신할 수도 있다는 말이지. 어때? 재밌지? 호기심이 마구 발동하지 않나? 지도교수는 새로운 연구 주제를 던져주면서 내 어깨를 탁, 쳤다. 재밌긴…… 끔찍하구만. 딸을 개미의 노예로 바치는 것도 억울한데, 그 안에 든 손녀까지 노예로 바쳐야 하는 게 숙명이라니! 속으로 중얼거린 뒤,

인터넷을 연결해보니 판도라를 둘러싼 보호막의 안전도 수치가 점점 줄어들고 있었다. 그에 따라 내 심장 박동 수는 마구 빨라졌다. 아주 잠시, 게임 중독에 대한 우려를 하지 않은 건 아니었지만, 지도교수의 눈치를 살펴가며 어렵사리 상황을 체크해본 뒤엔 생각이 많이 달라졌다. 아니, 생각해볼 겨를이 없었다. 판도라가 숨어 있는 동굴 입구에서 누군가 마법을 푸는 주술을 행하고 있었던 것이다. 아! 씨바, 존나 야비한 새끼…… 공부할 틈을 안 주네, 공부할 틈을…… 씨부렁거리며, 나는 마치 설사라도 난 사람처럼 종종걸음을 치며 학교로 돌아와야 했다. 컴퓨터를 찾아서.

고산족과 해양족의 협공으로 해안성을 잃기 전까지 판도라는 그곳의 성주였다. 하필 그 협공이 있던 날 밤, 내게 환각이 찾아오지 않았더라면, 그녀는 해안성을 지켜낼 수 있었을 것이다. 퇴각하던 해안성의 기사들이 판도라를 '동굴의 미로' 지역에 숨겨두며 공룡들이 냄새를 맡지 못하도록 마법을 걸어놓은 건 현명한 판단이었다. 그런데 지금, 누군가 그 마법을 풀기 위한 주문을 외워대고 있는 것이었다. 나는 해안성에 소속되어 있던 기사들의 아이디를 하나하나 떠올려보았다. 징기스칸, 바다, 하얀

바람…… 그중 누군가는 아마도 내가 가지고 있는 번개나 다이아몬드검 같은 무기에 군침을 흘려왔을 것이다. 어쩌면 고산족이나 해양족과 은밀히 내통을 해왔을 수도 있고…… 현실 세계와 마찬가지로 그곳에서도 누군가를 완벽하게 믿는다는 건 바보짓이었다.

곤충학연구실이 들어 있는 생물공학연구센터 로비에 들어설 때까지 내 걸음은 점점 더 빨라졌다. 까딱 잘못했다간 2년간의 노력이 수포로 돌아갈 수도 있었다. 거기, 곤충학연구실 메인 컴퓨터 앞에 J가 앉아 있었다. 언제나처럼, 느물느물한 표정으로. 내가 화상 전화로 SOS를 보냈을 때의 표정도 바로 그랬다. 모래 구덩이에 빠져 허우적거리는 개미를 넌지시 바라보는 개미귀신 같은 표정. 난 J가 언젠가 그랬듯이, 혹시라도, 한 번만 자자, 고 얘기할까 봐 잔뜩 긴장했었다. 그런데 녀석이 내게 요구한 것은 뜻밖에도 쓰다 만 내 논문이었다. '사령관 개미의 역할에 대한 연구.' 다른 대학에서 얼마 전에 발표된 내용이라서 주제를 바꾸기로 한 것인데, J는 아직 그 사실을 모르는 눈치였다. 사실을 말해줄까, 아주 잠시 고민하다가, 나는 이내 생각을 바꾸었다. 지금은 그럴 겨를이 없었다. 물론,

사람들이 생각하는 것처럼 내가 헛꿈을 좇고 있는 건지도 몰랐다. 그렇지만 그렇게라도 살아남는 것이 내 나름의 생존 방식이라면? 그리고 또, 그렇게라도 하지 않는다면 내가 대체 뭘 할 수 있겠어?라는 물음을, 나는 내 머릿속에 주입하고 또 주입했

다. 어차피 학위 논문으로 제출할 게 아니라면, 제출한다 해도 통과되지 않을 것이라면, 쓰다 만 석사학위 논문쯤 다른 사람한테 팔아먹는 게 뭐 그렇게 대수라고…… 이건 목숨이 달려 있는 문젠데. 게다가 열다섯 명에게만 허락된 성주 자리를 얻기 위해 이 년 동안 밤잠을 설쳐가며 숱한 전투를 치러냈던 걸 생각하면…… 지금도 성주나 국왕이 되기 위해 공룡을 사냥하러 다니는 수백 명의 기사와 수만 명의 평민들을 생각할라치면…… 그러니, 그러니까 씨발, 빨리 좀 와! 빨리 와서 나 대신 죽어달란 말이야! 제발, 좀, 빨리.

J가 나타난 건 보호막의 검정색이 희뿌옇게 발하기 시작할 즈음이었다. 온갖 구형 무기들을 가지고 과연 판도라를 구해낼 수 있을까 싶었지만 녀석의 아바타는 의외로 민첩한 구석이 있었다. J는 아마도 나를 구해내는 데 필요한 아이템을 구입하기 위해 최소한의 무기를 제외하곤 모두 팔아치웠을 터였다. 전공을 잘못 선택한 걸 빼면 나름대로 머리를 굴릴 줄 아는 녀석이니까……

J는 먼저 주문을 외우느라 정신이 팔려 있는 마법사의 등에 양날 도끼부터 꽂았다. 마법사의 등에서 피가 튀었다. 과장되게. 엄살처럼. 그의 전투력은 60퍼센트 이하로 급감했다. 그리고 동굴 입구를 지키고 있던 벨로시랩터 한 마리에게도 청동 표창 한 개를 날렸다. 그러나 이미 J의 출현을 눈치 챈 뒤라서 표창은 간발의 차로 허공을 가르고 말았다.

그 사이 잽싸게 보호막을 해제한 판도라가 벨로시랩터 한 마리를 맡으려던 찰나, 쪽지 한 장이 날아와 눈앞에 펼쳐졌다. 나한테 맡기고 빨리 튀어! ^^;; 동굴 위쪽에 테라노돈 한 마리 대기시켜 놨어. 투명 약물 먹였으니까 본성까진 무사히 갈 수 있을 거야. ^^*
오, 제법인데! 외치며, 나는 한 번 더 J의 옆구리를 찔러댔다. 에이 씨발, 옆구리 찌르지 말라니깐. 빨리 가! 나도 도망가고 싶어지기 전에……

J의 검을 맞고 한쪽 다리가 잘려나간 벨로시랩터 한 놈이 한 발로 경중경중 뛰어 동굴 입구로 달아나자, 동굴 위쪽을 선회하던 람포링쿠스가 놈을 낚아채 '피의 계곡' 쪽으로 날아갔다. 치료를 받으려는 것이다. 녀석들은 장기간의 훈련을 통과했던지 제법 업그레이드가 잘되어 있었다. 양날 도끼를 맞고 기절했던 마법사가 정신을 차렸던지 고개를 흔들며 일어서는 걸 보며, 판도라는 마치 물거품처럼 보이는 테라노돈(익룡, 40센티미터, 날개 포함 최대 7~8미터)의 날개 위에 올라타 녀석의 목을 부여잡았다. 그러자 판도라의 몸도 순식간에 투명하게 변신했다. 람포링쿠스 한 마리가 판도라를 낚아채려고 쏜살같이 날아오다 말고 목표물이 보이지 않자 곧바로 방향을 틀어 J에게 덤벼들었다.

사령관 개미의 가장 큰 역할이 뭔지 알아? ^^;; 여왕개미를 지켜주는 것. ㅋㅋㅋ 감솨^^* 판도라는 J에게 쪽지를 보낸 뒤에 곧바로 본성인 공룡성 쪽으로 방향을 틀었다. J는 아마도 저곳, 동굴의 미로 지역에서 죽게 될 것이다. 살기 위해 발버둥을 치기는 하겠지만, 구형 무기만으로 무장한 기사 혼자서 벨로시랩터 일곱 마리와 람포링쿠스 세 마리, 그리고 보고를 받고 이제 막 동굴의 미로 쪽으로 달려오고 있는 티라노사우루스들을 막아낸다는 건 불가능한 일이었다. 사이버 공간에서 벌어지는, 눈으로만 체험하는 죽음이지만, 그 죽음이 얼마나 끔찍한지 나는 잘 알고 있었다. 평민에서 처음 기사 레벨로 올라갔을 때, 나도 그런 죽음을 여러 차례 맞았었다. 그런데 알 수 없는 일이란…… 그런 죽음들이 점점 더 살고 싶다는 욕망을, 신분을 상승시켜야 한다는 자각을 일깨워주었다는 것이다. 그러니 어쩌면, 살아내는 일이란 그런 것 아닐까. 마약 같은 욕망을 하루하루 주입하면서, 버텨내는.

뭔가 이상한 낌새를 느꼈는지 해양족의 람포링쿠스 두 마리가 경계 지역에서 판도라의 뒤를 따라붙었지만 엉뚱한 곳에 화염만 서너 번 쏟아놓고 나서 이내 되돌아갔다. 그리고, 얼마 지나지 않아 본성인 공룡성의 풍경이 판도라의 눈앞에 활짝 펼쳐졌다.

본성은 신선로 모양이다. 음식이 놓이는 가장자리는 모두 호수고, 숯불을 담는 가운데가 지하로 통하는 입구이다. 공중에서 볼 때는 원형의 호수 가운데로 운치 있는 폭포수가 낭떠러지로 흩날리듯 떨어져 내리는 모습이지만, 실제론 엄청나게 큰 요새가 그 아래에 구축되어 있었다. 물론 폭포수 따위도 위장술일 뿐이었다. 끊임없이 피어오르는 운무가 멀리서 볼 때는 물보라처럼 보이지만 물은 배수로를 통해 바다로 흘러가도록 설계되어 있었다. 그리고 유사시에 호수에 고인 물을 모두 빼내면 미로 같은 통로들이 드러나는데, 그곳을 통해 잘 훈련된 공룡들과 병장기를 이동시키게 되어 있었다. 해양족의 본거지였던 해안성을 대대적으로 공격했던 몇 달 전의 출정은 정말 장관이었다. 미리 성을 빠져나가 대기하고 있던 티라노사우루스 200마리와 물 빠진 통로를 통해 몰려나온 벨로시랩터 700마리가 대열을 꾸리는 모습도 볼만했지만, 호수 가운데 입구를 통해 테라노돈 150마리와 람포링쿠스 400마리가 한꺼번에 날아올랐을 때는 출정의 절정을 이루었다. 그날의 공격으로 해양족의 교두보였던 해안성을 빼앗아 놈들에게 치명타를 안겼을 뿐만 아니라 고산족과 해양족의 은밀한 거래를 차단할 수 있는 계기를 만들었었다. 그리고 선봉에서 티라노사우루스 부대를 이끌며 해안성 입구를 교란시켰던 공로로 판도라는 기사에서 해안성의 성주로 신분이 상승될 수 있었다. 그리고 머잖아 저 멋진 공룡성의 국왕으로 등극할 꿈에 부풀어 있었는데…… 이제 본성으로 돌아간다면 해안성을 잃은 책임을 고스란히 물어야 할 터였다. 아마도 수많은 전투에서 여러 번 선봉을 맡아야 할 테지…… 위험하고, 끔찍하고, 잔인한 전투만을 골라서…… 그런데,

테라노돈의 목을 부여잡고 막 호수 한가운데 입구로 들어가려던 찰나,

누군가 내가 쓰고 있던 아이폰을 벗겨냈다. 갑자기 쏟아져 들어온 눈부신 자연광 때문에 나는 인상을 잔뜩 찌푸린 채 손으로 눈을 가려야만 했다. 누구야! 누가 이런 무례하고 몰상식한 짓

을…… 생각하며, 고개를 돌리는 순간, 아이폰을 쓴 채 사투를 벌이고 있는 J 곁으로 다가가는 지도교수의 독한 향수 냄새가 코를 톡 쏘았다.

친애하는 헌팅턴 씨!

포근한 온기가 온몸을 감싸주는…… 그 안온함이 너무 좋아서 나는 알몸을 이불 속으로 자꾸만 밀어넣었다. 커튼 사이로 비치는 봄 햇살도 좋았다. 몇 번이나 몸을 뒤채며 일렁이는 해수면과 저 아득한 바다 속…… 사이에 짙은 색의 등과 하얀 뱃가죽을 하고 천천히 유영하는 다랑어처럼. 해수면에서도 바다 속에서도 눈에 잘 띄지 않는 그 지점에서……

물살을 거스르는 듯 들려오는, 포말 속에 풀리는 붉은, 비릿한 냄새의, 불길함…… 언뜻언뜻 들려오는 말다툼 소리에 깊은 잠에서 깨었을 때, 나는 엄마와 이모의 침대 위에 웅크리고 누워 있었다. 꿈이었나? 바다 속을 헤엄치는 큼직한 다랑어의…… 그런데, 어쩌면 누군가의 공격을 받았던 것 같기도 하고. 아! 비린내가 물컥물컥 토해지던 피거품…… 언제쯤 이런 악몽에서 벗어날 수 있으려나? 세상은 이렇게 따뜻하고 좋기만한데…… 나는 이불 속으로 자꾸만 더 깊숙이 기어들며 부엌에서 들려오는 엄마와 이모의 목소리에 잔뜩 귀를 세우고 있었다. 날선 식칼과 탄탄한 도마가 맞부딪치는 소리 같은. 탁 탁 탁탁탁 탁. 그 사이로 토막토막, 끊어지고 있는 오랜 이야기들.

아마도 엄마가 오랜 출장을 마치고 돌아와 이혼 문제를 공식화한 모양이었다. 엄마로서는 갈 데까지 간 거고, 이모로서는…… 마침내, 올 것이 오고야 만 셈이었다. 나는 베개에 얼굴을 묻고 한동안 숨을 꾹 참고 있었다. 그러는 사이, 간헐적으로 오른쪽 팔이 움찔움찔, 놀랐다. 이제야말로, 게임을 끊어야 할 때가 된 모양이라고 하루에도 수십 번씩 드는 생각을 되뇌는 사이사이, 어제 오후, 달리의 사무실 앞 놀이터에 한참 동안 앉아 있었던, 따뜻했던 한때가 또렷하게 되살아났다. 하지만 어제도,

PDA를 열고 몇 번이나 전화를 걸었지만, 달리는 전화를 받지 않았다. 무슨 문제라도 생긴 건가? 자신의 원본이 안치된 납골 묘역에 다녀오긴 했을까? 달리의 사무실이 저만치 보이는 놀이터 미끄럼틀에 앉아서, 나는 한 시간 가까이 그의 사무실 유리창에서 점멸하는 광섬유 전광판만 뚫어질 듯 바라보았다. '복제 전문점 키스 캠벨 신촌점, 당신의 사랑을 더 오래 간직하세요.' 노랑, 빨강, 보라색 불빛이 반짝거리고 지나가는 사이사이, 깜찍한 쌍둥이 마스코트가 등장해 춤을 추었다. 깜빡깜빡, 당. 신. 의. 사. 랑. 을. 더. 오. 래. 간. 직. 하. 세. 요. 차르르르, 배경이 움직이고, 글자들이 움직이고…… 그리고 내 PDA 액정은 열심히 전파를 날리고 있다는 표시를 연신 보여주었다. 달리는, 그곳에서 애완동물 복제를 해주는 게 업(業)인 사내는,

끝내 전화를 받지 않았다.

 아무려나 햇살은 나른할 만큼 포근하고 바람은 몽롱할 정도로 살랑거렸다. 이런 여유가 얼마만이지? 나는 눈을 감은 채 하늘을 바라보았다. 검붉은 햇살이 눈꺼풀 안에서 물결쳤다.

 환각은 헌팅턴 무도병 환자한테서는 드문 증상입니다. 오히려 유리씨는 손발이 떨린다든가 균형을 잘 못 잡는다든가, 그런 대표적인 증상들은 아직 없었잖아요? 자신의 증상을 객관적인 위치에서 한번 바라보세요. 보다 궁극적인 원인이 어디에 있는 건지…… 몇 번이나 말씀드렸지만 유전자 치료는 아주 잘 되었어요. 우리가 다시 한 번 검진을 해보기는 할 테지만……

 의사는 정신과 쪽 진료를 권하는 눈치였다. 그러니까, 내가 미쳐가고 있다는 거지? 게임에 미쳐 세상과 환상 사이도 구분을 못하는…… 멍청이가 되었다는 거지? 생각하며, PDA로 이것저것 검색을 했다. 파란 벚꽃 잎이 흩날리는 미끄럼틀 위에 앉아서.

 무도증과 치매 증세를 보이는 유전 질환, '헌팅턴 무도병'

 인터넷에 올라와 있는 정보들은 오래전부터 수백 번도 넘게 검색해온 그 자료들의 복제거나 변형이거나 또는 오류들의 반복, 반복, 반복이었다. 그리고 어김없이 유전자 치료를 받으면 쉽게 고칠 수 있다는 소리. 병원 이름만 클릭하면 자동적으로 예약 서비스를 해주겠다는…… 그리고 마지막으로는, '결제하시겠습니까?'라고 적힌 아이콘.

 헌팅턴 병이란 상염색체 우성 유전을 보이는 신경계 퇴행성 질환으로

이상 운동이나 지적 저하가 진행되는 질환이다. 1872년 미국 뉴욕의 의사 조지 헌팅턴이 처음 언급하면서 헌팅턴 병으로 명명되었다. 4번 염색체의 유전자 이상이 발병의 원인이다. 무도병(舞蹈病, chorea)이란 명칭이 붙은 것은 춤을 추는 듯한 이상한 운동 증상을 동반하기 때문인데……

춤을 추는 듯한 운동 증상이라! 3D비전에서 파킨슨병이나 치매, 알코올 중독으로 손발을 계속 떨고 있는 사람들을 본 적이 있었다. 하지만 그 사람들은 대부분 노인이거나 부랑자였다. 그저, 불쌍한 사람들이구나 생각했었는데, 새파랗게 젊은 여자가 손발을 덜덜덜 떨고 있는 장면은 왠지…… 하지만 춤을 추는 듯한 증상이라니, 나는 클럽에서 쉼 없이 몸을 움직이며 술병을 홀짝거리는 장면만 자꾸 연상되어서 도리질을 쳤었다.

그러니, 어쩌면 나 같은 건 빨리 끝나주는 게 여럿을 위해 나은 게 아닐까? 당신의 사랑을 더 오래 간직하세요? 그까짓 유전자를 세상에 남겨서 대체 어쩌자는 건데? 나는 PDA 전원을 끄고 나서 알록달록한 꽃들을 잔뜩 피워 올린 나무들을 바라보았다. 목련나무, 벚나무, 산수유나무, 철쭉, 라일락…… 녀석들은 같은 나무의 같은 가지에서도 하얀, 노란, 파란, 그리고 자주색과 분홍색의 꽃들을 흐드러지게 피워냈다. 의도했든, 의도하지 않았든…… 유전자 조작의 실수로 태어난 세포 덩어리들. 그리고, 햇살은 너무나 따뜻했다.

미쳐도 단단히 미쳤군! 이모의 쏘아붙이는 목소리.

잠시 후 이어지는 엄마의 조용조용한 목소리는 도무지 알아들을 수 없었다. 뭔가 논리적으로 타이르는 듯한 분위기였지만,

그래, 미쳤어, 아주 단단히 미쳤어! 이모의 추임새 한방에 조용해졌다.

전엔 엄마의 목소리가 우렁우렁했고, 이모는 그저 조용히 앉아 살포시 웃어주는 게 지극히 정상적인 두 사람의 대화 방식이었다. 그런데, 오늘 아침엔 달라도 많이 달랐다. 특히 엄마가 그 남자의 아이를 임신했다고 고백했을 땐, 정점에 달했다. 물론 그 고백조차 내겐 이모의 목소리를 통해 들려왔다. 나는 방문에 귀를 붙이고 서서 엄마와 이모의 대화를 경청하기 시작했다. 내가 끼어들어서, 아무래도 정신과 검진을 받아야 될 것 같다고, 의사가 그렇게 말하더라고 말할 틈은 없어 보였다. 둘이 갈라서더라도 누군가 내 치료비는 부담을 해야 된다고. 제발, 그래줬으면 좋겠다고.

애? 애를 뱄다고? ……나 참, 기가 막혀서……

한참 동안의 침묵. 분을 이기지 못했는지 냉수를 벌컥벌컥 들이켜는 소리가 들렸다.

니가 사람이야? 이 짐승만도 못한 년아! 니가…… 어떻게 나한테 이럴 수가 있어? 미쳤어! 미쳐도 아주 단단히 미쳤어!

이모가 받아들이기에 엄마가 임신을 한 것은 스스로 사람이기를 포기하고 동물의 길을 가기로 선언한 것이나 마찬가지였다. 그러니, 엄마는 사랑하는 남자가 생겼다고 고백을 하는 선

에서 멈췄어야 마땅했다. 만일 그랬다면, 이모는 엄마의 사랑을 출장길에 단 한 번 있었던 외도 정도로 생각하자고 스스로를 다독였을지도 모른다. 언젠가는 자기한테 온전히 돌아와 잘못했다고 머리를 조아릴 것이라 여기며……

얼마간의 침묵 뒤에 다시 엄마의 목소리가 조용조용 들려왔고, 이모의 울음소리와 코 푸는 소리가 장단을 맞추었다. 그리고 또 얼마나 시간이 흘렀을까,

이모의 악다구니 소리가 다시 터져 나왔다. 람포링쿠스의 울음소리를 닮은, 찢어지는 금속성의, 단말마적인 비명. 그리고 나를 찾는 엄마의 다급한 목소리. 뭔가 잔뜩 힘을 쓰고 있는 듯한.

내가 거실로 나갔을 때 엄마와 이모는 날카로운 부엌칼을 들고 실랑이를 벌이고 있었다. 불과 몇 달 전에도 서로를 위한 별식을 만들어내던, 바로 그 칼로. 그리고 아주 잠깐 사이, 뜨악한 표정으로 엄마가 나를 바라보는 사이, 이모의 손이 엄마의 옆구리를 스치는 사이, 나의 출현은 잘못된 것이었다는 생각이 퍼뜩 뇌리를 스쳤다. 홀딱 벗은 채, 온몸이 시퍼렇게 멍든 채로, 엄마와 이모의 방에서 걸어 나오다니……

그러나, 단언하건대 이모는 아직도 엄마를 뼛속 깊이 사랑하고 있는 게 틀림없었다. 그렇지 않고서야 어떻게 칼에 찔린 엄마의 옆구리보다 칼을 들었던 이모의 오른손에서 더 많은 피가 쏟아질 수 있을까? 아니, 어쩌면 이모가 엄마를 찌르려던 것이 아니라 자해를 하려다 제지를 당했던 건지도 모르겠다. 세상에

는 알 수 없는 일들 투성이니까. 아무튼,

　나는 문득 알몸으로 서 있는 게 창피해서 주섬주섬 그곳을 가려야만 했다. 태초의 이브처럼, 혹은 말세의 창녀처럼.

*

　세 여자가 병원 로비의 의자에 나란히 앉아 있다. 사십대가 둘, 이십대가 하나. 사십대의 한 여자는 옆구리가 결리는지 약간 기우뚱하게 기대앉은 채로 아랫배에 손을 얹고 있으며, 또 다른 사십대의 여자는 오른손을 붕대로 친친 동여맨 채로 앉아 고개를 외로 틀어 병원 입구 쪽을 내다보고 있다. 그리고 그 사이에 앉은 이십대의 여자는 로비에 설치된 3D비전을 시큰둥하게 바라보고 있다. 가끔씩 손발을 움찔움찔 떨어대지만, 놀란 것도 슬픈 것도 아니다. 빈자리가 많이 남아 있는데도 불구하고 같은 의자에 앉아 있달 뿐, 세 사람은 일행처럼 보이지 않는다. 누구 때문에 병원에 온 건지도 명확하지 않다. 병원 로비에는 연신 사람들이 들고 난다. 끊임없이 이어지는 앰뷸런스 소리. 하얀 가운을 입고 뛰어가는 의사. 주황색 조끼의 구급대원들. 칭얼대는 아이의 울음소리. 아까부터, 어디선가, 산발적으로 들려오는 신음 소리들. 그리고 그 사이사이로 땡동, 땡동…… 처방전 받아 가라는 소리.

　병원 밖은 완연한 봄이다. 황사 현상이 있으리라는 보도는 빗나갔다. 아니, 정확히 말하면 아침에 뿌린 인공 강우 때문에 잠시 주춤한 상태이다. 황사 먼지는 황해 위에 얼마든 떠 있고, 오전 내내 하늬바람이 살랑살랑 불어 수백 톤의 먼지를 수십 킬로미터 이동시켰다. 어젯밤, 도시에는 가스 폭발 사고가 두 건, 방화를 포함한 화재가 여섯 건, 살인이 두 건, 강도·강간이 서른아홉 건, 사상자가 있는 교통사고가 쉰여섯 건, 그리고 그 밖에도 사건·사고가 끊임없이 발생했고, 또 현재에도 발생하고 있다. 물론 새로운 환자 역시 끊임없이 발생하고 있으므로, 병원 로비는 어제처럼, 그제처럼, 늘 북적댄다. 아픈 사람을 위해 병원이 존재하는 것이 아니라 병원을 위해 사람들이 자꾸 아파주는 것 같다. 아무려나 병원 앞뜰에는 봄이 한창이다. 그리고, 이제 막,

이십대의 여자는 며칠 전부터 끊임없이 연락을 취했지만 결국 연락이 닿지 않았던 남자를 발견한다. 3D비전 속에 등장한 삼십대 초반의 그 남자는 마스크로 얼굴을 반쯤 가린 채 건장한 체구의 형사들 사이에 끼어 호송 버스로 향하고 있다. 대본에 적혀 있기라도 한 것처럼 기자들이 몰려들어 판에 박힌 질문을 던지고 사진을 마구 찍어댄다. 3D비전 하단에는 '**복제인간, 패륜범죄 시도, 노부모 의식불명**'이라는 자막이 오른쪽에서 왼쪽으로 지나간다. 이십대의 여자는 빨려들 듯 3D비전 앞으로 다가간다. 발이, 손이, 춤을 추듯 떨린다. 간신히 손을 뻗어 남자를 만지려는 순간, 3D비전을 둘러싼 유리판에 방전 현상이 생긴

다. 여자가 손을 얹고 있는 내내 방전이 이는데도 여자는 손을 뗄 줄 모른다. 손이, 발이 덜덜덜 떨릴 때마다 방전이 파지, 파지직, 파지지직, 번개 같은 불줄기를 뿜는다. 그리고 그 아래로 지나가는 자막은 같은 내용의 반복, 반복, 반복이다. 그렇지만, 여자는 자꾸만 남자의 사무실 앞 광섬유 전광판을 지나가던 캠페인 문구가 떠오른다. '당신의 사랑을 더 오래 간직하세요.' 노랑, 빨강, 보라색 불빛. 깜찍한 쌍둥이 마스코트가 등장해 춤을 추던…… 깜빡깜빡. 당. 신. 의. 사. 랑. 을. 더. 오. 래. 간. 직. 하. 세. 요. 그런데,

그런데, 왜 자꾸 손이, 발이, 덜덜덜 떨리는 거지? 춤을 추는 것처럼. 띵동. 수납 창구 위쪽에 새로운 숫자가 떠올랐지만 그쪽으로 눈길을 돌리는 사람은 아무도 없다.

소멸의 흔적

길은 기억을 되뇌인다. 이상 물질에 반응하는 알레르기처럼, 어김없이.
 여자는 통인가게 앞에서 잠시 걸음을 멈추었을 뿐 한 번도 뒤를 돌아보지 않았다. 내가 통인가게 앞을 지날 때, 여자는 또 저만치 앞서 있었다. 여자는 실타래처럼 엉켜 있는 용수염을 보았으리라. 내가 그 앞을 지날 때 한 남자가 명주실처럼 뽑아낸 하얀 엿을 손가락 길이만큼 토막낸 뒤 참깨나 땅콩으로 보이는 속을 한 숟가락씩 넣고는 분주하게 여며주고 있었다. 그때마다 명주실 같은 엿가닥이 반짝거렸고, 새하얀 슈거 파우더가 풀풀 일었다.
 비를 뿌렸던 먹구름은 모두 지나간 듯했지만, 하늘은 여전히 어둠침침했다. 사람들은 길에 들어서기 전에 하늘부터 쳐다보고 발을 떼어놓았다. 차가 다니지 않는 일요일의 인사동은 금세 자막 올라가는 극장 속처럼 웅성대기 시작했다. 여자는 수도약국이 있는 골목 입구의 상점 앞에 쪼그리고 앉아 있었다. 내 기억이 맞는다면, 그녀는 한참 동안 유리창 안쪽의 다기 세트를 구경하다가 정작 검정색 쥘부채 하나만 살 것이 분명했다. 그녀는 쉽게 결정하지 않고 가슴속에 쟁여두는 성미니까. 나는 이십 미터쯤 떨어진 곳에 멈춰 서서 캐리어 멜빵 끈을 추슬렀다. 아이는 내 등에 얼굴을 묻은 채 여전히 자고 있었다. 갑자기 소나기가 쏟아졌을 때 잠깐 깨어나 칭얼댔을 뿐, 녀석은 두 군데 서점을 순례할 때부터 줄곧 잠에 빠져 있었다.

 소나기가 쏟아지기 시작했을 때 나는 무작정 근처 카페로 뛰어들었었다. 처음에는 입구 안쪽에 서서 비 오는 광경을 내다보고 있었지만, 마냥 기다리고 있기엔 빗줄기가 제법 거셌다. 입구를 막고 오래 서 있기도 면괴스러워 나는 헤이즐넛 커피를 한 잔 시켜놓고 창가 자리에 앉아 있었다. 그렇게 한동안 우두망찰 창밖을 내다보고 있던 나는 불현듯 눈앞으로 비껴가는 뭔가를 보았다. 흰 티셔츠에 색 바랜 청바지를 입고 있는 아주 평범한 뒷모습. 그러나 그 평범함 속에 숨어 있는 뭔가가 내 가슴께를 쿡 아리고 지난 뒤에야 내 이성은 '뭐지?' 하고 묻고 있었다. 아이를 들쳐 업고 그녀를 쫓아 나간 뒤에야 나는 비가 막 그쳤다는 것을 알았고, 그리고, 그 길이 낯설지 않은 기억을 간직하고 있다는 걸 알았다. 나는 그렇게 이해할 수밖에 없었다. 가슴께를 아리고 지나가는 낯설지 않은 기억. '뭐지?' 하고 물을 수밖에는 도리가 없는.

여자는 가방에 붙은 보조 주머니에 검정색 부채를 꽂고 학고재 앞을 지나치고 있었다. 이어 여남은 걸음쯤 옮겼을까. 휴대전화 벨이 울렸고, 여자는 돌장승이 있는 인사동 입구에 멈춰 선 채 오 분가량 통화를 하였다. 그녀는 여전히 뒷모습을 보인 채였고, 가끔씩 새카만 생머리를 귀 뒤로 넘기며 뭔가를 심각하게 얘기하고 있었다. 나는 크라운베이커리 모퉁이에 멈춰 선 채 그녀를 지켜보고 있었다. 좀 있으면 그녀는 부랴부랴 횡단보도를 건너간 뒤, 참여연대가 있는 건물 앞에서 빈 택시를 향해 손을 번쩍 치켜들 터였다.

여자를 앞질러 갔어야 옳았을까. 그래서 그녀의 얼굴을 정면에서 확인하고 알은체를 해야 했을까. 나는 캔버스가 잔뜩 쌓인 화방 모퉁이에 멈춰 선 채 때늦은 후회를 했다. 아니 어쩌면 일부러 멈춰 서서 시간을 늦춘 것인지도 몰랐다. 신호등이 막 빨간색으로 바뀔 찰나, 여자는 이미 택시에 올라타고 있었다. 가슴께로 싸한 뭔가가 훑고 지나갔다. 그때라도 소리를 질러 택시를 붙잡아야 했을까. 나는 한국일보 방향으로 내달리는 택시의 후미를 바라보며 긴 한숨을 내쉬었다.

더는 이 세상 사람이 아닌 여자를 자꾸 떠올려 어쩌자는 건가. 흰 티셔츠에 청바지를 입고 인사동 길을 걷다가 유리창 안에 진열된 다기 세트를 들여다보는 여자는 흔하디흔한 풍경 아닌가. 이 더위에 부채를 사는 것이나, 하루에도 열댓 번 이상 걸려오게 마련인 휴대 전화가 하필 학고재 앞에서 울린 건 대단치도 않은 우연이었다. 하물며 급한 전화였다면, 택시를 잡기 위해 뛰어가는 건 당연한 일이었다. 나는 횡단보도 한가운데 엉거주춤 서서 백상미술관 옆으로 돌아든 길을 망연자실 쳐다보았다. 아이가 잠에서 깨었는지 다리를 버둥거려가며 뒤쪽으로 벋대기 시작했다. 나는 가볍게 어깨를 흔들며 아이의 엉덩이께를 두어 번 추켜올려주었다. 어어어— 연이야! 아빠 여깄지. 오오오— 잘 잤니? 외로 틀고 돌아본 아이의 얼굴은 한창 물 오른 토마토처럼 벌겋게 상기되어 있었다. 어디든 들어가 아이를 뒤슬러주어야 했다. 집에서 나온 게 한 시였으니 벌써 두 시간이나 지나 있었다. 기저귀도 갈아주고 우유도 먹여야 했다.

그러나 내 발은 뒤로 돌아서지 못했다. 횡단보도를 건너 풍문여고 정문 앞까지 걸었을 때는 그만 돌아가야 한다는 생각을 하고 있었지만, 정독도서관 쪽으로 뻗은 아득한 길을 보자 내 발은 무작정 앞으로만 움직였다. 풍문여고를 지나자 덕성여고와 여중의 운동장 가로 늘어선 나무들이 컴컴한 그늘을 만들어놓고 있었다. 돌담 아래로는 빗물에 쓸려왔을 쓰레기들이 여기저기 뭉쳐 있었다. 이 년 동안이나 오르내렸던 길이었다. 처음 얼마간은 혼자였고, 육교와 잇대어진 그 길에서 아내를 만났고, 결혼하기까지의 이 년 동안 학원과 연결된 그 길을 중뿔나게 걸었었다. 그렇게 열심히 걸으면 지루하기만 했던 인생에 한줄기 서

광이라도 비칠 거라고 생각했었는지. 캠코더에 달린 작은 화면을 바라보며 걷는 것처럼, 내 걸음은 자꾸만 아래위로 흔들렸다.

　환풍구를 통해 사람 비린내가 울컥 풍겼을 때와 빨간 줄과 파란 줄이 똬리를 튼 채 삐걱삐걱 도는 소리를 듣고서야 나는 복수탕과 화개이발관을 지나쳤다고 느꼈다. 그때까지도 내 머릿속은 제법 기억의 심도를 벗어나지 않았다. 그러나 아트선재센터 앞 사거리에서 발을 멈추고 뒤를 돌아보았을 때 내 기억의 심전도는 사이클을 멈춘 채 뚜우— 하고 일직선을 그렸다.

　하수관같이 움츠리고 있는 어두컴컴한 길. 밝음과 어두움은 겨우 몇 걸음 차이에 지나지 않는다. 연락을 받고 병원에 도착했을 때 아내는 흰 천을 덮어쓰고 누워 있었다. 절대로 현실 같지 않은 광경을 바라보고 있는 동안 간호사가 옆에서 계속 중얼거렸다. 피가, 너무 많이 났어요. 지혈이 안 됐어요. ……백혈병이 있는 걸 조금만 빨리 알았다면, ……산모가 절대로 수술은 안 할 거라구 소리소리 질렀어요. 조금만 더 늦었으면, 어쩌면, ……그래두, 아이는 건강해요.

　기억이란 말은 현재와 연결된 느낌이지만, 추억이라고 말하면 현재와는 단절된 먼 과거 같은 느낌을 준다. 그렇지 않을까, 길마저도. 아내는 부모에게 버림받았던, 그래서 스무 살 어림까지 고아원에서 살아야 했던 과거를 몹시 원망스러워했었다. 그 원망이 결국 아내를 죽인 건지, 아니면 아이나마 살릴 수 있었던 건지, 알 수 없었다.

하수관처럼 우중충한 길을 벗어나자마자 먹구름은 현대 계동 사옥 쪽을 지나 빠른 속도로 서울 한복판을 빠져나가고 있었다. 지금은 살고 있지 않은, 과거 어느 때 잠시 머물렀던 추억을 향해 발걸음이 움직였다. 국군서울지구병원이라 현판을 건 기무사와 예맥화랑을 지나쳤다. 항상 두어 명의 사복 경찰이 서 있곤 했던 수도상회는 아원공방이란 이름으로 바뀌어 있었고, 학고재화랑과 금산갤러리를 지나자 국제갤러리가 나타났다. 나는 버릇처럼 지붕 위를 쳐다보았다. 꼭대기로 걸어 올라가는 모양의 여자 마네킹. 조너선 보로프스키, 「지붕 위를 걷는 여자」, 1994. 아내가 '서울의 미술관 순례'란 주제로 예비 취재를 할 때 갤러리에 따라갔다가 주워들은 것이었다. 그때 아내는 집 앞에 있는 저 이상스레 생긴 작품도 몰랐느냐며 면박을 주었었다. 아니, 정말로 나는 갤러리 뒷골목에서 일 년 가까이 자취를 하면서 그때까지 마네킹을 한 번도 눈여겨본 적이 없었다. 굳이 땅만 바라보고 걸었을 리도 만무한데 말이다.

한동안 나를 내려다보고 있던 고양이가 하품 같은 입 모양을 하며 갸르릉거리더니 갤러리 뒤쪽으로 사라졌다. 지붕 위를 걷는 여자의 오른쪽 다리 곁에 웅크리고 있던 검정색 도둑고양이였다. 고양이가 사라지고 나서야 나는 국제갤러리 옆으로 연해 있는 골목으로 발을 들여놓았다. 정작은, 내가 살았던 집을 찾아갈 용기가 필요해 시간을 벌었던 건지도 모른다. 전형적인 입구(口) 자 집. 대문을 들어서면 정면으로 주인아주머니 방이 보이고, 대문간 왼편으로 화장실과 비좁은 세면장이 하나씩, 그리고 대문 오른쪽에 방 하나, 정사각형의 마당을 중심으로 왼편과 오른편에 방이 하나씩 달린. 눈을 감고도 걸이못 하나 떨어진 타일 하나의 위치까지 기억해낼 수 있는 집이었다.

뻬이—걱 소리는 외려 나무 대문을 밀쳤던 나를 긴장시켰다. 대문 한쪽은 여전히 돌쩌귀가 부러진 상태였다. 마당 가운데 있던 밤색 얼룩무늬 고양이가 목에 이어진 끈을 끌고 마루 밑으로 들어가더니 얼굴만 빠끔 내밀었고, 주인아주머니 방문 앞 기둥에 묶인 개는 소리로만 크르릉거리고서 이내 고양이를 따라 기어들어갔다. 연이어 개와 고양이의 비린내가 한꺼번에 콧속을 후비고 들어왔다. 이 년 동안이나 보아온 풍경이고 냄새였다. 나는 방에 들어가기 전이면 언제나 개와 고양이를 마루 밑으로 쫓은 뒤에 구두를 벗어 방문 옆에 놓인 궤짝 위에 올려놓았었다. 그렇지 않으면 구두는 뒤축을 개에게 질경질경 씹히거나 고양이 털이 한 움큼씩 묻은 채 마루 밑에서 발견되기 십상이었다.

낯선 곳에만 들어서면 잔뜩 움츠리던 아이가 웬일인지 점잖게 업혀 있었다. 냄새에 묻혀 집은 더 적막해 보였다. 두 방은 자물쇠가 걸린 채 음산해 보였고, 나머지 두 방은 쪽마루와 궤짝 위에 신발이 얹혀 있었다. 누가 되었든 사람을 만나고 싶지는 않았다. 버릇처럼 나는 대문 앞 나무 의자 위에 수북하게 쌓인 우편물부터 들춰보았다. 대문 옆방에 살던 할아버지의 우편물이 유독 많이 보였다. 하지만 그분은 이미 오래전에 돌아가셨다고 들었다. 그러니 우편물들은 결코 만날 수 없는 주인을 무작정 기다리고 있는 셈이었다. 주인아주머니는 무슨 생각으로 그걸 쌓아놓고 있었는지. 하기는 이태 전에 이사 간 내 우편물도 두 개나 나왔다. 고등학교 동문회와 대학 동아리 후배들이 보낸 초청 엽서.

두 장의 엽서를 살피고 있을 때 내가 이 년 남짓 기거했던 방문이 벌쭉 열렸다. 그리고 한 사내가 빨래 바구니와 가루 세제를 들고 마당으로 내려섰다. 그가 대문 앞에 서 있는 나를 의아하게 쳐다보고 있는 사이, 나는 정강이께가 가려워 두 손으로 긁어대기 시작했다. 빌어먹을, 고양이 알레르기 탓이었다.

*

맞물린 톱니바퀴는 언제나 반대 방향으로 돈다. 만남과 헤어짐이란, 그 톱니들 사이로 비껴가는지도 모를 일이다. 하지만 한 칸을 비우고 지나거나 건너뛸 수는 없을까. 운명의 톱니바퀴가, 그런 게 정말로 존재하기라도 한다면 말이다.

희연이 건 전화는 열한 시쯤 울렸고, 나를 깨웠다. 밥 먹었어요? 나는 잠긴 목소리로, 어! 비 오네, 딴청부렸다. 나 없다구 밥 굶지 말아요. 나는 방문을 열어젖히다 말고 가슴께가 뭉클했다. 새벽에 숯가마에서 시뻘건 숯을 꺼냈어요. 얼마나 이뻤는지 알아요? 같이 봤어야 했는데. 난 무슨 금광이라도 캐는 줄 알았다니깐. ……듣고 있어요? 나는 헛기침을 하고 나서, 그럼! 호기롭게 말했다. 세상에…… 나무가 불을 품고 웅크리고 있다가 온몸으로 삭여내는데, ……이건 말로는 설명이 안 되겠다. 나는 수화기를 들고 웅크리고 있다가 물었다. 언제 올라와? ……음, 오후에 출발해서, ……치, 어차피 밤샘 작업해야 아침에 생방 나가는 거 잘 알면서. 어, 잠깐만요……

희연의 전화는 거기서 끊어졌다. 그리고 나는 한 시간 가까이 비 오는 걸 내다보았다. 지난밤엔 열대야 때문에 새벽녘에야 잠들었으니, 비를 바라보는 것만으로도 마음속까지 시원했다. 그 사이 옆방— 내 방을 기준으로 9시 방향이다 — 할아버지는 아홉 살짜리 아들과 함께 노란 우산을 쓰고 외출했다. 누가 보더라도 조손지간으로 보일 만했지만, 주인아주머니는 영락없는 아들이라고 혀를 찼다. 저 우산 쓰고 걸어가는 뒷모습을 보라고, 걸음걸이에 손 흔드는 모양새까지, 두 대를 거쳤다면 저렇게까지 똑같을 수는 없다며 한참 동안 골목길을 내다보며 소리 죽여 큭큭거렸다. 그리고 이내 대문을 닫으며, 불쌍한 낭반! 했다. 몹쓸 년, 새끼를 버리구선 밥이 목구멍으로 넘어가? 아주머니는 대문간에 붙어 있는 공동 화장실로 들어갔다. 반투명의 유리문 안쪽으로 그녀의 보라색 상의가 흐릿하게 주저앉았다.

옆방 할아버지는 조강지처와 장성한 세 아들이 버젓이 살아 있는데도 젊은 여자와 딴살림을 차렸다고 했다. 처음 이 집에 들어왔을 때는 새로 얻은 젊은 여자와 네 살배기 꼬마가 함께 살았지만, 젊은 여자가 이 년 전에 통장을 훔쳐 도망치는 바람에 두 부자만 남았다는 것이었다. 전엔 한약방을 해서 꽤 살았던 모양인데, 아무튼지 사랑에 속고 돈에 울고…… 언젠가 아주머니가 하회탈 같은 얼굴을 하고 마당에 널린 개똥을 치우며 얘기한 적이 있었다. 이제는 집으로 돌아가기도 창피해 칠순 나이에 시난고난 살고 있다고. 하긴 앞방—내 방을 기준으로 12시 방향이다—여자의 말에 의하면 주인아주머니 역시 간단한 생은 아니었다. 첫딸 낳고 일 년 만에 남편이 죽는 바람에 환갑 가까운 지금까지 청상으로 살고 있다는 거였다. 그나마 딸이 결혼을 한 뒤로는 방 세 개에서 나오는 사글세만 믿고 근근이 사는 모양이었다. 공평빌딩 뒷골목에서 한다는 난전은 그야말로 소일거리인 셈이었다.

보라색 상의가 벌떡 일어나더니 반투명 유리를 밀치고 나왔다. 그리고 이내 야트막한 봉당 위로 뛰어올라 종이 박스부터 걷어찼다. 쥐 잡으라고 데려다 났더니, 뭐하는 겨? 쥐약을 새로 놓든지 해야지 원, 나오던 거 도루 들어갔잖어, 인마. 내가 웃으며 내다보고 있는 동안 아주머니는 노끈에 묶인 고양이를 몇 번이나 번쩍 치켜들었다가 내려놓았다. 그때마다 노끈에 바싹 묶여서 곪았던 상처가 벌겋게 드러났고, 고양이는 앞발을 버둥거리며 발악을 했다. 언젠가 희연도 화장실에서 쥐를 본 적이 있다고 했었다. 첨엔 무슨 먼지 덩어리가 수챗구멍에서 쏙 올라오나 했어요. 근데, 그 잿빛 덩어리가 내 얼굴을 한 삼 초쯤 뚫어지게 쳐다보는 거예요. 꼭 팥알 같은 눈이 박혀 있었는데, 내가 꺅— 소리를 지르니깐 다시 그 구멍으로 쏙 들어가데요.

그러나 주인아주머니가 고양이를 방문 앞에 묶어놓는 진짜 이유가 다른 데 있다는 걸 이 집에 사는 사람이면 누구나 알고 있었다. 내가 이사 오기 전, 내 방에 공사판에서 날품을 팔던 오십줄의 노총각이 살고 있었는데 아주머니한테 연정을 품었다는 거였다. 술을 마시고 들어오는 날이면 아주머니 방문 앞을 기웃거리며 구걸하듯 구애를 했고, 그 때문에 결국 쫓겨나고 말았다고 했다. 나는 한 번도 제대로 본 일이 없지만, 12시 여자는 아무래도 좀 모자라는 사람 같았다고 말했다. 고양이만 있으면 무서워서 접근을 못할 정도였다고 하니, 고양이는 아주머니한테 더할 나위 없는 문지기인 셈이었다. 어쨌든 묶여 있는 고양이가 쥐를 잡을 수는 없는 노릇이니까.

비가 그치자마자 아주머니는 핸들카에 박스를 하나 얹고 장사를 나갔다. 네모난 보도블록 위를 구르며 나는 바퀴 소리가 타각타각 국제갤러리 쪽으로 멀어졌다. 나는 베개 하나를 안고 방바닥에 엎드려 마당을 바라보았다. 개와 고양이도 종이 박스에 배를 깔고 엎드려 나를 멀뚱히 바라보다가 눈이 마주치면 머리를 앞발 사이에 묻었다. 아주머니에게 반했다는 사내는 왜 고양이를 무서워하게 되었을까. 언젠가 나도 잠결에 마당에서 나는 낯선 사내의 목소리를 들은 적이 있었다. 문을 열고 나가보진 않았지만 간절하다고 느꼈던 목소리는 아직도 기억에 남아 있었다. 어렸을 때 동네 개한테 내가 된통 물렸던 것처럼, 그 사내도 고양이한테 얼굴이라도 할퀴었던 걸까. 아니면 나처럼 고양이 옆에만 가면 온몸이 가려워지기라도 하는 걸까.

입 구 자 집 네모난 마당으로 해가 비치기 시작했다. 햇볕은 마당에 평행사변형을 그려놓았다.
비 온 김에 하루 쉴랬더니, 그예 그치고 말았네요. ……일요일이라 대목이긴 하지만.
12시 여자가 대나무 발을 말아 올려 못에 걸쳐놓고 쪽마루에 나와 하늘을 올려다보았다. 남성용 트렁크 팬티가 아닐까 싶을 핫팬츠 차림에 손에는 손톱깎이를 들고 있었다. 오랜만에 마당을 넘어 방까지 들어오는 햇볕을 쪼이며 공상에 잠겨 있던 나는 불쑥 튀어나온 허연 허벅지에 시선을 빼앗기고 말았다. 비루먹은 개와 고양이 냄새 때문에 한여름에도 맘대로 문을 열어놓을 수 없는 나에게 소나기 내린 직후만큼 청명한 때도 없었다. 그 청명한 오후 시간을 뺏길 수는 없었다. 나는 베개를 괴고 엎드렸던 자세 그대로 태연스레 마당 건너 여자를 바라보았다.
연이 언닌 취재 갔나 봐요? 주말인데, 어째 안 보이네요. 이번엔 어디로 갔어요?
12시 여자는 손을 요리조리 돌려가며 손톱을 깎아 마당 쪽으로 튕겨냈다. 강원도 횡성, 숯막에. 나는 간략하게 대답하고 여자의 손톱이 튄 마당 쪽으로 눈길을 돌렸다. 손톱 쪽으로 다가

가던 강아지가 내 눈길을 눈치 챘는지 잔뜩 움츠린 채 종이 박스 안으로 기어들어갔다. 나른한 표정으로 박스 안에 잠들어 있던 고양이가 강아지의 서슬에 깨어났다가 이내 눈꺼풀을 닫았다. 녀석들은 흔히 알기로도 상극인데 지난겨울부터 무척 친해졌다. 그 추운 겨울밤, 종이 박스와 헌 옷가지 몇 장 속에서 서로를 부둥켜안은 채 버텨낸 것이었다.

고양이는 태어나서 칠 주 안에 알게 된 동물하곤 그게 생쥐라도 친구가 될 수 있대요. 하긴, 저 개도 아주 어릴 때 고양이를 만났지만. ……참, 아저씨 이사 온 담에 생겼지, 쟤네들은.

발톱을 깎으며 여자가 심드렁하게 말했다. 손발톱을 깎으면서도 내 눈빛을 읽어낸 거였다. 인사동에서 액세서리 난전을 하면서 익힌 눈치일 터. 그 눈치를 뻔히 알면서도 나는 핫팬츠 속으로 언뜻언뜻 보이는 하얀색 팬티를 힐끗거렸다.

저 고양이, 되게 불쌍해요. 발정기가 한참 지났는데 아직도 수컷을 못 만난 거 같아요. 밤마다 그렇게 울어대는데도…… 고양이는 임신이 될 때까지 계속 발정을 하거든요. ……하긴 저 몰골에다가 옆에는 개까지 한 마리 버티고 있으니, 내가 수고양이래두 거들떠볼 거 같진 않지만. ……참, 아저씨는 피부가 엄청 예민하신가 봐요? 연이 언니가 그러는데, 고양이 냄새 오래 맡으면 살갗에 알레르기 생긴다면서요?

나는 가벼운 웃음으로 대답을 대신했다. 내가 처음 이사 올 때 이 집에는 제법 큼직한 암캐 한 마리만 있었다. 다른 곳보다

방값도 훨씬 싸고 학원과도 가까웠기 때문에 나는 내심 이곳으로 이사를 와야겠다고 생각하며 주인아주머니에게 개를 치워달라는 조건을 달았다. 아주머니도 마침 그러려구 했다며 흔쾌히 응했기에 나는 다른 요구 조건 없이 이사를 했던 것이다. 결과적으로 암캐는 이 집을 떠났지만 그 개가 낳은 강아지 중 한 마리가 남았고, 쥐가 많아졌다는 뻔히 들여다보이는 속내로 새끼 고양이 한 마리가 나중에 추가되었다. 그놈들이 제법 자라서 지금 내 부아를 돋우고 있는 것이었다.

저기, 뭐…… 하나, 물어봐도 돼요?

쪽마루 위에 흩어졌던 손발톱을 주워 모아 쓰레기통에 버린 다음, 여자는 허연 허벅다리를 그러모아 앉고 내게 호기심 어린 눈빛을 보냈다. 여자가 이렇게 여러 마디로 질문 공세를 펴기는 처음이었다. 희연과는 더러 부침개나 찌개를 나눠 먹곤 하는 눈치였지만. 나는 베개를 밀쳐놓고 문지방 앞으로 다가앉았다. 그리고 뭐든 물어보라는 표정을 지었다. 나는 그녀보다 일곱 살이나 많은, 어른인 것이다.

저, ……연이 언니랑, 결혼 안 해요?

여자는 묻고 나서 큭큭거리며 웃었다. 그 표정에는 나른한 고양이 얼굴에서 풍기는 장난기가 잔뜩 묻어 있었다.

글쎄…… 때가 되면 하겠죠, 뭐.

훗, 빨리 하시라구요. ……밤에, 아저씨 애원하는 목소리, 너무 불쌍했어요. 히힛.

여자의 말장난에 넘어가고 말았다는 낭패감이 치밀었다. 그러면서도 내 방에서 나누는 속삭임에 가까운 대화가 어떻게 저 방까지 전해졌는지 의심스러웠다. 게다가 나는 고양이 알레르기 때문에 항상 방문을 닫고 있었는데 말이다.

설마, 제가 엿들었다고 의심하는 건 아니겠죠? 그냥, ……요새 장마철이라, 발만 치고 있을 때 많았잖아요. ……저두 밤에 비 오는 소리 듣는 거 무척 좋아하거든요.

……

연이 언니한테 잘해주세요. 요즘 같은 세상에, 그것두 사랑하는 남자랑 밤새 한방에 있으면서 그걸 지키는 여자가 어딨겠어요?

이럴 땐 어떤 반응을 보이는 게 좋을지 몰라서 나는 쭈뼛거리기만 했다. 외국어 학원 초급 회화반 강사 일 년 경력이면 웬만한 상황에서의 대처 능력은 생길 만도 한데 말이다. 학원에서는 날씨가 어떤지, 내가 어떤 사람인지, 필요한 건 뭔지, 또는 박물관을 어떻게 찾아가는지 따위를 묻고 대답하면 그만이었다. 학생들은 대부분 얌전했고, 초급반인 만큼 망신을 당하지 않으려고 언제나 의기소침한 표정이었다. 지금껏 12시 여자 같은 말을 한 사람은 없었다. 그녀는 이제 겨우 스물셋이었고, 내가 아는 한 두 달에 한 번 꼴로 섹스 파트너를 갈아치우는 여자였다.

12시 여자는 재밌어 죽겠다는 표정을 애써 숨기고 나서 쪽마루 끝에다 솔향을 피워놓았다. 고양이와 개 냄새가 조금이라도 덜 나도록 하려는 나름의 배려였다. 희연의 말에 의하면 12시 여자는 대학 1학년 때 가출을 했다는데, 얘기를 들어보니 그래도 구속받는 걸 워낙 싫어하는 성격일 뿐 탈선을 한 경우로 보기에는 상식이 꽤 있어 보인다고 했다. 희연은 여자를 만날 때마다 돌아갈 집이 있다는 게 얼마나 큰 힘인지 모른다고, 빨리 가족들한테로 돌아가라고 설득하곤 했었다. 쑥색 향의 끄트머리, 좁쌀만 한 불빛 너머에 매달렸던 잿빛 토막이 봉당으로 툭 떨어졌다.

어떤 동물학자 말이 암컷이나 수컷이 종족 번식을 할 때는 누구나 두 가지 전략 중에 하나를 이용하게 된대요. 암컷은 수줍음을 타거나 방종한 전략을 쓰구요, 수컷도 성실한 전략이나 바람기 있는 전략을 쓴다는 거예요. 그러니깐 누구나 네 가지 경우의 수 중 하나에 속하게 되죠. 연이 언니나 아저씬 수줍음과 성실함으로 뭉쳤으니까 많진 않겠지만 아이를 똑부러지게 낳아서 기를 테구요, 나 같은 애들은 기회가 많기는 하겠지만, 뭐……훗, ……그렇다는 거죠, 뭐.

배시시 웃고 나서 여자는 쪽마루 위에 뉘어놨던 전지 크기만 한 검정색 가방을 들고 일어섰다. 언젠가 인사동에서 만났을 때 보니, 가방 안에는 인위적으로 산화시켜 골동품을 가장한 반지, 목걸이, 팔찌, 열쇠고리 같은 걸로 가득 차 있었다. 페루나 태국, 또는 인도의 수입품을 가장한, 메이드 인 차이나가 분명한 것들. 저것들을 팔아서 여자는 언제쯤 꿈에도 그리는 세계 일주

배낭여행을 떠나게 될까.

　불은사라진걸까나무에스며든걸까서울가는길에연이가사랑해요. 교보문고를 둘러본 뒤 영풍문고로 향하는 길에 희연이 보낸 문자 메시지가 휴대 전화에 찍혔다. 띄어 쓰지 않고 모두 붙여 쓴 글이었다. 두 번에 나뉘지 않고 한 번에 보내기 위해선 어쩔 수 없었을 것이었다. 그나마 글귀를 생각하느라 희연은 삼십 분도 넘게 머릿속으로 정리했을 게 뻔했다. 나는 휴대 전화 버튼을 여덟 번 눌러가며 두 번 정독하고 나서야 의미를 파악했다. 그녀의 문자 메시지는 언제나 선문답 같았다. 나는 영풍문고 매장을 두 바퀴 돌고 난 뒤에야 엄지손가락으로 한 문장을 꾹꾹 눌렀다. 불은 처음부터 나무 속에 있었는 지도 몰라.

　희연을 처음 만난 건 대학 3학년 때였다. 아니, 그건 만난 게 아니라 그저 같은 공간에 있기만 했던 건지도 모른다. 졸업하고 사회에 발을 들여놓을 때까지 한마디도 말을 붙여본 적이 없었으니까. 삼 년 후배인 희연은 제대 뒤 복학했을 때 같은 강의실에 앉아 있었다. 학교 방송국의 아나운서였던 그녀는 자주 수업에 빠졌다. 나는 그녀가 진행하는 뉴스와 음악 방송을 듣기 위해 스피커가 달려 있는 나무 아래 벤치에 자주 앉아 있곤 했다. 그녀가 방송을 진행하는 시간대에 낀 과목들은 늘 성적이 좋지 않았다. 이 년 동안, 나는 그저 그녀의 음성을 듣기만 했다. 따뜻한 물에 퍼지고 있는 은은한 작설차 내음 같은 목소리. 졸업

앨범용 단체 사진을 찍을 때 슬금슬금 다가가 그녀 옆자리에 섰던 걸 빼면 한 번도 마음을 표현한 적이 없었다. 그렇게, 아주 헤어졌는가 싶다가 다시 만난 건 작년 여름, 늦더위가 기승을 부리던 인사동에서였다. 막 소나기가 그친 거리를 지나가는 희연을 보고 쫓아가서 큰 소리로 부른 거였다.

영국에서의 이 년은 김 빠진 맥주처럼 밍밍했다. 학비를 벌어 가며 학위 과정을 끝내겠다는 포부는 가당치도 않은 일이었다. 대학원생, 접시닦이, 세차원이던 일과는 끝내 접시닦이, 세탁부, 세차원으로 바뀌고 말았다. 누군가의 흔적을 말끔하게 없애주는 따위로 이십대를 마무리할 수는 없다는 생각이 불현듯 들었다. 아무튼 나는 대학 교수가 되겠다는 꿈을 접고 종로 뒷골목의 허름한 외국어 학원 강사가 되어 있었고, 그 사이 희연은 다큐멘터리를 제작하는 조그만 프로덕션에서 작가와 내레이터를 겸하고 있었다. 그나마도 내가 희연을 불렀을 때 그녀가 속한 프로덕션 사장은 아이엠에프에 된통 발목을 잡혀 있었다. 그녀는 초조한 눈빛으로 더는 필요하지 않을 명함을 내밀며, 친구하고 둘이서 삼청동에 살고 있다고 말했다. 그리고 한 달쯤 지나 내가 전화했을 때는 방송국에 구성 작가로 들어가게 되었다고, 이제 목소리를 들려줄 수가 없게 되었다고 무척 아쉬워했다. 막 유행이던 인터넷 동창 찾아주기 사이트에서 그녀의 이메일 주소를 클릭했다가 이내 취소하곤 했었는데, 그녀는 내 자취방에서 불과 삼백 미터쯤 떨어진 곳에 살고 있었던 것이다. 알 수 없는 일이다, 운명이란. 컴컴한 밤길에 차이는 돌부리처럼 느닷없고, 어이없는 것 아니냐.

기이한인연이네제몸을태울걸알면서도불을품고있다니지금톨게이트. 풍문여고 앞을 지날 때 희연의 답글을 받았다. 나는 일요일이면 종종 이십 년을 가로지르는 시간 여행을 하곤 했다. 1980년대쯤의 풍경을 간직하고 있는 삼청동 부근과 인사동, 그리고 하루가 다르게 바뀌는 2000년의 종로 거리. 바둑알만큼 촘촘한 타일이 박혀 있는 복수탕에는 초등학교 다니는 아들놈을 끼고 중년의 아줌마가 때를 밀고, 화개이발관에서는 널빤지를 깔고 앉은 유치원생이 젖 빨고 있는 돼지 새끼 그림을 쳐다보고 있을 것 같았다.

집에 돌아왔을 때 주인아주머니는 이빨 나간 우동 사발에 꽁치를 잘라 넣고 나서, 번개 맞은 쥐가 그려진 봉지를 툴툴 털어가며 파란색 가루약을 뿌리고 있었다. 뻥뻥 돌려가매 사복 경찰 깔아놓으면 뭐 한대. 새앙쥐 같은 놈덜도 못 잡으면서. 안 그래, 총각? 아주머니는 청와대 쪽을 바라보며 큰소리를 쳤다. 이 동네 사람들은 어느 정권이 들어서든지에 상관없이 대부분 정부에 불만이 많은 편이었다. 청와대 근처라는, 그리고 한옥 보존 지구라는 이유 때문에 건물을 높게 지을 수도 없고, 신개축의 허가 조건도 무척 까다롭다는 거였다. 아주아주 오래전부터 그랬을 거였다. 어쩌면 조선시대, 그 이전부터. 밤이면 잇대어진 야트막한 기와지붕 위로 도둑고양이들이 뛰어다니고, 천장 위에는 엄지손가락만 한 바퀴벌레가 들끓고, 하수구로는 생쥐가 들락거리곤 했다. 서울 도심의, 그것도 청와대와 국무총리 공관과 경복궁이 지척에 있는 곳에서 말이다. 옆방 할아버지의 아홉 살 난 아들이 개의 머리를 쓰다듬어주고 있었다. 녀석의 눈에는 족보 따위는 꿈도 못 꿀 잡종개나 고양이가 그래도 귀여워 보이는 모양이었다. 나는 옆구리께를 긁적거리며 되도록 소리가 나지 않게 방문을 닫았다.

  12시 여자가 방바닥에 떨어진 머리카락을 주섬주섬 긁어모아 들고 나간 뒤에 나는 다시 잠들 수가 없었다. 새벽녘에 벌어진 느닷없는 사건들이 꽤나 어처구니없는 일이라 잠이 멀찌감치 달아난 데다, 어차피 한 시간쯤 지나면 자명종이 나를 깨울 것이기 때문이었다. 월요일 아침 일곱 시면 희연이 제작한 프로그램이 텔레비전에 나오니까. 나는 개켜진 이불에 비스듬히 기대 누운 채 이곳저곳으로 시선을 던졌다. 다섯 시 오십 분. 아직은 자고 있어야 할 시간이었다. 나는 조그마한 공간에 모인 사람들이 사는 방식도 참 가지각색이라고 생각하며 실쭉거렸다.
  자정에 가까웠을 무렵 화장실에 가려고 방문을 열었다가 나는 그림자를 보았다. 12시 여자의 방문에 비친 검은 실루엣이 아주 느릿느릿 움직이고 있었다. 방 안쪽에 촛불이라도 켜둔 모양, 유리창에 걸쳐진 하얀색 커튼으로 그림자 연극을 하는 것처럼 방 안의 풍경이 고스란히 투영되고 있었다. 머리 두 개는 포개진 듯했고, 허리 쪽으로 감겨 올라간 다리와 뒤쪽으로 내뻗은 두 다리, 그리고 고물거리며 움직이는 잇대어진 두 사람의 허리. 간혹 새어 나오는 숨소리까지, 두 사람의 움직임은 마치 희연의 다큐멘터리에서 보았던 허물 벗는 매미 같은 형상이었다. 9시 방향의 벌쭉 열린 방문 틈새로 담뱃불을 보지 못했다면 나는 그 자리에 더 오랫동안 서 있었을지 모른다. 어쩌면 희연이 내 방에 놀러 오는 날이면 12시와 9시 방향의 시선이 6시 방향으로 고정될지도 모를 일이었다. 12시 여자의 이번 파트너는 한 시가 가까웠을 무렵, 조용히 돌아갔다. 소곤거리는 소리에 이어 대문 여는 소리가 삐, 이, 이, 거, 어, 어, 억 여러 차례 분절되어 들렸다.

그리고 언뜻 잠들었던 나는 새벽녘에 방으로 튀어 들어온 여자 때문에 소스라쳐 일어났다. 눈을 뜨고 몸을 벌떡 일으킨 건 순간이었지만, 그가 12시 여자라는 것과 뛰어들면서 했던 첫마디가 '살려주세요'였던 건 한 템포 느리게 인식되었다. 여자는 방문을 화급히 닫아걸고 나서 방바닥에 동그랗게 웅크린 자세로 엎드려 꼼짝도 하지 않았다. 방문에 귀를 대고 바깥 동정을 살펴보았지만, 밝은 곳에서 캄캄한 곳의 사정을 눈치 채기란 쉽지 않았다. 언뜻 다투는 소리를 들었던 나는 주인아주머니를 흠모했다던 사내가 또 찾아온 모양이라고 잠결에 짐작했었다. 밖은 한없이 적막하기만 했다. 칼을 막 휘둘렀어요, 찌를 것처럼. 여자는 웅크린 자세 그대로 오들오들 떨었다. 나는 젖버듬히 물러

선 자세로 눈동자만 굴려댔다. 우락부락하게 생긴 사내가 큼직한 부엌칼을 들고 설쳐대는 그림이 연상되었던 것이다. 여자는 머리채를 휘둘리기라도 했던지 손가락으로 연신 뽑힌 머리카락을 훑어내렸다. 미안해요. 불 켜진 데가 여기밖에 없었어요. ……재는, 완전히 끝났다고, 벌써 세 달 전에 말해줬는데도, 말귀를 못 알아들어요. ……죽어버리겠대요. 그러면서 왜, 칼은 나한테 휘두르나 몰라. ……걱정할 건 없어요. 죽을 용기는 없는 놈이니까.

지붕 위로 도둑고양이들이 뛰어다니는 소리가 들리고, 연이어 마당의 암고양이도 아기 울음소리나 토악질 소리 비슷한 괴성을 질러댔다. 어디선가 기와 달그락거리는 소리, 바닥으로 뛰어내리는 소리, 세숫대야나 양은 냄비 부딪치는 소리, 고양이들끼리 크악—캬악 싸우는 소리. 12시 여자가 한참 만에 고개를 들고는 모호한 웃음을 흘렸다. 그제야 칼을 들었다는 사내가 확실히 돌아갔다는 판단이 들었다. 그렇지 않고서야 고양이들이 밖에서 저렇게 소란을 피울 수는 없을 테니까. 12시 여자는 내가 마당에 내려가 사방을 둘러보며 안심하라고 세 번이나 말한 뒤에야 조심스레 자기 방으로 돌아갔다.

광고 화면 오른쪽 위에 씌어진 프로그램명이 지워지기 무섭게 나는 리모컨의 녹화 버튼을 눌렀다. 희연이 속한 팀이 촬영해왔을 내용은 십오 분에서 이십 분 안팎이겠지만 몇 번째로 편성되었을지는 알 수 없었다. 숯막 얘기는 두번째로 나왔다. 리포터는 오래전에 활동했던 개그우먼이었다. 나는, 저 여자 누구더라? 머리를 굴려보다가 자막을 보고서야, 아! 맞다, 무릎을 때렸다.

　남자 엠시가 리포터에게 숯가마에서 찜질을 하고 와서 그런지 피부가 좋아졌다고 너스레를 떨었다. 리포터는 볼을 만져가며 과장스레 맞장구를 치고 나서, 숯막에서 가져온 손목 굵기의 참숯을 들어 보였다. 이게 보기엔 작아 보여도, 처음 가마에 쟁여 넣을 때는 세 배나 굵은 참나무였다고 합니다. 숯가마 속은요, 천사백에서(잠깐 더듬다가 원고를 보고 나서 말을 잇는다) 천팔백 도에 이르는 고온이라고 하는데요. 거기서 오 일 동안(손바닥을 쫙 펴 보인다) 완전히 불사르고 나면, 참나무가 이렇게 단단하고 날씬한 숯 검댕이로 변한다는군요(살짝 웃는다). 이어 컴컴한 산길을 세 명의 숯장이와 리포터가 걸어 올라가는 장면이 나왔다. 산중턱에 있는 숯막은 연기로 자욱하고, 숯가마 앞에 놓인 대형 선풍기와 그 속으로 열기를 내뿜고 있는 잉걸불이 보였다. 리포터는 가마를 옮겨가며 숯이 만들어지는 과정을 인터뷰했다. 숯을 꺼내는 가마 앞에서 리포터는 목소리를 높여가며 호들갑을 떨었다. 와! 무슨 금광을 캐는 것 같아요. ……와우! 와하! 저 빛깔 좀 보세요. 불꽃놀이를 하는 것두 같구요…… 가마 앞으로 다가갔다 물러섰다를 반복하던 리포터는, 이어 숯가루가 섞인 거무튀튀한 모래가 끼얹어진 숯 무더기 쪽으로 다가갔다. 그 뜨겁던 불꽃들은 어디로 사라졌을까요? 이제야 숯 모양이 갖춰지는 것 같은데요? 오십 년 동안 숯장이만 했다는 노인은, 글쎄요? 숯이 먹어버렸나, 껄껄 웃었다. 이어 노인은 숯이 수분 조절을 해주고, 악취도 없애주고, 전자파도 빨아들인다고, 박사님들이 그러더라고 약장수처럼 늘어놓았다. 리포터나 숯장이 노인은 희연이 적어준 대본대로 읊조리고 있을 거였다. 적어도 내겐 모든 소리가 희연의 목소리로 들렸다. 카메라가 리포터를 따라 찜질방으로 운영되는 숯가마로 들어갈 때, 나는 칫솔과 수건을 들고 마당으로 나갔다. 더 지체하면 학원에 늦을 것 같았다. 어차피 테이프가 끝까지 돌아가면 비디오 데크는 자동으로 멈출 테니까.

밤사이 마당은 어수선해져 있었다. 개가 싸놓은 똥 덩어리와 오줌 줄기, 뒤집어진 채 수돗가에 널브러진 고무 통. 12시 여자의 방문 유리창에 길게 금이 가 있고, 그 앞 쪽마루 위에 엎드려 있던 고양이 두 마리가 냉큼 일어나 쏜살같이 담벼락을 타고 뛰어올랐다. 또 다른 한 마리는 윤기가 흐르는 검정색이었다. 꿍얼거리며 엎드려 있는 개 옆으로 질겅질겅 씹힌 듯 끊어진 노끈이 보였다. 세수를 하고 돌아왔을 때 텔레비전은 뉴질랜드에 있다는 번지 점프대를 보여주고 있었다. 리포터인 미스코리아는 점프대 난간에 다가섰다 물러섰다를 반복하며 계속 울먹거리기만 했다. 나는 바지를 꿰어 입고 서둘러 학원으로 향했다. 희연이 삼 박 사 일간의 취재 일정을 마치고 이제 막 돌아올 시간, 월요일은 여덟 시 수업을 시작으로 열세 시간이나 지루하게 이어진다.

 학원에서 돌아오니, 희연은 불도 켜지 않은 방에 태아처럼 잠들어 있었다. 저렇게 둥글게 몸을 말고도 잠들 수 있구나 생각하며 나는 희연의 등 뒤에 바투 다가가 그러안았다. 월요일에는 수업이 다른 날보다 두 배는 많았다. 방문이 제대로, 꼭 닫힌 걸 확인하자마자, 나는 바로 잠 속으로 빠져들었다.
 누가 먼저인지 모르지만, 희연과 나는 잠이 깨어 있었다. 이번엔 내가 잔뜩 오그리고 있고, 희연이 나를 뒤에서 안고 있는 자세였다. 우린 한참 동안 움직이지 않고 누워 있었다. 얼마나 지났을까. 희연이 후— 숨을 길게 내쉬었고, 그 숨결이 내 귓불과 목 언저리를 간질이고 지나갔다.
 꿈을 꿨어요. 막 시디를 걸어놓고, 창가로 다가섰는데, ……저 아래쪽 벤치에 선배가 앉아 있었어요. 음— 아주 오랫동안, 그러고 있었던 거 같아요. 아! 내 목소리를 좋아하는 사람도 있구나. 꿈속에서도 얼마나 행복했는지. ……난, 아나운서가 돼야겠다고 다짐을 했어요. 여기저기 시험을 무진장 많이 쳤는데, 매번 면접에서 떨어졌어요. 그런데, 그때까지도 선배는 여전히 그 벤치에 앉아 있었고, 내가 걸어놓은 음악도 그때까지 들리고. ……이상하지? 꿈속에서도 몇 년은 지난 거 같았는데.
 그런 것두 기시감이라고 하나?
 기시감? 글쎄, ……방금 내가 꾼 꿈이, 과거 어느 때 있었던 일이라면. ……그렇지만, 그건 언제 일어난 일인지 잘 기억나지 않을 때 쓰는 말이잖아요? 난 다 기억 나는걸. 학교 방송국 아래 있었던 벤치.

혼자서만 시간을 훌쩍 넘겼다니까 말이지. ……그런데, …… 다, 보고 있었구나? 내가 거기 늘 앉아 있었던 거.

내 입술이 희연의 입술을 찾아 흐읍, 빨아들였다. 그녀는 프흐, 웃음을 짓다가 이내 혀를 내밀어주었다. 혀끝에서 작설차 내음이 났다. 나는 손을 움직여 희연의 가슴께로 가져갔고, 곧바로 단추 두 개를 끌렀다. 장작개비처럼 굳어 있던 희연이 내 손을 살짝 거머쥔 뒤 옆구리 쪽으로 밀쳐놓았다. 그리고 머리맡에 놓였던 대바구니를 끌어와 눈앞에 들이밀었다. 방 안은 아직 어두웠지만, 나는 그것이 숯이라는 직감이 들었다. 강원도 숯막에서 사온. 연필 길이만큼씩 잘린 팔목 굵기의 숯들이 대바구니 가득 담겨져 있었다. 구멍이 숭숭 뚫리고 울퉁불퉁 결이 간 숯은 돌덩이처럼 단단하고 맞부딪칠 때마다 텅텅텅 울렸다.

숯가마 속을 들여다보면서 언뜻 내가 생겨나던 순간을 기억한 거 같아요. 불꽃이 이 나무에서 저 나무로 옮아 붙는 것처럼. 참, 모질구나, 생명이란. 그게 어디든, 불붙을 나무만 있으면 '훅' 하고 옮아 붙는구나. 망설임도 없이. 그리고, 그 나무가 다 탈 때까지, 정말 열심히 뜨겁구나. 다 타고 나면 흔적도 없이 사라질 텐데. 그런, 생각이 들었어요. 안 믿기지요? 내가 생기던 순간을 기억한다는 거.

나는 고개를 가로저었다. 충분히 이해할 수 있다는 듯.

……그런데, 내 몸뚱어리에 불을 옮겨준 사람은 지금 어디 있을까? ……정말 뜨겁게 사랑을 하긴 했을까요? 선배 말처럼 나무는 이미 불을 간직하고 있었는지, 그런지도 모르죠. 차라리 그랬다면 원망이 생기진 않을 텐데. ……꿈속에서, 면접에 붙은 애들이 잘나가는 부모가 있다고 얼마나 자랑들을 하던지. 후—

나는 희연의 손을 꼭 잡아주었다. 땀이 밴 손이 참 따뜻했다. 그 속에 불이라도 간직한 듯.

이거 방문 앞에 놔둬요. 숯은 악취를 빨아들인다니까, 그래도 덜 가려울 거예요.

그러나 희연이 내 방에 숯을 가져다 놓고 며칠이 지난 다음부터 내 몸은 조금씩 더 가려워지기 시작했다. 전처럼 가렵기만 하고, 그래서 긁으면 그저 벌겋게 변하기만 하는 것도 아니었다. 살갗은 마치 풀쐐기에 쏘인 것처럼 두툼하게 부어올랐다. 오백 원짜리 동전만 하던 부기는 날이 더할수록 조금씩 커져서 아주머니에게 월세를 주기 위해 십 분가량 마당에 서 있었던 날은 등허리로 손바닥만 하게 번지기까지 했다. 긁지 않고는 견딜 수 없게 가려웠고, 긁적일 때마다 부기는 다른 곳으로 옮겨갔다. 희연은 새로 생긴 건 숯밖에 없는데, 그렇다고 숯 때문에 알레르기가 심해질 리는 없지 않냐며 괜히 미안해했다. 집 밖으로 나가면 언제 그랬냐 싶게 가려움증이 없어졌고, 집에 돌아오면 어김없이 긁적긁적 퍼져나갔다. 나는 대부분의 시간을 밖에서 보내다가 한밤중에야 돌아와 약사가 지어준 약을 먹고 잠들 수 있었다. 그렇게 열흘을 겨우겨우 참다가 복덕방에 방을 내놓았지만 예상대로 별 소용이 없었다. 두 명이 찾아오긴 했는데, 방문을 열어보기도 전에 마당에 서서 인상만 찌푸리고 돌아갔던 것이다.

삼 주를 그렇게 보냈다. 칼부림을 했다던 사내가 두 번 더 찾아와 소동을 부렸고, 용케 그 사이사이로 그림자 연극의 남자 주인공이 다녀갔다. 칼부림 사내는 예상 외로 고등학생 같은 앳된 얼굴을 하고 있었고, 그림자 사내는 여전히 그림자로만 모습을 드러냈다. 검정색 수고양이를 따라갔던 암고양이는 사흘 만에 돌아와 밥그릇에 코를 박고 있다가 주인아주머니에게 포획되어 얌전하게 묶였다. 나는 저 녀석이 어딜 가서 더 지독한 페로몬을 묻혀 온 게 분명하다며 아주머니가 없는 틈을 타 기습적으로 수돗물을 뿌려댔다. 그때마다 고양이는 기겁을 하며 마루 밑으로 도망쳤고, 개는 소리로만 크르릉거릴 뿐 이내 고양이를 따라 들어가 앞발 사이에 머리를 묻고 낑낑거렸다.

숯막에 다녀온 이후로 희연은 두 주 동안의 촬영을 서울에서 했다. 1·2부로 나누어 서울에 있는 미술관을 돌아보았는데, 인사동과 경복궁 주변의 미술관을 예비 취재할 때는 나와 동행하기도 했다. 그리고 이번 주엔 꿀 따는 날에 맞추느라 일찌감치

강릉 근처의 한봉 단지에 다녀왔기 때문에 주말을 함께 보낼 수도 있었다. 희연은 방문을 꼭꼭 닫고 자야 하는 불편을 감수하고 일주일에 하룻밤 정도는 내 방에 함께 있어 주었다. 물론, 예의 수줍음과 성실함의 전략을 지키면서 말이다.

그리고, 지긋지긋하던 알레르기의 정체가 결국 밝혀지고 말았다. 일요일 아침이었다. 12시 여자가 전에 없이 일찍 일어나서는 내 방문을 똑똑똑 두드렸다. 아홉 시를 조금 넘긴 시간. 희연은 부리나케 일어나 웃옷을 걸치고서 새침한 표정으로 물러나 선풍기부터 틀었다. 나도 '잠깐만요'를 외치며 속옷 위에 티셔츠와 반바지를 꿰어 입었다. 밤사이의 찜통더위는 살인적이란 말에 부족함이 없었다. 문을 열자 12시 여자는 불안한 눈빛에 시치름한 표정을 덧씌우고 손가락으로 마당부터 가리켰다.

징그러워 죽겠어요. 저게 대체 뭐죠? 아까는, 내 방까지 두 마리가······

마당은 구더기로 득시글거리고 있었다. 세 가닥으로 이어진 행렬은 12시 방향과 화장실 방향, 그리고 개와 고양이가 엎드려 있는 종이 박스 쪽으로 고물고물 이어져 있었다. 세 가닥의 시작은 여자의 방과 화장실 사이의 어깨 넓이쯤 되는 틈바구니인 듯싶었다. 오래된 아코디언과 트랜지스터라디오, 그리고 장판 쪼가리 같은 잡동사니가 잔뜩 쌓여 있는, 평소엔 눈길조차 주지 않던 곳. 그곳에서 구더기의 행렬이 고물거리며 기어나오고 있었다.

따라 나오는 희연을 방에 있으라고 밀어넣은 뒤에, 나는 수도꼭지를 틀고 호스 끝을 오므려가며 마당 구석구석으로 물을 뿜어댔다. 잡동사니가 쌓여 있는 곳에는 더 오랫동안 물을 뿌려주었다. 십 분 이상 물을 뿌리고서야 노르스름한 그놈들이 눈에 띄지 않았다. 하지만 시간이 지나자, 놈들은 다시 고물거리며 기어나왔다. 언제까지고 끊어질 것 같지 않게. 12시 여자는 핫팬츠 차림으로 옆에 서 있다가 눈살을 잔뜩 찌푸렸다. 뭐가 죽어 있는 거 같죠? 그렇죠? 그런 게 아니길 바랐지만, 나는 고개를 끄덕거렸다.

결국 잡동사니를 하나씩 들춰보는 수밖에 다른 도리가 없었다. 이상한 일이지만, 마당에 한참을 서 있는데도 가려움증이 생기지는 않았다. 아코디언과 트랜지스터라디오를 빼내고 장판 쪼가리들을 들추며, 나는 주인아주머니가 쥐약 놓았던 걸 기억해냈다. 둘둘 말린 장판지 밑엔 분명 큼직한 쥐가 죽어 있으리라. 아주머니 방문을 힐끗 쳐다보았지만, 커다란 자물통만 덜렁 걸려 있었다. 장판 쪼가리에 구더기 세 마리가 붙어 올라왔다. 그리고 그 아래, 흠칫, 시커먼 동물의 사체가 말라붙어 있는 게 보였다. 생선뼈가 흩어져 있는 바닥, 쥐라고 하기엔 너무 커다란, 그건 분명 검정색 고양이였다. 윤기 없는 털, 푹 꺼진 눈자위, 갈비뼈를 고스란히 드러낸 비쩍 마른 등거죽. 언젠가 이 집 고양이를 홀려서 함께 달아났던 놈과 비슷한 크기였다. 언제 나와 있었는지, 희연이 내 등을 꼭 안아주었다.

비닐봉지에 거죽을 쓸어 담는 동안 고양이털이 풀풀 날렸다. 나는 오만상을 찌푸리다 말고, 어쩌면 이것도 커뮤니케이션의 수단일 거라는 생각이 들었다. 녀석은 이렇게라도 자신의 존재를, 거기 한 죽음이 있다는 걸 알리고 싶었으리라. 존재를 알리는 일. 누구라도 그렇게 살고 있지 않은가. 불꽃이, 아직 타지 않은 나무로 옮아 붙는 것처럼, 완전히 사라지기까지는 제 살을 끊임없이 나눠주고 파먹고 하는 게, 그런 게 생명 아닌가 하고.

늦은 점심을 먹고 났을 때, 기어이 소나기가 쏟아졌다. 벌써 어제 저녁부터 후덥지근했던 것이, 어쩌면 이미 예상되었던 소나기였다. 나와 희연은 오랜만에 방문을 활짝 열어놓고 마당을 내다보았다. 입 구 자 집에서는 바람도 입 구 자로 부는 모양이었다. 비가 들이치는 부분이 평행사변형의 모양으로 젖어들었다. 예각의 구석마다 쓸리거나 밀려왔던 자잘한 쓰레기들조차 마당 한가운데 배꼽처럼 붙은 하수구로 쏟아져 들어갔다. 지상의 끝이고 지하의 시작인 구멍. 나는 어쩌면 지하철 역사에서 크르렁거리며 도는 바람도 저런 조그만 구멍에서 비롯되는지 모른다고 생각했다.

그리고 언제 비가 내렸나 싶게 소나기가 뚝 멎었다. 비를 담은 구름들이 일제히 서울 한복판을 지나 한강 너머 쪽으로 건너갔다. 하늘은 아직 어두컴컴했고, 얼마 지나지 않아 나는 정강이께가 가려워지기 시작했다고 느꼈다. 빌어먹을 알레르기, 괜찮아진 줄 알았더니만. 나는 문을 닫고 나서 옆에 놓였던 숯바구니를 장난스레 끌어안았다. 옆에서 희연이 까르르 웃어댔다. 이 집에선 숯이 완벽한 탈취제네요? 후후— 그러지 말고 옷부터 벗어놔요. 여기도 냄새가 많이 배었을 거야. 나는 희연을 돌려 앉혀놓고 속옷까지 훌훌 벗고, 새걸로 갈아입었다. 그러면서 이제 희연과 나는 한방에서 속옷을 갈아입는 사이로까지 발전했다고 흡족해했다. 옷을 갈아입는 동안 희연은 돌아앉은 채 벽을 바라보면서 연신 큭큭거렸다.

빨래 바구니와 가루 세제를 들고 마당으로 나섰다. 대문간에 한 사내가 두 장의 엽서를 들여다보고 서 있다가 나를 의식했는지 이쪽을 멀뚱멀뚱 쳐다보았다. 등에는 아이를 업고 있었는데, 갑자기 구부정하게 허리를 굽혀 정강이를 긁어대는 모양새가 누군가를 많이 닮아 있었다. 우리는 홀린 듯 서로의 눈동자를 바라보기만 했다.

그냥 담가놔요. 내가 이따가 빨아줄게요. 희연이 문 밖으로 머리를 내밀며 말했다.

용꿈

> 너와 나와 버슨짐의 너은 온 방바닥을 기여 단여라.
> 나는 네 궁둥이여 쫙 붓터서 네 허리를 잔쑥 찌고
> 볼기짝을 늬 손바닥으로 탁 치면서 '이리' ᄒ거든
> '흐흥' 그려 퇴금질로 물너시며 쥐어라.
> 알심 잇게 쥐어드면 탈승짜(乘字) 노릭가 잇난이라.
> ─『춘향전』「원앙교경」 중에서

　아빠가 버리고 떠난 서재에서 놈은 1962년도에 발행된 완판본 춘향전을 발견했다. 두꺼운 양장본에 주석 풀이와 남원 지도까지 곁들이고도 가격은 겨우 150원. "숙종대왕 직위 초의 셩덕이" 어쩌구 하는 식으로 시작되는 도입부는 하품이 나올 만큼 따분했다. 게다가 쥬셕지신(柱石之臣)이니 용양호위(龍驤虎衛)니 간셩지장(干城之將)이니 하는 듣도 보도 못한 한자어가 『월리를 찾아라』 퍼즐 책의 사람들만큼이나 복잡하게 들어차 있는 바람에, 놈은 양장본 표지를 그냥 덮고 말았다. 그러나 서가에 책을 꽂다 말고 놈의 눈길이 책 모서리 부분으로 쏠렸다. 책의 중간쯤에 때가 까맣게 낀 데다, 대충 넘겨도 곧바로 펴지는 게 아무래도 심상치가 않았던 것이다.

七, 원앙교경(鴛鴦交頸)이라! 고등학교에 입학한 지 겨우 두 달밖에 안 된 놈이었지만 그게 춘향과 몽룡이 섹스를 즐기는 장면이라는 것쯤은 알 만했다. 그 서가에서 아빠가 버려둔 『금병매』니 『섹스북』이니 『성의학』이니 하는 제법 까다로운 책들을 오래전에 독파하고, 이젠 볼만한 게 하나도 없다고 단언했던 놈으로서는 오랜만에 월척을 낚은 기분이었다.

놈은 "춘향과 도련임과 마조 안져 노와스니 그 이리 엇지 되것난야" 하는 첫 문장부터 시작해서 한자가 많은 부분은 적당히 넘어가며 속독으로 훑어내렸다. 그래서 마지막으로 "이팔(二八) 이팔 둘이 만나 밋친 마음 세월 가는 줄 모르던가 부더라" 하는 마지막 문장을 읽는 데는 불과 삼십 분도 걸리지 않았다. 부분 부분 어려운 고문(古文)이 있기는 했지만 독음으로 읽으니 그럭저럭 앞뒤 연결이 되었고, 말놀이하는 부분이나 춘향의 옷 벗기는 장면은 텔레비전에서 보았던 판소리 흉내까지 내가며 읽으니 제법 속도감마저 붙었다.

그러나 놈이 "씨발, 존나 재밌네"를 연발하며 처음부터 차근차근 읽기 시작한 진짜 이유는 '이팔 이팔'이라는 부분이 궁금해 죽겠어서였다. 놈은 춘향과 몽룡의 나이가 몇 살이었는지 몹시 궁금해졌다. 들은 바로는 둘의 나이가 이십을 넘기진 않았던 것 같은데 스물여덟이라니, 그건 아무래도 터무니없어 보였다. 그렇게 해서 놈은 밤을 새워 완판본 춘향전을 처음부터 끝까지 읽게 되었고, 어렵지 않게 이팔이란 이 곱하기 팔, 즉 춘향과 몽룡이 모두 열여섯 살이라는 걸 알게 되었다.

씹새, 그럼 나하구 동갑이잖아. 둘 다 존나게 조숙했구만.

스타크래프트 게임* CD를 사오고 나서 컴퓨터 게임 외에 다른 걸로 밤을 새워보기는 처음이었다. 덕분에 영어 시간에 졸다가 선생에게 뒤통수를 얻어맞기는 했지만, 놈은 다음 날 밤엔 세계 명작 전집을 뒤져 『로미오와 줄리엣』을 읽기 시작했다. 이번엔 로미오와 줄리엣의 나이가 궁금해졌던 것이다. 그 결과 로미오의 정확한 나이는 알 수 없었지만, 줄리엣은 겨우 열네 살에서도 며칠이 빠진다는 사실을 알게 되었다. 그건 우리 나이로 환산을 한다고 해도 열다섯밖에 안 되었다. 후훗, 씹새들⋯⋯ 중삐리들이 알긴 뭘 안다구⋯⋯

우리나라와 영국의 대표적인 고전에 나오는 주인공들이 열대여섯에 섹스를 자유롭게 했다는 사실이 놈에겐 충격이면서 동시에 고무적인 현상으로 받아들여졌다. 그리고 춘향전을 읽고 나

---

* 스타크래프트starcraft는 워크래프트Warcraft, 디아블로Diablo로 국내 게이머에게 알려진 블리자드Blizzard에서 선보인 전략 시뮬레이션 게임. 이 게임은 지구에서 추방당한 인간들의 연합인 테란족, 호전적이며 파괴를 일삼는 저그족, 그리고 고도로 발달된 문명 속에서 보수적이며 정적으로 살던 종족인 프로토스족 간의 전투를 기본 스토리로 하고 있다. 스타크래프트는 1998년 상반기 출시와 동시에 그동안 C&C: 워크래프트 구조로 나뉘던 전략 시뮬레이션계의 판도를 한번에 뒤집고 전략 게임계의 정상을 차지했다. 지속적인 배틀넷 서비스와 커스텀 맵의 제공, 래더 시스템 도입 등을 통하여 세계의 게이머들을 컴퓨터 앞에 묶어놓았을 뿐 아니라, 한국에 PC방 열풍을 불러일으킨 원인이기도 하다. (R·E·D, 『PC GameCraft 1999』, 도서출판 세진기획, 15~16쪽 참조)

서 겨우 수음만 한 번 했던 자신에 비한다면 무척 부러운 존재로 느껴졌다. 게다가 다음 날엔 지각을 하는 바람에 오리걸음으로 운동장을 다섯 바퀴나 돌았으니, 놈은 옛날에 태어나지 않았던 게 그저 통탄스러울 뿐이었다.

*

이번 맵Map은 처음부터 놈에게 불리해 보였다. 미네랄의 양은 진지를 제대로 구축하기에 부족했고, 베스펜 가스는 다리를 하나 건너간 자리 귀퉁이에 붙어 있었다. 사령부를 미네랄과 베스펜 가스가 있는 중간 지점으로 옮겨놓고, 배럭(테란족 보병을 생산하고 훈련시키는 병영)을 건설해 본격적으로 마린(테란족, 해병대)을 생산하기 시작했지만, 년의 저글링(저그족, 지상 유닛)들이 수시로 몰려들어 SCV(테란족, 자원 채취 담당) 숫자를 줄여놓는 통에 그도 수월치는 않았다. 몇 되지도 않는 마린으로 배수진을 치고 나서야 베스펜 가스를 옮겨오기 시작한 놈은 그제야 팩토리(테란족의 기계 및 장갑을 생산하는 곳)를 건설하고 본격적인 구축에 들어갔다.

저글링을 수시로 보내와 진지를 정신없게 만들던 년이 왠지 조용했다. 뮤탈리스크(저그족, 공중 유닛) 한 마리가 잠깐씩 나타났다가 사라지곤 했지만 놈이 마린을 몇 명만 보내도 곱게 물러서곤 했다. 탐색전을 벌이는 모양이었다. 그럴수록 마우스를 쥔 놈의 손가락은 빨라졌다. 사령부 주변에 벙커를 지어 마린을 숨겼고, 스타포트를 건설해 비행 유닛인 레이스를 생산하기 시작했다. 그리고 아카데미와 엔지니어링 베이를 만들어 지상군 무기와 장갑도 업그레이드 시켰다. 그렇게 레이스 세 대와 시즈 탱크 여섯 대가 만들어지고 나서야 놈은 좀 안심이 되었다. 이제 그깟 저글링이 몰려온다고 해도 크게 걱정할 건 없을 듯했다. 놈은 이제 본격적으로 마린과 파이어뱃(테란족, 화염 방사기를 사용하는 기갑 돌격대)의 생산에 들어갔다. 년의 해처리(저그족의 핵심 건물)가 있을 것으로 짐작되는 아래쪽 협곡 밑에 배럭을 하나 더 건설하고 자원이 들어오는 대로 보병을 만들어 열 명씩 배치했다.

장기전으로 갈 양상이었다. 컴퓨터와의 전투로 갈고 닦은 실력을 이번만큼은 유감없이 발휘하리라고 놈은 다짐했다. 조금이라도 심기를 건드리는 날이면 전투력을 총동원해서 년의 진지를 쑥대밭으로 만들어버리리라! 놈은 유닛을 더 많이 생산하기 위해 서플라이 디포트(테란족의 보급품을 제공하는 곳)를 다섯 개 더 만들었다. 이제 유닛을 128까지 생산할 수 있게 되었다. 놈은 "조금만, 조금만"을 연발하며 마우스를 정신없이 눌러댔다.

배럭 밑으로 마린과 파이어뱃을 도열하다가 넘쳐나자 드디어 '따다다다' 하는 총격 소리와 함께 미니맵에 빨간 불빛이 드러나기 시작했다. 년과의 경계선을 넘어서 자연스레 전투가 시작된 것이다. 후후, 그렇다면 이젠 전면전이다! 놈은 마우스와 키보드를 연신 두드리며 유닛들에게 공격 명령을 내렸다. 예상했던 대로 협곡 바로 위에 년의 해처리가 있었다. 그리고 그 주변에 라바(저그족의 기본 유닛, 유충) 세 마리가 있고, 저글링 이십여 마리가 굶주린 들개 떼처럼 놈의 유닛들을 향해 돌진해 들어왔다. 하지만 그 정도는 우스웠다. 업그레이드된 파이어뱃이 맨 앞에서 불을 뿜어대고, 시즈탱크와 골리앗(테란족, 전방 지원용 장갑체)이 '펑, 펑' 쏘아대는 포에 년의 해처리는 맥없이 찌그러들기 시작했다. 해처리 주변에 아직 부화되지 않은 알들이 내는 소리가 소름끼치게 들려왔다. 그것은 빽빽한 떡볶이에서 뽀글뽀글 올라오는 멀건 공기 방울처럼 보였다가, 이내 검은 비닐봉지에 싸여 정신을 몽롱하게 만들던 노란색 본드의 찐득찐득한 모양으로 보였다. '욱' 하고 속엣것이 올라오다 말고 목에 걸렸다. 위액이 시큼하게 입 안을 자극하고 돌았다.

*

 프라이팬 위에 쏟아진 계란은 반의반쯤은 병아리였다. 흰자위에 죽죽 그어진 실핏줄의 모양이며 날개와 다리의 모양새가 희미하게 갖춰지기 시작한 허연 덩어리가 노른자위를 감싸 안고 있는 모양새가 꼭 그랬다. 그 괴상한 몸뚱어리가—그건 분명 몸이었다—프라이팬 위에 툭 떨어지는 순간, 놈은 전류라도 흐른 것처럼 심장 주위에 짜르르한 통증을 느꼈다. 놈은 뒤로 한 발짝을 물러섰다가 이내 다가가 젓가락으로 쿡 찔러보았다. 노른자위가 터지면서 열이 번지기 시작한 프라이팬 가장자리로 흘러내렸다.

놈의 엄마는 새벽같이 아빠의 선거 사무실에 나간 모양이었다. '콘푸로스트 우유에 말아 먹고 학교 가거라.' 놈이 일어났을 때 식탁 위에는 메모지만 한 장 달랑 올려져 있었다. 엄마가 시키는 대로 콘푸로스트를 먹었으면 이런 괴상한 꼴을 안 보는 건데, 씨발. 하필 계란 프라이가 먹고 싶을 게 뭐냐? 졸라 재수없게스리. 놈은 콘푸로스트를 그릇에 붓고는 우유와 함께 허옇게 열기가 퍼진 계란 프라이를 얹어 휘휘 저었다. 제법 꼬들꼬들한 게 먹을 만은 했다. 이런 걸 유정란이라구 하나? 그놈의 닭은 왜 알을 품다 말고 버렸을까? 그리구 이게 어떻게 슈퍼마켓에 있ㅇ…… 우 우웃.

놈은 식탁에서부터 화장실까지 유정란이 섞인 콘푸로스트를 허옇게 게워 올리며 뛰어갔다. 한동안 생각하지 않았던 엄마의 말이 떠올랐던 것이다. 그러게 애는 결혼식 올리구 나서 낳겠다니까, ……낙태할려구 산부인과까지 들어간 걸 왜 끌고 나왔느냔 말야! 놈이 옆에 있건 말건 엄마는 그 얘기를 쏟아놓고 나서 아빠에게 흠씬 두들겨 맞았다.

중학교 2학년, 그러니까 재작년 가을이었다. 생물 시간에 혈액형 검사하는 실험을 학생들이 직접 했는데, 놈은 O형이라는 결과가 나왔다. 그런데 그 얘기를 집에 와서 했던 게 화근이었다. 놈의 아빠가 하고 많은 혈액형 중에 하필이면 AB형이었던 것이다. 그러니 어떤 여자하고 배를 맞춘들 O형인 놈이 나올 수는 없는 일이었다. 결국 유전자 감식을 한다는 둥 친자 확인 소송을 한다는 둥 한 달을 넘게 싸우더니, 아빠는 놈보다 두 살 어린 동생을 데리고 할아버지 댁으로 가버렸다.

한 달이 넘는 동안의 말씨름을 듣고 종합해본 결과 놈은 자신의 출생에 얽힌 비밀의 대강을 알 수 있었다. 놈의 엄마가 아빠를 꼬시기 시작한 건 서울의 봄과 광주민주화운동으로 알려진 1980년, 대학에 다닐 때였다. 물론 놈의 엄마 아빠에게 학생 운동이나 군사 독재, 폭력 같은 건 강 건너에 난 불처럼 그저 남의 동네 얘깃거리에 불과했고, 관심거리라면 오직 연애뿐이었다. 다만 문제라면, 놈의 엄마가 아빠만 꼬셨던 게 아니라, 아빠의 라이벌이었던 또 다른 남자를 한꺼번에 꼬셨다는 데 있었다. 그리고 결국 줄다리기 끝에 돈이 더 많았던 놈의 아빠—밝혀진 바로는 놈의 친아빠를 차고, 놈의 호적상의 아빠—를 선택했다는 것이다. 그런데 그때쯤 놈이 임신된 게 확인되었고, 놈의 엄마가 낙태를 하겠다는 걸 놈의 아빠—아니, 자신의 씨라고 확신을 한 호적상의 아빠—가 뜯어말려 결혼을 서둘렀고, 친아빠는 거듭되는 사업의 실패로 폐인이 되어 외국으로 떴다는 얘기만 전해질 뿐이고……

아무튼 놈은 '존나게 복잡한 콩가루 관계'라는 한마디로 모든 사건을 요약했다.

그리고 놈은 모아두었던 용돈과 엄마의 지갑에서 훔친 돈 23만 원을 들고 첫번째 가출을 했다. 경부, 호남, 태백, 중앙선에 영동선까지 안 타본 열차가 없이 헤매다가, 꼭 보름 만에 집으로 돌아왔다. 돌아온 이유는 간단했다. 다시 가출을 하기 위해선 용돈을 꾸준히 모아야 했다. 그렇게 꾸준한 준비를 해야 가출에도 성공할 수 있다는 걸 경험으로 터득했던 것이다.

엄지손톱 위에서 나온 쌀알만 한 핏방울은 놈의 신상을 너무 많이 바꿔놓았다. 뼈대 있는 가문의 장손에서 근본 없는 여자의 핏덩어리로, 학교에선 범생이에서 량생이로, 그리고 짱에서 왕따로 바뀌었다. 놈은 두번째 가출을 위해서 이 년 동안 꾸준히 용돈을 갈취하고, 애들에게는 절도와 협박을 총동원해 2백만 원이라는 거금을 모았다.

그런데 디데이만을 기다리고 있던 놈에게 엄마는 지난주에 눈물 나는 한마디를 했다. 니 아빠가 정치를 하는 건 그래도 다행스러운 일이다. 너도 들어서 알고 있겠지만 이번 국회의원 선거에서 아빠가 공천되지 않았니? 아빠가 국회의원 되는 걸 포기하지 않는 한 나와 널 버리진 않을 게다. 이혼한 남자는 주부들한테 인기가 없으니까. 엄마가 그 말을 할 때 너무 진지한 표정이었기 때문에 놈은 가출 기회를 일주일이나 놓쳤던 것이다.

콘푸로스트에 섞인 유정란을 게워 올렸던 그날, 놈은 미뤄왔던 두번째 가출을 단행했다. 난 병아리도 못된 유정란이야, 씨발. 그러니 아무렇게나 살아도 되는 거 아냐? 그러면서 놈은 지난주 내내 들여다봤던 완판본 춘향전을 이스트팩 가방에 쑤셔넣었다. 어디서든 춘향이 같은 년만 만나면 숫총각 딱지도 떼고 말놀이를 하면서 사랑을 나누리라! 후훗, 씨발 조또.

*

삐비비─ 삑.

년의 해처리가 형체를 완전히 잃었을 때 놈의 진지에는 빨간 점들이 수없이 나타났다. 앗쭈, 이게 어디서 나타난 거지? 놈이 마우스를 클릭해 사령부 근처를 모니터에 띄웠을 때 놈은 입만 떡 벌린 채 아무 소리도 내뱉지 못했다. 년의 히드라리스크(저글링에서 한 단계 발전한 유닛) 수십 마리와 가디언(뮤탈리스크에서 변이한 유닛) 십여 마리가 놈의 진지를 빼곡하게 둘러싸고 공격을 퍼부어대고 있었다. 저게 어디서 나타난 거지? 놈은 모니터에서 눈을 떼고 옆자리의 년을 슬쩍 쳐다보았다. 헤드폰을 푹 눌러쓴 년이 휘파람을 불어가며 마우스를 이리저리 움직이며 정신없이 눌러대고 있었다. 아무래도 년의 유인 작전에 말려든 모양이었다.

놈이 선택할 수 있는 건 두 가지. 진지로 회군해 일단 전열을 정비하는 것과 내처 년의 기지를 공략하는 것이었다. 회군을 하자면 시간이 걸리고 무엇보다 자존심이 구겨지는 일이었다. 반면 공격을 계속하는 건 아무래도 도박이었다. 놈이 갈등하는 동안에도 마린과 파이어뱃의 비명과 건물 터지는 소리가 계속 들려왔다. 씨발 년, 사람 빡돌게 만들었다 이거지? 한번 맞짱 떠봐!

놈은 배럭과 팩토리 보호용으로 일부를 남겨놓고 나머지는 년의 진지를 향해 밀고 올라갔다. 예상했던 대로 년의 본진은 협곡의 더 안쪽 구석에 위치해 있었다. 해처리는 최종 진화 형태인 하이브로 바뀌어 있었고, 울트라리스크(저그족 지상 유닛 중 가장 몸집이 크고 강력한 파괴력을 지님) 두 마리와 저글링, 히드라리스크 십여 마리가 진지를 지키고 있었다. 일단 공중 공격에서 걸리는 건 없었다. 레이스를 총동원해 공격 유닛을 생산하는 건물부터 골라가며 폭격을 퍼부었다. 문제는 년의 기지가 너무 협곡 끝에 있어서 마린과 파이어뱃이 시즈탱크의 진로를 가로막고 있다는 것이었다. 그러나 다시 후퇴를 시키거나 먼 길로 우회할 수도 없는 일. 놈은 자신의 진지를 불러와 상황을 점검했다. 여차하면 지상 유닛을 좀더 생산할 생각이었다. 그러나 놈의 진지 어디에도 배럭과 팩토리가 보이지 않았다. 년 역시 그것들부터 골라서 폭파시킨 모양이었다. 밝은 빛이던 놈의 진지는 빨간 빛들만 무성한 채 검게 변해가고 있었다. 놈의 진지가 서서히 줄어드는 것이었다. 생산 가능한 놈의 유닛 숫자는 128. 그러나 생산된 건 고작 97에 불과했다. 그나마 년의 공격으로 이젠 SCV를 포함해도 45에 지나지 않았다.

상황은 절망적이었다. 놈의 진지는 완전히 검게 변했고, 년의 저그족은 놈의 유닛들이 있는 곳으로 회군해서 몰려오고 있었다. 생존한 놈의 공격 유닛은 레이스 두 대에 마린 여섯. 년의 하이브와 에볼루션 챔버(저그족 유닛의 업그레이드를 하는 곳)를 향한 미약한 소총 공격이 가능한 공격의 전부였다. 년이 다가오는 족족 미니맵의 화면이 밝아졌다.

내가 한 발이라도 더 열심히 뛰어야 우리 표가 늘어난다. 한 사람이라도 더 만나고 다니느냐 아니냐에 따라 수십 표가 왔다 갔다 하는 거야. 너두 알지? 이번 선거가 우리 모자한테 얼마나 중요한 건지. 놈은 화면을 바라보며 엄마의 말을 떠올렸다. 생명체가 움직일 때마다 주변부가 밝아지는 모니터 화면처럼 놈의 엄마는 자기가 인사 한 번 할 때마다 표 하나가 더 생기는 줄 아는 모양이었다.

에이, 씨발. 모니터가 검게 변하며, 'You failed to achieve victory!'라는 문구가 떴다. 승리하는 데 실패했다구? 씨발, 실패는 고사하구 완전히 피박살이 났구만. 내키진 않았지만 놈은 화살표를 움직여 OK를 클릭했다. 스코어는 3 : 1. 시계는 세 시 반을 가리키고 있었다. 첫판은 년이 봐줬는지 놈이 가까스로 이길 수 있었지만, 그 다음부터는 공격다운 공격 한 번 못하고 연패를 하고 말았다. 년은 테란족과 프로토스족, 그리고 저그족으로 바꿔가며 놈의 기지를 한 번씩 자근자근 짓밟았다.

놈이 년을 향해 검지를 펴며 딱 한 판만 더 하자고 말했지만, 년은 얄밉게도 고개를 살랑살랑 저었다.

"넌 엄마 젖 좀 더 먹고 와야겠어. 내가 배틀넷에서 굴러먹은 게 벌써 몇 달인데…… 짜샤. 날 우습게 보다간 다치지."

"뭐, ……아깐 PC방 처음이랬잖아?"

"순진하긴…… 송송대지 말고 게임비 계산하고 누님한테 컵라면이나 하나 갖다 바쳐라. 난 장래를 위해서 학교는 꼭 가야 되는 타입이니까. 담탱이 지랄 떠는 거 보기두 싫구. 내가 이래 봬도 학교 가면 알아주는 범생이란 말야."

*

놈의 호출기가 사흘 만에 울어 음성 메시지가 들어왔음을 알렸다. 무덤덤한 목소리의 엄마였다.

또 PC방 가서 사나 했더니, 아무래도 가출이지 싶구나. 학교서도 결석이라구. 요새 선거 때문에 너한테 신경을 못 썼더니…… 너도 크면 알겠지만, ……네 행동이 이해가 안 가는 건 아니지만, 용납하긴 어렵구나. 엄마 생각도 좀…… 아빠가 집을 담보로 돈을 대출받은 모양인데, 알겠지만 이번 선거에서 지면 우린 끝장이다. ……빨리 집으로 돌아와라. 사랑한다.

놈은 공중전화박스 유리창에 기대어 엄마의 음성 메시지를 세 번이나 들었다. 사랑한다고 말할 때는 잠시 목이 메긴 했지만, 전반적으로 냉정을 유지하려는 기색이 역력했다. 순간 엄마 아빠의 침대로 뛰어들어 어리광을 부리던 때라든지, 아빠와 공원에서 배드민턴 치던 때, 엄마가 간식을 가지고 들어와 놈의 볼에 뽀뽀를 하던 때, 그리고 놈의 생일날 할머니 할아버지까지 모여 축하를 받던 때의 기억이 바람처럼 스치고 지나갔다. 그 기억들은 하나같이 초등학교 때, 아빠가 하나뿐이던 시절의 기억이었다. 놈은 전화박스 바로 앞에 있는 문방구에 들어가 노란 튜브에 든 본드를 샀다.

 PC방 건물을 돌아 샛길을 빠져나가면 야트막한 산과 공원이 있었다. 놈은 공원 뒤쪽 아카시아 나무숲이 있는 곳으로 들어가며 나지막하게 뇌었다. 엄마 아빠의 행동이 이해가 안 가는 건 아니지만, 용납은 안 돼. 내 생각도 좀 해주면 안 되나, 씨발. 그러니 날보구 뭘 어쩌라는 거야? 놈은 검정색 비닐봉지에 본드를 짜 넣고 코를 박았다. 재채기가 나오면서 침이 티셔츠 위로 흘러내렸지만 좀처럼 흥분되진 않았다. 몇 번이나 비닐봉지가 불룩해졌다가 오므라든 뒤에야 약간씩 어지럽다는 느낌이 들었다. 저 앞 도로와 육교, 지나서 아파트 단지, 학교 하나, 고층 빌딩 대여섯, 그리고 주택가, 우리 집, 우리……

 아카시아 나뭇잎 사이로 햇볕이 쏟아져 들어와 놈의 얼굴을 간질였다. 놈은 뒤로 벌렁 드러누웠다. 하늘이 가까워졌다 멀어졌다 하며 빙빙 돌더니 아카시아 이파리가 꽃향기와 함께 우수수 떨어져 내렸다. 놈이 눈을 감을 때마다 눈물이 흘러 볼을 적셨고, 콧물이 입 사이로 들어가 찝찔한 맛을 더했다.

 넌 사는 게 재미없지? 무의미하다는 생각도 들고. 모두가 적군인 거 같구, 다 때려부수고 싶기도 하구…… 근데 맘대로 되는 건 없구. 후후, 니 눈에 다 써 있어. 세·상·이·날·왕·따·시·켜·요.

어젯밤, 아니 오늘 새벽 년이 컵라면을 후후 불며 놈에게 한 말이었다. 그 말을 듣고 왜 갑자기 봄 냄새가 확 느껴진 걸까? 4:0으로 깨지고 나서, 그러고도 편안하다는 느낌. 넌 사는 게 재미없지? 년의 눈빛. 라면을 건져 올리던 가느다란 손가락. 봉긋하게 모인 가슴과 통통한 엉덩이. 그년이 나의 춘향이였으면 좋겠어. 내가 찾고 있는.

*

년의 방은 4층 옥상에 있었다. 1층과 3층은 셋집이었고, 년의 식구들은 2층에 살고 있었다. 할아버지 할머니에 동생들까지, 방이 포화 상태가 되자 년의 엄마가 고등학교에 올라간 년을 옥탑방으로 독립시켜준 것이었다.

"니가 밤마다 PC방에 올 수 있는 이유를 인제 알겠다."

"후훗, 여긴 천혜의 요새야. 엄마는 하루 두 번밖에 안 올라와. 수영 갔다 와서 점심때 청소하러 한 번 들어오구, 밤 열 시쯤에 간식 들고 또 한 번."

"공부 열심히 하라구 공부방까지 따로 내줬는데, 맨날 하는 짓거리라는 게……"

"병신, 그러는 넌 지랄했다구 가출을 했냐?"

"……"

놈은 어젯밤 년과 동대문에 갔다 왔다. 밀리오레에서 힙합 바지와 앞이 길쭉한 구두를 하나씩 사고 두산타워에선 쫄티와 배꼽티를 몇 장 샀다. 놈은 일주일이나 입어서 땀내가 풀풀 나는 옷을 벗어 호출기가 달려 있는 채로 밀리오레 화장실에 버리고, 유승준 백 댄서들이 즐겨 입는 스타일로 갈아입었다.

년이 열여섯 살이라는 사실이 놈을 너무 흥분시켰다. 열한 시쯤 PC방에 나타난 년을 끌고 동대문으로 달려간 놈은 년이 원하기만 한다면 거기 널려 있는 옷을 다 사주고 싶었다. 시험 성적이 떨어졌다고 담임한테 허벅다리를 맞은 년은 쩔뚝거리면서도 이 옷 저 옷을 입어보느라 난리였다.

년의 집으로 돌아오는 길 중간 중간에는 놈의 아빠가 걸어놓은 플래카드가 여러 장 걸려 있었다. '맑은 정치, 정직한 정치, 이번에는 이한림!' 택시 안에서 놈은 년의 손을 잡고 말했다. 니가 나하구 동갑인 게 난 너무 맘에 들어. 그리구, ……난 너하구 말놀이가 존나게 하고 싶어. 년, 어때? 년은 두 눈을 동그랗게 뜨고 무슨 말이냐는 표정을 지었다. 그 표정이 너무 귀여워 놈은 년의 입술을 빨아주고 싶었다. 하지만 택시 기사가 자꾸 흘깃거리며 백미러를 보는 바람에 놈은 가방에서 책만 꺼내 년의 손에 쥐여주었다. 춘향전? 그래, 집에 가서 한번 읽어봐.

그리고 오늘 밤 열한 시가 되자 년은 어김없이 PC방에 나타났고, 막 저그족 진지에 총공세를 펴고 있는 놈의 뒤통수를 툭툭 치곤 검지손가락을 오므려가며 놈에게 따라오라는 표시를 했었다.

"난 니가 나쁜 애라고 생각하진 않아."

년이 놈의 손을 잡아 침대에 앉히며 말했다. 놈은 다소곳해진 년이 보기 싫지 않았다. 그래서 무릎걸음으로 다가가 년의 입술에 가볍게 키스했다. 년은 놈이 입술을 떼고도 한참 동안이나 눈을 감고 있었다.

"너, 내가 첨이지?"

년이 눈을 감은 채 고개를 끄덕였다. 놈은 년을 뒤에서 안고 바지 속으로 손을 집어넣었다. 천천히, 천천히. 놈은 주문을 외우듯 집에서 읽었던 성의학서의 가르침대로 년의 가랑이 사이로 손가락을 집어넣다 말고 다급히 빼내었다. 그러곤 중요한 걸 잊었다는 듯 침대맡에 놓인 완판본 춘향전을 펼쳐 익숙하게 원앙교경을 폈다. 년은 무슨 뜻인지 알겠다는 표정으로 침대에 엎드려 놈이 몽룡의 대사를 읽을 때마다 춘향의 대사를 읽기 시작했다. 처음엔 놈이 "나상을 버셔라" 하면 "아이고 노와요, 좀 노와요" 하던 것이 대사를 읽을 때마다 까르르 웃어대며 양말부터 시작해서 옷을 하나씩 벗어 던졌다. 놈은 무슨 말인지도 모르면서 사랑가를 읊조리고, 정자(情字)로 놀았다가 궁자(宮字)로 놀았다가 하며 년의 이곳저곳을 쓰다듬으며 간질였고, 년은 년대로 춘향의 교태를 따라하며 웃어댔다.

너와 나와 합궁ᄒ니 한평싱 무궁(無窮)이라 이 궁 져 궁 다 바리고 네 양각(兩脚) 시 슈룡궁(水龍宮)의 늬의 심줄 방망치로 질을 닉자구나.

놈은 춘향전대로 어붐질을—그게 뭔지도 모르면서—하자 했고, 넌은 넌대로 못 벗겠다고 앙탈을 부리다가 마침내 놈이 먼저 팬티를 벗어 던졌다.

"후훗, 영락없는 낮도깨비다, 너. ……말놀이를 하려면 불이나 끄고 놀아야지."

넌은 그렇게 말하곤 놈의 심줄 방망치를 손가락으로 건드려가며 또 까르르 웃어댔다.

"너 그렇게 웃다가 누가 올라오면 어쩔려구 그래?"

"그래? ……그럼 '낮도깨비 잡아라' 하구 외치면 되지."

놈과 넌은 침대에 코를 박고 한참을 킬킬거리며 웃다가 다시 춘향전으로 눈을 돌렸다. 놈은 "늘근 범이 살진 암킈를 무러다 노코 이는 업셔 먹든 못ᄒ고 흐르릉 흐르릉 아웅 어루난 듯"하여 겨우 넌의 옷을 벗겨내었다. 기실 놈은 여자 옷을 벗기는 게 처음인지라 브래지어 호크를 벗길 땐 정말 늙은 범이 암캐 어르듯 해서야 윗옷을 다 벗기고, 바지도 벗겨낼 수 있었다. 그러나 놈은 넌의 팬티를 벗기다 말고 넌의 엉덩이에 손바닥을 얹으며 나직하게 신음 소릴 내고 말았다.

"씨발 새끼, 너네 담탱이가 이래놨니?"

넌의 허벅다리 양쪽엔 보랏빛으로 서너 줄씩 피멍이 들어 있었다. 넌이 허릴 구부린 채로 고개를 돌리며 끄덕끄덕했다. 넌의 수룡궁을 중심으로 양쪽 다리엔 푸르딩딩한 자국이 남아 작곧 검지손가락을 오므려가며 놈에게 따라오라는 표시를 했었다.
 "난 니가 나쁜 애라고 생각하진 않아."
 년이 놈의 손을 잡아 침대에 앉히며 말했다. 놈은 다소곳해진 년이 보기 싫지 않았다. 그래서 무릎걸음으로 다가가 년의 입술에 가볍게 키스했다. 년은 놈이 입술을 떼고도 한참 동안이나 눈을 감고 있었다.
 "너, 내가 첨이지?"
 년이 눈을 감은 채 고개를 끄덕였다. 놈은 년을 뒤에서 안고 바지 속으로 손을 집어넣었다. 천천히, 천천히. 놈은 주문을 외우듯 집에서 읽었던 성의학서의 가르침대로 년의 가랑이 사이로 손가락을 집어넣다 말고 다급히 빼내었다. 그러곤 중요한 걸 잊었다는 듯 침대맡에 놓인 완판본 춘향전을 펼쳐 익숙하게 원앙교경을 폈다. 년은 무슨 뜻인지 알겠다는 표정으로 침대에 엎드려 놈이 몽룡의 대사를 읽을 때마다 춘향의 대사를 읽기 시작했다. 처음엔 놈이 "나상을 버셔라" 하면 "아이고 노와요, 좀 노와요" 하던 것이 대사를 읽을 때마다 까르르 웃어대며 양말부터 시작해서 옷을 하나씩 벗어 던졌다. 놈은 무슨 말인지도 모르면서 사랑가를 읊조리고, 정자(情字)로 놀았다가 궁자(宮字)로 놀았다가 하며 년의 이곳저곳을 쓰다듬으며 간질였고, 년은 년대로 춘향의 교태를 따라하며 웃어댔다.
 너와 나와 합궁ᄒ니 한평싱 무궁(無窮)이라 이 궁 져 궁 다 바리고 네 양각(兩脚) 시 슈룡궁(水龍宮)의 늬의 심줄 방망치로 질을 늬자구나.

 놈은 춘향전대로 어붐질을—그게 뭔지도 모르면서—하자 했고, 년은 년대로 못 벗겠다고 앙탈을 부리다가 마침내 놈이 먼저 팬티를 벗어 던졌다.

 "후훗, 영락없는 낮도깨비다, 너. ······말놀이를 하려면 불이나 끄고 놀아야지."

 년은 그렇게 말하곤 놈의 심줄 방망치를 손가락으로 건드려가며 또 까르르 웃어댔다.

 "너 그렇게 웃다가 누가 올라오면 어쩔려구 그래?"

 "그래? ······그럼 '낮도깨비 잡아라' 하구 외치면 되지."

 놈과 년은 침대에 코를 박고 한참을 킬킬거리며 웃다가 다시 춘향전으로 눈을 돌렸다. 놈은 "늘근 범이 살진 암퀴를 무러다 노코 이는 업셔 먹든 못ㅎ고 흐르릉 흐르릉 아웅 어루난 듯"하여 겨우 년의 옷을 벗겨내었다. 기실 놈은 여자 옷을 벗기는 게 처음인지라 브래지어 호크를 벗길 땐 정말 늙은 범이 암캐 어르듯 해서야 윗옷을 다 벗기고, 바지도 벗겨낼 수 있었다. 그러나 놈은 년의 팬티를 벗기다 말고 년의 엉덩이에 손바닥을 얹으며 나직하게 신음 소릴 내고 말았다.

 "씨발 새끼, 너네 담탱이가 이래놨니?"

 년의 허벅다리 양쪽엔 보랏빛으로 서너 줄씩 피멍이 들어 있었다. 년이 허릴 구부린 채로 고개를 돌리며 끄덕끄덕했다. 년의 수룡궁을 중심으로 양쪽 다리엔 푸르딩한 자국이 남아 작은 굴곡을 이루고 있었다. 놈은 피멍 자국을 입술로 핥아주다 말고 그만 눈물까지 흘리고 말았다. 성의학서에서 지시했던 순서대로 전희를 해주겠다던 계획은 간데없이, 놈은 년의 엉덩이 사이에 얼굴을 박고 한참이나 눈물을 흘렸다.

*

 놈은 잠자리를 년의 방으로 옮겼다. 새벽녘 PC방 의자에 앉아 잠깐 눈을 붙였다가 공원에 올라가 세수를 하고 다시 벤치에 누워 서너 시간 자던 것이, 시간대는 변함없이 장소만 바뀌었다. 저녁 내내 PC방에서 게임을 하다가, 열한 시쯤엔 년의 방으로 가서 춘향전을 읽으며 새벽녘까지 말놀이를 하고 놀았다. 그러곤 년의 엄마가 청소를 하러 올라오기 전에 년의 방을 나와서, 다시 PC방에 처박혀 저그족과의 전투 연습을 했다.
 놈에게 말한 것과는 달리 년에게 놈은 처음이 아니었다. 년과 사흘 밤을 자고 나서야 놈은 그 사실을 알아챘다.
 "너 내가 첨이라고 했잖아?"
 "병신, 고삐리하곤 첨이라는 얘기였다, 왜? 처녀가 시집가기 싫다는 거짓말만큼이나 흔해빠진 게 '전 정말로 숫처녀랍니다' 하는 거짓말인데…… 너 되게 순진하다, 정말."
 "……"
 년의 방에서 같이 잠을 잔 뒤로 본드 흡입이 싫어졌다는 건 놈에게 생긴 긍정적인 변화였다. 년에게 지저분한 모습을 보여주기도 싫었고, 그만큼 흥분된 기분을 억지로 느낄 필요도 없었다. 무엇보다 놈에겐 외롭다는 생각이, 혼자라는 생각이 사라졌다. 그래서 놈은 년과 침대에 엉켜서 새벽녘까지 얘기하는 게 너무 행복하다고 생각했다.

"춘향이가 변사또한테 곤장을 서른 대나 맞았잖아?"

"그래서?"

"그 다음에 다시 만났을 때 몽룡이가 춘향이하고 같이 잤을까, 과연? 수룡궁인지 엉덩인지가 완전히 걸레가 됐을 텐데…… 말놀이는 어떤 식으로 했을까?"

"너처럼 입술로 핥아주었겠지 뭐."

"……"

"근데, 걔네들은 정말 서로 사랑했을까? 어떻게, 왜 좋아하게 됐는지는 털끝만큼도 안 나오잖아."

"옛날 사람들한텐 어떻게 좋아하게 됐는지는 중요하지 않아. 그걸 과연 지켜내느냐가 훨씬 중요했던 거지. 춘향이를 괴롭히는 데 재미들린 사디스트처럼."

"말 되네. 짜식, 이럴 때 보면 제법 똑똑한 데가 있어. 그건 그렇구, ……말놀이는 무슨 체위라고 불러야 되냐?"

"……음, ……러 자 체위."

"그럼 ㄹ이 여자야?"

"그래, ㅓ는 남자고."

*

 국회의원 선거가 있던 날, 놈과 년은 점심때부터 PC방 구석을 점령하고 앉아 종일 스타크래프트 게임을 했다. 놈은 여전히 테란족이었고, 년은 항상 저그족을 선택했다. 놈이 늘 테란족을 선택하는 건 인간하고 가장 닮은 종족이라는 단순한 이유 때문이었고, 년이 저그족을 고르는 건 모성 본능을 자극하기 때문이라고 했다.

 저그는 원래 가장 하등동물에 속하는 조그마한 곤충에 불과했어. 근데 화산 행성의 화염에 적응해가면서도, 새로운 유전인자를 만날 때마다 그 살 속으로 뚫고 들어가 돌연변이를 일으키면서 진화를 했대. 그게 어떻게 모성 본능을 자극하냐? 비열하게 사는 거지. 그러니까 니가 어리다는 거야. 그러는 니 모습이 내 모성 본능을 자극하곤 하지만 말야. 씨발, 아주 날 곤충 취급하는구나? 아냐, 짜샤. 좀 들어봐. 테란이나 프로토스는 건물이나 기계장치에서 전사를 만들어내지만, 저그는 스스로 알을 품어서 전사로 길러내. 저그족이 오히려 인간적인 건 스스로가 하나의 생명체라는 사실이야. 그리구 저그족 캐릭터를 봐. 용처럼 생긴 게 짱이잖아.

 년이 학교에 가 있는 동안 꾸준히 연습을 한 덕분에 놈은 만만치 않은 적수가 되어 있었다. 때문에 놈과 년은 한눈을 팔 새도 없이 마우스를 이리저리 움직여가며 클릭을 했고, 밤이 되어 년의 집으로 돌아갈 때는 손가락과 팔꿈치가 마비된 것처럼 뻣뻣하기까지 했다. 그뿐 아니라 침대에 누워 있을 때는 천장이 거대한 모니터처럼 보였다. 테란족의 마린과 저그족의 저글링들이 여기저기 몰려 있다는 환상이 보여 놈은 연신 유닛들에게 공격 명령을 내리거나 건물에 업그레이드 명령을 내려야 했다.

년의 미니 카세트로 선거 방송을 들을 때는 더 재미있는 환상이 보였다. 천장에 커다란 한반도 지도를 그려놓자 세 개 분파로 나뉜 후보들이 각축을 벌이기 시작했다. 그 놀이는 년과 침대에 엉켜서 하는 말놀이만큼이나 박진감이 있었다. 처음부터 각 진영에서는 뛰어난 전사들을 내보내 서로 먼저 깃발을 꽂기 위한 혈투를 벌였고, 꽂아놓은 깃발을 가로채 자기 깃발을 꽂는 일도 많았다. 그래도 각 분파는 자기 영역만큼은 끝까지 고수하고 있었다. 영남은 영남대로, 호남은 호남대로, 충청권은 충청권대로 영역을 차지하곤 한 치의 양보도 없이 야금야금 깃발을 꽂아나갔다.

그러나 그 사이에서 놈의 아빠 이름은 점차 자취를 감추기 시작했다. 처음엔 2위를 고수하며 1위와 각축을 벌이던 것이, 끝내는 3위에게마저 추격을 받고 당선권에서 멀어지고 말았다. 얼마 지나지 않아서 놈의 아빠 이름은 아예 거론조차 되지 않았다. 오직 1위와 2위만이 엎치락뒤치락하며 마지막 깃발을 꽂기 위해 안간힘을 쓰고 있었다.

놈은 선거 방송을 듣다 말고, 자고 있는 년의 품속으로 파고들었다.

산다는 게 너무 힘이 들었지만, 그렇지만 그 안은 따뜻했다. 여기저기 오색의 구름이 떠 있고, 용들이 꼬리를 흔들며 날아다녔고, 여의주를 가지고 희롱하며 웃고 있었다. 아니, 어느 순간엔 용들이 저그족으로 바뀌어 지상으로 내려가 테란족을 공격하기도 했다. 입에서는 화염이 뿜어져 나오고 꼬리에선 연신 알들이 깨어 나와 다시 조그마한 용으로 자라났다. 어떤 용은 산에 떨어지고, 어떤 용은 공장의 굴뚝에 떨어지고, 아! 프라이팬 위에도 떨어져 날개를 허우적거렸다. 그 안은 따뜻했다. 그리고 한없이 포근했다. 아, 아! 년의 엄마가 올라오지만 않았다면, 내 천국을 망가뜨리지만 않았다면……

놈은 부리나케 바지를 꿰어 입고 년의 방을 뛰쳐나왔다. 얼마나 급했던지 이스트팩 가방과 그 안에 들어 있는 돈과 아끼고 아끼던 완판본 춘향전도 버려둔 채. 구두도 한쪽은 놈의 것이고 한쪽은 년의 것을 꿰어 신고 도망쳤다. 2층에서 발을 헛딛는 바람에 한 번 구르기는 했지만 놈이 생각하기에도 믿기지 않을 만큼 빠른 동작이었다. 뒤에서 년의 엄마가 도둑놈 잡으라고 외쳐댔지만 아무도 놈을 막아서진 않았다. 아무래도 오늘은 너무 늦게까지 잔 모양이야. 씨발, 몽룡이도 월매한테 이런 푸대접을 받았을까? 생전 첨 꾸어본 용꿈인데. 빌어먹을, 조또.

*

 자정이 넘을 때까지 PC방에서 기다렸지만 년은 오지 않았다. 처음의 기대대로라면 열한 시쯤엔 나타나 놈의 뒤통수를 툭 치곤 '병신, 그렇게 오래 자빠져 자면 어떡하냐? 야, 여기 가방하구 돈. ……가출한 놈이 거시기는 빼놓구 다녀도 돈을 빼놓구 다니면 되냐, 짜샤' 했어야 했다. 그러나 아무리 기다려도 년은 나타나지 않았다. 오늘 일로 집 안에 잡혀 있거나, 것도 아니면 놈을 차버린 게 틀림없었다.

 한동안 행복했던 게 거짓말이기라도 했던 것처럼 놈은 하루 종일 우울했다. 저녁때가 되면서는 본드의 유혹이 거세졌지만 가까스로 넘겼다. 그리고 혹시나 해서 확인해본 호출 메시지는 모두 엄마의 목소리였다. 오늘 아침에 녹음된 메시지는 울음이 반이고, 한탄이 반이었다. 다른 메시지도 상황은 비슷해서 놈을 얼렀다가, 애원했다가, 마침내는 야단을 치면서 빨리 돌아오라는 말만 반복하고 있었다.

 그러나 집으로 돌아갈 수는 없었다. 이번만큼은 가출에 성공하리라고 다짐을 하지 않았나. 게다가 이제 집까지 넘어갈 판인데 놈이 들어가봐야 더 골칫거리일 게 뻔했다. 그나마 놈이라도 사라지고 없다면 아빠가 엄마를 다시 받아줄지도 모를 일이었다. 그리고 학교엔 죽어도 가기 싫었다. 설사 학교에 간다고 해도 반가워해줄 연놈들도 하나 없었다. 씨발, 다음 주부터는 주유소에서 아르바이트라두 하면서 맘 잡고 살아볼려구 했는데, 졸라 되는 일두 없구……

놈은 굳게 닫힌 년의 집 대문 앞에서 한참을 서성거렸다. 항상 년과 함께 들어갔기 때문에 대문은 늘 열린 상태나 마찬가지였다. '당선사례' 종이가 붙어 있는 전봇대 뒤에 숨어 옥상을 바라봤지만 년의 방은 보이지도 않았다. 아침이 될 때를 기다렸다가 년이 학교 가는 길목을 지키고 있을 수도 있었다. 그러나 놈은 아침까지 기다릴 수가 없었다. 년의 위로를 받고 싶었고, 무엇보다 년의 따뜻한 품에 안겨서 용꿈을 마저 꾸고 싶었다.

놈은 담 밑에 놓인 재활용 쓰레기통을 밟고 올라서 가까스로 담을 넘었다. 다행스럽게도 년의 창엔 불빛이 있었다. 그 빛이 너무 따뜻해 보여서 하마터면 놈은 눈물까지 흘릴 뻔했다. 놈은 년의 창 밑으로 다가가 손가락으로 창문을 톡톡 두드렸다. 그렇게 몇 번을 두드렸지만 년의 창문은 열리지 않았다. 야, 나야! 문 좀 열어줘, 씨발.

그러나 응답은 전혀 엉뚱한 곳에서 들려왔다. 계단 쪽에 년의 엄마가 서 있었다.

"저, 저놈이에요. 오늘 우리 딸 방을 뒤지다가 도망쳤던 놈."

뜻밖에 경찰복을 입은 사내 둘이 몽둥이를 들고 년의 엄마 뒤에 서 있었다. 놈은 갑자기 숨이 막혀 년의 창문에 머리를 기댔다. 심장 주위에서 짜르르한 통증이 일어났다가 두 발로 뻗쳐 내려갔다. 아! 빨리 년이 나와서 말려주었으면.

하지만 년의 얼굴은 창문에서가 아니라, 경찰복 뒤에서 빠끔 내밀어졌다.
"잡았어요? 어! ……저놈이야, 밤마다 내 방 근처를 얼쩡거리던 놈. 분명해. ……아저씨, 뭐 하세요? 빨리 잡지 않고."
년은 여전히 가느다란 손가락에 봉긋하게 모인 가슴과 통통한 엉덩이를 하고 있었다. 입고 있는 배꼽티도 놈이 사준 주홍색 체크무늬였다. 저년이 나하구 말놀이를 하고 놀다가 날 끌어안고 재워주던 그년일까? 놈은 뒤로 주춤주춤 물러섰다. 그럴 때마다 경찰관 둘이 몽둥이를 곧추세워 들고 놈에게 다가왔다. 한 놈의 허리춤에선 수갑이 번득였고, 또 한 놈의 허리엔 권총이 매달려 있었다. 놈은 순간적으로 생각했다. 적의 유닛은 하나, 둘, 셋. 그리고 년을 포함시켜야 하나 말아야 하나?
놈은 년이 말한 대로 이 방 근처에서 얼쩡거리기만 했는지도 모른다는 착각까지 들었다. 나는 하나, 전투력은 70정도. 상대 유닛은 100이 둘, 50이 둘, 게다가 경찰복을 입은 두 놈은 업그레이드까지 되었을 게 분명해. 그렇다면……
놈은 옥상의 난간에 걸터앉았다. 그리고 두 발을 그 난간 위로 걸쳐 올리려는 순간, 경찰복을 입은 상대 유닛 두 놈이 공격을 시작했다.
아, 아—악! 놈은 공중에 몸이 붕 떴다고 생각했다. 그러나 이내 뒤통수에서 둔탁한 소리가. ……화면이 갑자기 까맣게 변했다. 온통 새카맣게.

K 지하상가 사람들

경기 침체로 인한 자살 사건이 급증하고 있는 가운데, 어젯밤에도 자살로 추정되는 차량 방화 사건이 발생했습니다. 28일 새벽 3시께 남양주시 화도읍 금남리 새터유원지 근방의 지방도 변에 있던 경기 51 커에 75××호 구형 코란도 승용차에서 불이 나 신원을 알 수 없는 남자 한 명이 숨졌습니다. 불은 신고를 받고 출동한 소방대에 의해 5분여 만에 진화됐으나, 승용차 안에서는 차량 소유자 강씨로 추정되는 남자 시신 한 구가 발견됐습니다. 경찰은 차량에서 소주병과 휴대용 버너가 발견된 점, 그리고 차 문이 안쪽에서 철사 줄로 묶여 있던 점 등으로 미뤄 운전자가 만취 상태에서 차 안에 가스를 틀어놓고 스스로 방화한 것으로 보고 정확한 사건 경위를 조사하고 있습니다. 태풍 귀뚜라미의 영향으로 오늘도 전국에 장대비가 예상됩니다. 현재 제주도 남부 150킬로미터 지점에 다다른

File No. 3

여, 여기다 대고 말을 하나유? 아, 아, 저는 저, 전동원입니다. 나이는 오십삼 세. K 지하상가 경비원입니다. ……됐쥬? 허허, 아, 알았슈. 그냥 목에 걸구 있으믄 되는 거쥬? 이게 그,

말로만 듣던 디지탈 녹음기로구만.

그러니께 그 사람…… 예? 아, 고백수 말입니다. 높을 고, 흰 백, 머리 수. 그 작자가 그걸 얼마나 강조했던지, 내 이름은 몰라두 그 인간 이름은 한자로 쓸 수 있을 정돕니다. 그러니께 그 사람이 우리 지하상가에 첨 나타난 게, 가설라무네…… 달포 전이니까, 예, 칠월 이십 일쯤 되겠네유. 자정 넘어 순찰을 마치고 나서 막 상가 쪽으로 통하는 셔터를 내리는데, 느닷없이 이 인간이 사 홉들이 소주병을 들고 나타나서는, 자기가 깊이 잠들면 홍수가 나니께 한 시간에 한 번씩만 깨워달라는 겁니다. 이 작자가 봉창 뚜들기다 말고 무슨 귀신 씻나락 까먹는 소리를 나불대나 하구 한참을 째려봤쥬. 머리는 며칠을 안 감았던지 쑥대궁 같구, 누구헌티 얻어맞았는지 한쪽 볼따구니는 피멍이 들어서 퍼렇습디다. 보아하니 어디서 노숙을 하는 사람 같기는 했습니다. 몇 달 동안 목욕을 안 했던지 썩은 내가 진동을 하구, 또……

우리…… 예? 아, 같이 근무하는 노씨 말입니다. 군대 있을 적에 제 쫄따구였쥬. 우리는 일단 신사적으로다가 점잖게 물었습니다. 댁은 뭐 하는 사람이오? 하구요. 몇 번을 물어두 이 인간이 똑같은 대답만 하두만요. 텔레비전 보는데요, 하구 말입니다. 나중엔 되레 화를 내기두 했시유. 아, 그거 말군 하는 일이 없다니까요, 어쩌구 하면서 말이쥬. 마흔이나 갓 넘겼을까 싶은 놈이 안하무인격으루다가 이렇게 뻐딱하게 나오더라구유. 옛날 같았으면 바로 쪼인트부터 까는 거였는데, 아무튼지 서울역 대합실에 장 눌러 앉아서는 하루 종일 텔레비전만 보며 살았던 모양입디다. 그러니 아는 건 또 어찌나 많은지, 대선에 출마할 인사덜 프로필서부텀 무슨 구린 데가 어떻게 있는지, 또 출신 성분이……

자꾸 끊으문 재미 없는디……

우리 지하상가에 노상 출근하는 인사덜이 꽤 여럿 있거던유. 1-5하구 2-3하구 또…… 아, 우리 지하상가 출구 번호구만요. 거기 계단에서 구걸한 돈으로 근근이 먹고사는 사람덜 말입니다. 그 사람덜마냥 저 인간도 길을 좀 들이면 제법 쏠쏠하겠…… 예? 아, 아닙니다. 자릿세는 무슨, 그럴 리가 있습니까? 그런 불쌍한 사람덜한테 한 푼이라도 보태줘야쥬. 암요, 그러다가 벼락 맞게요. 아무튼 우리 지하상가에 빌붙어 먹고사는 인사덜은 우리 근무 시간하구 공조가 잘 되거던유. 그런데, 이 인간은 다들 퇴근한 시간에 나타나설랑……

그렇쥬. 아이엠에프에서 빌린 돈을 다 갚은 게 언젠데, 사지 멀쩡한 놈이 여직 그러구 있는 걸 보면 한심하기가 짝이 없지유. 그래두 어쩌겠슈. 저런 인사덜은 그저 천성이 게을러서 그런가 부다, 부모덜이 속깨나 썩겠구나, 그렇게 생각하구 말쥬, 뭐.

……예? 아, 비요? 그렇쥬, 그 얘길 들으실라구 오신 건디…… 그게 참, 희한한 일이더구만요. 그 작자가 잔뜩 취해설랑 라면 박스 한 장을 깔고는 우리가 경비를 서는 복도참에서 늘어지게 자고 일어났단 말이쥬. 그런데 담 날 아침에 미니 텔레비전으루

다가 뉴스를 보니께 종다리 때문에…… 아, 저저번에 지나간 태풍 말입니다. 아무튼지 영호남 일대가 장난이 아닙디다. 그래 가만 생각해보니 고백수가 잠들기 전에 주절거리던 말이 예사말이 아니드란 말이쥬. 그 작자 하는 말이 자기가 한 시간 이상 깊이 잠들기만 하면 장대비가 오구, 홍수가 나구, 침수가 되구, 온 나라가 난리가 난다구…… 히힛, 그래서 그 작자두 우리한테 오기 전에 경찰서, 방송국, 신문사, 심지어는 저 국회의사당 앞에까지 가서 이러저러하다구 여러 번 청원을 했더랍니…… 아, 웃지만 말구 내 얘길 마저 들어보라 이 말입니다. 우리두 당연히 첨엔 콧방귀도 안 뀌었었쥬. 그런데 하루 이틀 이 작자가 우리 근무처에서 하는 뽄새를 지켜보다 보니…… 아, 그게, 귀신같이 맞아떨어지더란 말입니다. 사람 환장할 일이쥬. 한 번도 틀리잖구…… 예, 우리두 그걸 생각 안 한 건 아닌디. ……그렇긴 하쥬, 어차피 장마철이기두 하구, 또 일기예보에서 메칠 전버텀 비가 올 테니께 조심하라구 떠들어쌌구 했지만……

아, 그래두 그게 말입니다. 암만 생각해두 참, 요상할 정도루 다가 딱 맞아떨어지더라는 그 말이쥬. 한두 번 같으면 우리두 안 믿었을 것인디…… 내가 인제 낼모레문 환갑인디, 여직 그런 얘긴 들어본 적두 읽어본 적두 없거던유. 한번은 말입니다, 일기예보에서 엄청난 비가 올 거라구 겁을 잔뜩 준 적이 있었거던유. 그런데, 이 작자가 그날은 실실 웃으면서 날밤을 꼬박 새고, 다음 날에도 잠들지 않을라구 별짓을 다 하더라구유. 아,

그런데, 참말로 희한하게 요놈의 태풍이 코앞에서 한반도를 쓱 비켜갔다는 말입니다. 예, 그렇쥬, 그렇쥬? 참, 별꼴이 반쪽이쥬. 꼭 귀신한테 홀린 기분이었다니께유.

……뭐요? 지금 우리가 그 사람을 어떻게 한 거 아니냐, 그런 의심을 하는규? 이 냥반 순사라구 고분고분 말대답 해줬드니, 영 삐딱선일세. 여보! 나두 왕년에 상사 계급장꺼정 달구 나라님 녹 먹던 사람이유, 이거 왜 이래? 지금 남의 지하상가에서 야경꾼 노릇이나 한다구 우릴 우습게 보는 겨, 뭐여? 이래 뵈도 우리가……

좋소. 내가 서장님 얼굴 봐서 한 번 참소. 허험, 우리가 그 냥반하고 일이 년 알고 지낸 사이두 아니구, 또 우리한테 신세 진 일을 생각하면 이런 식으로…… 허험, 참 나 원, 내가 이런 소린 정말 안 할려구 그랬는데…… 아! 뭔 신세를 졌는지는 서에 들어가걸랑 직접 물어보시구랴. 허험. 아, 글고 입은 삐뚤어졌어도 말은 바로 하랬다고, 여러 사람이 살아야 되는 마당에 사람 하나 잠 좀 못 자게 했기로 그게 그렇게 큰 잘못이오? 그게 다 애국하는 일 아니냐, 이 말입니다. 태풍이 쌍으로 떼로 한꺼번에 세 개나 냅따 올라오는디, 그럼 어째? 인권, 아, 그게 말이 좋아 인권이지, 솔직히 여럿이 다 잘살구 나서야 인권도 있고 복권도 있고 한 것이지…… 글고 우리가 고백수 그 자식을 아주 안 재운 것두 아니구, 틈틈이 사오십 분씩은 재웠다, 이 말입니다. ……물론 우리가 모래 푸대를 지하상가 입구 쪽에 미리 뻉 둘러 쌓아놓지 않은 거하구, 또 주변 하수구가 맥혀 있던 걸 뚫어놓지 않은, ……아, 이건 정, 정정합시다. 뚫어놓지 않은, 이 아니구, 맥혀 있던 걸 몰랐던, 입니다. 하지만 그게 또, 우리 책임만두 아니구, 어디까지나 구청 직원들이……

아, 글쎄, 그 넓은 지하상가가 전부 침수가 돼설랑 난리가 난 판국에 그 인간이 어디루 사라졌는지 우리가 그걸 어떻게 알겠소? ……그래두 다행이지. 물이 다 빠지구 나서, 이 인간이 여기서 둥둥 뜬 채루 나타나문 어쩌나? 우리가 얼마나 걱정을 했는데.

물난리 통에 어디 마른 데루 피해설랑 잘 살어 있겠쥬, 뭐. 그러니께, 거 증거두 없음서 불쑥 찾아와서 사람 이상허게 만들지 말란 말입니다. 다, 알 만한 사람덜끼리, 참. 자꾸 이래 찾아오문, 내가 담엔 아예 묵비권을 행사할 거니께.

File No. 4

저는 K 지하상가에서 경비원으로 근무하는 노대훈입니다. 아! 올해 쉰둘 됐습니다. 예, 나이보다는 조금 젊어 보이지요? 고맙습니다.

예, 그 일 때문에 오신 거지요? 아까 전씨한테 대충 얘긴 들었습니다. 글쎄요, 고백수란 사람을 알기는 하지만, 전 사실 몇 마디 나눠본 적도 없고…… 저, 전씨가 그런 말도 했나요? 글쎄요, 몇 번 같이 담배를 피우고, 딱 두 번 컵라면을 먹은…… 무, 무슨 말씀을 그렇게 하세요. 뺏어 먹다니요? 우리가 아무리 비정규직 노동자라고는 하지만, 노숙자한테 컵라면 사줄 정도는 여유가 됩니다. 사실 말이야 바른 말이지, 우리가 먹고살자고 지하상가 경비를 서는 줄 아세요? 우리도 다 장성한 자식들이 있고, 또 왕년에는 사병들도 여럿 거느리던…… 뭐요? 전씨가 나를 쫄따구라고 얘기했습니까? 하, 나 참 기가 막혀서…… 그놈이 나보다 하사관 교육을 조금 빨리 받은 건 사실이지요. 그렇지만 내가 진급도 더 빨리 했고, 나는 어엿한 원사 예편이고 전씨는 상사 예편인데…… 그치가 실은 음주 운전을 하다가 뺑소니 사고를 낸 적이 있었는데 군에서 대충 덮어줬던 적이 있었습니다. 그랬다가 나중에 발각이 되는 바람에 결국 군복을 벗게 된 거지요. 예? 전씨가 그런 소릴 해요? ……아! 자꾸 추측성 질문하지 말아요. 그 차에 동승을 하고 있었다니, 무슨 그런…… 전 그날 알리바이도 확실한걸요. ……그럼요, 나는 예편한 지가 불과 이 년밖에 안 됐습니다. 아니, 뭐, 사고가 있었던 건 아니고, 그게 지들끼리만 진급을 하고, 나만 쏙 빼놓길래…… 예? 아, 아니요. 뭐, 군대가 다 그런 데잖아요. 아! 의경 출신이시구만요? 거기도 군기 쎈 걸로 유명하던데……

글쎄요. 그 고백수씨가 좀 이상했던 건 사실입니다. 말도 안 되는 잠 타령으로 전씨하고 티격태격했으니까요. 하하, 글쎄요,

그 고씨 얘기가 몇 번 맞길래 나도 신기하다, 세상 오래 살고 볼 일이구나, 그런 생각은 들었었지요. 그렇지만 지금이 어떤 세상인데 그런 소릴 믿겠습니까? 난 그저, 어제가 오늘 같고 오늘이 내일 같은 일상이 지루해서 잔이나 비우면서 옆에 앉아 있었…… 예? 하하, 참 경사님도…… 그 술자리 안주가 컵라면이었거든요. ……그럼요, 내가 이 나이에 없는 얘길 지어서 하겠습니까? 내가 집에 가면 애가 둘입니다. 큰애가 연대 상대 졸업반이고, 작은애는 고대 법대 일 학년이지요. 작년에 작은놈이 곧 죽어도 경찰대 갈 거라고, 거긴 등록금도 없다고…… 내가 담임하고 한목소리로 법대 가서 사시 패스하는 길이 훨씬 효도하는 길이라고 뜯어말려서 간신히…… 예, 그럼요, 경찰이 되는 것도 훌륭한 일이지요. 사실 우리 같은 서민들한테 급한 일 생기면 검사보다야 동네 파출소에 근무하는 순경 하나가 훨씬 아쉽지요. ……아, 아부라뇨? 난 그저 내 생각을 어디까지나 정직하게……

전 고백수씨 실종 사건에 대해선 아는 게 전혀 없습니다. 갑자기 어머님이…… 예, 올해 아흔 되신 노모가 계시는데 그날 밤에 위독하시다는 연락을 받고 부랴부랴 집에 다녀왔으니까요. ……음, 그래봤자 두어 시간밖에 안 걸렸죠. 내가 집에 갔을 땐 어머님도 진정이 된 상태였고, ……뭐, 노인들이야 특별한 병명이 있나요. 집사람 하는 말이, 갑자기 쓰러지셔서 우황청심환을 물에 개어드렸더니 곧 깨어나셨다는데…… 예, 어머님이 저를 알아보시고, 말씀도 하시길래, 전 곧바로 택시를 타고 근무지로 복귀했지요. 집에 갈 때도 빗줄기가 제법 굵다 싶긴 했는데, 돌아올 땐 장난이 아니었습니다. 앞이 안 보일 정도인 데다 바람이 어찌나 불어대던지, 저 앞쪽 블럭에 있는 가로수 하나는 뿌리째 뽑혀서……

예, 시간 순서대로 정확하게 말씀드리지요. ……예? 하하! 물론이죠. 전씨는 고등학교 중퇴 학력이고, 전 그래도 고졸인데…… 아무렴 제 얘기가 논리 정연한 게 당연하지 않겠습니까?

그러니까 제가 우리 상가에 도착한 게…… 공세 시 삼십 분경입니다. 공한 시 좀 안 돼서 집에 갔으니까…… 틀림없을 겁니다. 틀려봤자 플러스 마이너스 십 분 내외일 겁니다. ……그럼요, 제가 군대 있을 때 야간에 당직사령도 많이 했는걸요. 초소 근무하는 사병들이 제가 떴다 하면…… 아, 죄송합니다. 아무튼 공세 시 삼십 분경, 근무지에 도착해보니 상가 출입 계단으로 빗물이 조금씩 넘치고 있었고, 저쪽, 그러니까 2-4번 출구 쪽에 있는 맨홀로 하수가 역류를 해서 뿜어져 나오고 있었습니다. 그걸 보는 순간 눈앞이 노래지더군요. 우선 그 출구 쪽에 모래 포대를 가져다 쌓고…… 예, 물론이죠. 내 근무지가 물에 잠길 판인데, 비번 조까지 비상을 걸었지요. 그러니까 나하고, 전씨, 박씨, 이씨…… 예, 저랑 같은 날 근무를 서는 네 명하고, 비번이었던 두 김씨하고, 또 윤씨…… 예, 최씨는 그날 제사가 들어서 지방에 내려가 있었습니다. 아무튼 그렇게 일곱 명이 달라붙어서 모래 포대를 쌓는다, 상가 업주들한테 전화를 한다, 소방서에 연락을 한다, 정신이 하나도 없었습니다. ……예, 그랬지요. 그때 저쪽 5-3 출구 밖에 있던 하수구 쪽에서 하수가 넘쳤던 거죠. 그게 아마 공사 시 십 분경이었을 겁니다. 그쪽은 다른 출구보다 지대가 낮아서 하수 유입이 훨씬 빨랐습니다. 그런데, 설상가상으로 그때 전기까지 나간 거죠. 저쪽, 그러니까 3-2인가…… 아니 참, 3-3이 맞습니다. 우리 지하상가에 출구만 해도 열여섯 갭니다. 헷갈리는 게 당연하지요. 아무튼 3-3 바깥쪽 전신주가 넘어지면서 이 일대가 완전히 정전이 돼서 코앞이 안 보일 지경이었습니다. 각자 흩어져서 자기 구역 쪽 상가로 내려가 후레쉬로 비춰가며 사태 수습에 나섰지요. 그때도 이미 발목이 빠지는 데가 있을 정도였습니다.

예, 사람은 하나도 안 보였습니다. 아니 참, 도리어 그 시간엔 업주들이 속속 도착해서 물품들을 밖으로 끌어내느라 북적거리기 시작했습니다. 사람이 없었다는 건…… 그러니까, 야간작업을 하느라 남아 있던 업주 또는 노숙을 하는 홈리스, 그리고 에…… 기타 침수가 되기 이전에 남아 있던 사람들을 말하는 거죠.

119는 딱 세 명 있었습니다. 우리 지역 대부분이 침수가 됐는데, 많은 인원이 올 수는 없었을 겁니다. 아무튼, 그래도 초동 대처를 제대로 했더라면 그렇게까지 되지는 않았을 텐데…… 글쎄요, ……모르죠. 업주들하고 엉켜서 고가의 물품들 위주로 정신없이 밖으로 빼내느라…… 예? 무슨…… 하하하! 글쎄요, 이럴 땐 어떤 표현을 써야 되죠? 구출도 아니고, 대피도 아니고. 하하, 보세요. 경사님도 적당한 낱말을 못 찾으시면서……
설마, 우리가 상가 물품을 빼돌렸다고 의심하는 건 아니겠지
요? 하하…… 그럼요, 서로 믿고 살아야죠. 우리가 명색은 K
지하상가에서 월급을 받는 경비 아닙니까.

예, 그때가 공오 시 좀 넘었을 땝니다. 물이 허리 위까지 차
올랐는데도 계속 하수가 유입되는 중이었지요. 불까지 나가서
깜깜한 지하상가에 물은 계속 콸콸 들어오고…… 그땐 덜컥 무
서운 생각이 들더군요. 이러다가 여기서 죽을지도 모르겠다
는…… 여기저기 후레쉬를 비춰보면서 빨리 밖으로 나가라고
호루라기를 불고, 사람들을 밖으로 내보내기 시작했습니다. 물
론 그것도 쉽지는 않았습니다. 키가 작아서 가슴까지 물이 차는
데도 하나라도 더 건져보겠다고 고무 다라이를 물에 둥둥 띄운
채 안으로 들어서는 업주들이 제법 있었거든요. 그 사람들하고
실랑이를 벌이느라 지체된 시간도 꽤 될 겁니다.

공오 시 사십오 분. 예, 그 시간은 정확합니다. 신문에도 그
렇게 보도가 되었으니까요. 상가에서 전원이 빠져나온 시간이
지요. 공식적으로 낙오자, 실종자 한 명 없이 전원 대피했습니
다. 그런데, 하늘도 야속하지요. 그 난리를 치고 나서 밖으로
나오니까, 얼마 지나지 않아 동쪽 하늘이 희붐하게 동이 틀 기
미더군요. 빗줄기도 한결 가늘어진 상태였구요.

모르죠. 말씀드렸잖아요. 그 정신없는 판국에 제가 고백수 같
은 할 일 없는 놈 찾으러 다니게 됐습니까? 여기저기서 차라리

상가하고 같이 물에 파묻혀 죽는 게 낫겠다고 울부짖는 업주들이 졸도를 한다, 물을 먹어 숨이 멎은 것 같다, 경비를 불러라, 구급대를 불러라, 생지옥이 된 판국에 그 귀찮아 죽을 지경인 고백수를 찾겠다고 제가 썩은 하수구 물에 다이빙할 일 있겠습니까?

예? 귀, 찮은…… 이라뇨? 제가 그런 말을 했나요? 아뇨, 무슨…… 고백수 제까짓 게 우릴 귀찮게 할 일이 뭐가 있다고.

모릅니다. ……아니요. 그런 일 전혀 없습니다. 그건 전씨한테 물어보세요. 그치가 고백수하고 더 친했으니까. ……글쎄, 그 시간에 고백수는 우리 상가에 절대로, 네버, 네버, 없었다니까요. ……이거 왜 이러세요? 우리가 뭘 어쨌다고……

자, 궁금한 거 있으면, 담에 또 오세요. 순찰 돌 시간이라서, 저는 이만……

File No. 8

음마, 고게 참말여라? 그 아저씨가 잠을 오래 자서 홍수가 났던 거란 말이지요이? 설마, ……에이, 무슨 그런 씨도 안 멕힐 소릴 하신다요? 그 아저씨가 무슨 모세도 아니고 천지신명의 현신도 아닐 것인디…… 아니, 참, 가만! ……엄니, 글고 봉게, 접때 홍수가 나기 전날 밤에 그 아저씨들이 술을 좀 과허게 드시능 거 같긴 혔어라. ……그러문요, 이 두 눈으로 똑똑히 봤지라. 내가 라면 두 그릇허고 순대 삼 인분을 배달꺼정 해줬는디…… 그려서 그걸 드시고 그, ……고백수씨…… 그 아저씨가 전에 우리 포장마차서 우동도 많이 팔아줬구만요. 뼈쩍 마르긴 혔어두 눈빛이 부리부리한 게 꼭 체 게바라같이 잘생겼는디…… 음마! 이 아저씨가 시방 날 무시허네? 온 국민이 다 아는 체를 내가 모를 중 알고요? 우리 딸내미 방에 들어가면 이따시만 헌 체 게바라 포스터가 걸려 있는디…… 첨에, 그랗게 지난봄에 첨 나타났을 적엔 때에 절어서 꾀죄죄하등만 메칠 지낭게 사람이 아주 몰라보게 달라졌등마요이. 예? ……칠월이요? 뭔 소리다요? 지난 유월에 나허고 남산 식물원에도 올러갔…… 음마, 내가 벨소릴 다 허고 자빠져부렀소이. 이 얘긴 안 들은 걸로 해주씨요, 그 담엔 아무 일도 없었응게. 내가 그때 애 아부지허고 대판 싸우고 나서 잠깐 눈이 뒤집히가꼬……

알겄소. 암튼 그 아저씨가 인사불성으로 취해서 노씨 아저씨하고 전씨 아저씨 부축까지 이렇게 양쪽으로 받어서 쩌그 주차장으로 가는 걸 이 두 눈으로 똑똑히 봤당게요. 그러니, 잠은 늘어지게 잤겄지라. ……예? 아, 그 시간이 그렇게…… 열두 시가 막 넘었으까, 쪼매 덜 됐으까…… 뭐, 그 시간쯤 됐을 것이요. 우리 애 아부지가 막……

그란디, 그 인적 사항은 꼭 얘길 혀야 쓰요? 우리 같은 사람덜이야 그런 디 끼는 거 벨로 안 좋아하지요이. 자꾸 불려 댕길 수도 있고, 또, 우리 하는 일이…… 참말요? 참말이지요이? 히힛, 지야 좋지요. 알겄어라우, 다음 단속에 걸려도 아저씨 이름만 대불면…… 예, 그러문요. 김, 경, 필, 경사님! 흐훗, 그런 조건이라면…… 아, 아, 저는 K 지하상가 2-3 출구 바깥쪽 노상에서 포장마차를 하는 유, 영숙이구만요. 나이는 마흔둘, 아니 참, 안직 생일이 안 지났응게 마흔하나. 토끼띠구요, 주민번호는 육삼일공이삼 다시…… 예? 암튼, 지가 아는 건 그게 단디, 아! 본적지도 얘기허까요? 뭐 더 궁금한 거 있으시면……

오뎅 국물이라도 드리까요? 힛, 날이 더워서 쪼까……

모르지라, 지가 옆에 같이 앉아 있었던 것도 아닌디, 그분덜이 뭔 대화를 나눴는지 어떻게 알겄소? 암튼, 뭔 심각한 얘기를 옥신각신 나누다가 내가 배달을…… 사실, 그 배달도 원래는 안 허는 것인디…… 그렇지요이, 포장마차가 뭔 떼돈을 벌겄다고 배달꺼정 허겄소? 지하상가 경비도 무슨 벼슬이라꼬 자꾸 사람을 귀찮게 헝게…… 암튼, 라면은 원래 우리 포장마차 공식 메뉴도 아닌디, 가끔 끓이달라고 허면 어쩔 수 없이 끓이주기도 하고, 우짤 때는 짜파게티나 칼국수 같은 걸 사다가 끓이달라고 그래싸문…… 어찌겄소, 달라는 대로 주지요이. 그래야 장사에 지장이 없응게…… 내 참 더러버서…… 예? 컵라면이요? 뭔 소리다요, 그 아저씨들은 라면도 꼭 콩나물 들어간 것만 자시는 냥반들인디. 입성은 그려도 입은 또 얼매나 고급이라고요.

그러문요, 뭔진 몰라도 엄청 심각한 표정들이었지라. 얼굴이 벌게져 있다가 내가 내려강게, 갑자기 말을 딱 끊두만…… 아!

맞아요, 일기예보서 비가 많이 올 거라고 그랬담서 날더러 포장 내리고 일찍 들어가라고 그러등마. 지들이 뭔디 남의 영업 시간 꺼정 참견을 하나, 뭐 속으로만 그랬지라. 그때까징만 혀도 비가 그렇게 많이 올 쭐은 꿈에도 몰렀응게. 그 지구온난환가 뭔가 하는...... 글씨요, 순대 배달 간 건 한 열 시쯤 됐으까 싶을 때고, 라면은 그보덤 한 시간쯤 더 지나선디...... 정확한 시간은 잘 모르겠어라. 그 시간엔 손님이 솔찮이 들 때라서 정신이 하나또......

뭐, 차에 들어가서 쉬었겠지요이. 툭허문 노씨 아저씨 차에 가서 쉬기도 허고, 노씨 아저씨하고 둘이 앉아서 심각한 표정으로...... 그러문요, 확실하지요이. 주차장 모퉁이에 쓰레기 버리는 디가 있어서 하루에도 몇 번씩 가는걸요. 노씨 아저씨 에쿠스 뒷자리에 타서...... 하긴, 선탠을 워낙 찐허게 혀서 안이 잘 안 들이다뵈긴 합디다. 예? ......그럼요, 에쿠스. 그 왜 본네뜨 우에 이르케 양갈래로 뻗은 브이 자 장식이 달린...... 내가 뭐 포장마차 같은 거나 허고 산다고 에쿠스하고 티코하고 분간도 못허는 바본 중 아씨요? 우리도 수리비가 기름값보덤 많이 나오긴 혀도 집에 가면 멀쩡히 굴러가는 중고 코란도가 있는디...... 그러문요, 노씨 아저씨 차가 분명하지요이. 그 아저씨가 직업은 경비라도 집안이 엄청난 알부자인 모양입디다. 어쩔 땐 라면 한 그릇에 만 원씩, 이만 원씩 척척...... 히힛, 사실 뭐, 배달이야, 그 맛에 하는 것이지만...... 손에는 안 쥐여주고 꼭 바지 주머니다 넣어줄라꼬 들어서 그게 문제긴 하지만.

두 사람요? ……접때 들옹게 고등학교 동창이라등마. 아뇨, 잘 모르겄소. 사투리 쓰는 걸 보문 아닌 것도 같고…… 군대도 같이 있었던 거 같던디…… 가끔 술 마실 때 보문 뭔 대령이니, 장군이니…… 욕을 해쌌기도 허고…… 모르긴 혀도 군대서 맘 고생들을 겁나게 혔던 모양이등마요이. 똥은 별이 싸도 밟긴 똥파리가 밟는다나 뭐라나, 토깽이를 다 잡고 나면 그 담은 사냥개 차례라나 뭐라나, 통 알아듣기 힘든 말만……

예? 참말요? 전씨 아저씨가 군대서 뺑소니 사고를 낸 적도 있었소? 그란디요? ……지야 모르지라. 경찰 아저씨가 모르는 걸 포장마차 아지매가 어찌 알겄소. 아! 그럼, 장군이 음주 운전 사고를 낸 것인디, 그걸 전씨 아저씨가 옴팡 뒤집어썼다는…… 그런 거 아녀요? 그럴 수도 있다는 건 그럴 가능성이 크다는 거지요, 뭘. 불도 안 땠는디 굴뚝서 연기가 어뜨케 나겄소? 방구들 밑에 지랄탄이라도 터쳐놨으면 또 모르까…… 으미! 열 받을 만했겄네. 그래가꼬 그르케 욕을 욕을 했던 거구마이! 어찌까요? 죽일 놈으 자슥덜. 하여간 있는 것덜, 높은 것덜이란…… 딱허지! 그런 사정을 진즉 알았으면……

아 참, 그 아저씨 얘길 해야 되는 건디…… 지송허요, 내가 뭔 말이 나오면 끊덜 못허는 성미라서. 또 뭐가 궁금하시다요? …… 글씨요, 그 담엔…… 노씨 아저씨 차요? 몰르지라. 지도 그 담엔 비설거지 허니라고 정신이 하나또 없었응게. 못 봤지요이,

그날 이후로는. 그 고백수씨…… 농담도 잘허고 허우대가 멀쩡한 기, 소싯적이 여자 여럿 울렸겄던디…… 술이요? 글씨요, 두 아저씬 전버텀 워낙 말술이라서, 취하긴 그 고백순가 하는 사람만 고주망태로 취했던디…… 술 말고 다른 거 뭐요? 약이요? 뭔 약 말이다요? 수면제요? ……음마, 뭔 그런 숭헌 소릴 다 허신다요? 그 두 아저씨덜이 그럴 냥반덜은 아닐 것이요. 가끔 객쩍은 소릴 허긴 혀도 알고 보문 얼매나 새가슴덜이라고요.
……아! 저기 전씨 아저씨 지나가네요. 직접 물어보먼 젤로 확실할 것이요. ……전씨 아저씨! 여기요! 여…… 이분이 뭐 궁금헌 기……

File No. 11

다시 오실 거라고 예상하고 있었어요. 사람을 찾는다는 게 쉬운 일은 아닐 테죠. 게다가 자기 발로 걸어 나간 사람인걸요. 그렇게 쉬운 일이었다면 지난 삼 년 세월을 미친 사람처럼 살지는 않았을 거예요. 아니, 난 어쩌면 지독하게 미쳤던 건지도 몰라요. 물론 병원에도 다녔지요. 그렇지만 자고 일어나면 머리가 쪼개질 것처럼 아프기만 할 뿐, 조금도 달라지지 않은 내 모습을 마주해야만 했어요. 그게 견딜 수 없어서 거울을 깨버린 적이 한두 번이 아녜요. 보세요. 우리 집엔 성한 거울이라곤 하나도 없잖아요. 그래요, 그러다 보니 세수도 샤워도 안 하게 되더군요. ……그런데, 자꾸 제가 하는 말 끊지 마세요. 부탁드릴게요. 난 언제부턴가 누가 제 말 끊는 걸 견디지 못하게 되었어요. 아! 질문도 하지 마세요. 난 당신이 뭘 알고 싶어서 온 건지, 이미 다 알고 있으니까요. 맞아요, 지난번엔 구체적인 얘길 안 했죠. 아니, 할 수가 없었던 거예요. 당신이 얼토당토않은 질문만 해댔으니까요.

목 마르실 텐데, 주스 드세요. 걱정 말아요. 이 주스는 며칠 전에 동생이 사다 놓고 간 거니까요.

그이가 집을 나갈 때 신고 간 구두가 자꾸만 생각이 나요. 뒤축이 다 닳아서 비가 오면 물이 새는 구두였지요. 질컥질컥 소리가 옆에서 걷는 제 귀에까지 들릴 정도였어요. 새로 산 구두가 신발장 안에 있는데도 그걸 꺼내 신고 갈 여유가 없었던 거예요. 저 바깥 복도 꺾어지는 곳에서 한 번 움찔했어요. 전 그이가 돌아오려나 보다 생각했는데, 그게 아니었지요. 구두 뒤축 끌리는 소리만 한 번 내곤 엘리베이터 속으로 사라지더라구요. 곧 빚쟁이들이 들이닥칠 거라면서 나한테도 친정에 가 있으라고 했어요. 한 달 만에 들어왔다가 오 분 만에 짐을 싸들고 나갔지만 빚쟁이가 찾아오는 그런 일은 생기지도 않았어요. 당연하죠. 우린 그때까지 혼인신고도 안 했는데 누가 우리 집을 찾아낼 수 있었겠어요? 뻔해요. 내가 이혼해주지 않으니까, 그냥 그년한테로 도망을 친 거예요.

질문하지 말랬죠! 또 말을 하면…… 미안해요, 나도 날 어쩔 수가 없어서 그래요. ……맞아요. 법적으로 우린 이혼할 필요도 없는 동거인일 뿐이었던 거죠. 그러니 저란 존재는 도대체……

질, 컥, 질, 컥. 그이가 홍수가 났던 날 그 지하상가에 있었다고 했지요? 거기서도 질컥질컥 소릴 내면서 빠져나왔겠군요. 그렇지만 전 그이한테 무슨 사고가 났을 거라고 생각하진 않아요. 그이가 얼마나 눈치가 빠르고 영악하다구요. 어쩌면 지금쯤 그년하고 뽀송뽀송한 새 시트를 깐 하얀 침대에 엉켜서 그 짓을 하고 있을지도 모르지요. 아마 그럴 거예요. 그이한테 한번 안겨본 여자라면 누구라도 바짓가랑이를 붙잡지 않고는 배겨낼 수 없을 테니까요. 그런데 그이가, 그 나쁜 새끼가 삼 년 만에 찾아와선 날 한 번도 안아주지 않았어요. 개 같은 새끼, 갓 여고 졸업한 새파란 경리 년한테 맛을 들여서는……

File No. 12

미안해요. 믿을 수 없는 일이긴 하지만 전 어쩌면 의부증이 있는 게 사실일지도 몰라요. 하지만 그런 생각을 하지 않으려고 노력을 하면 할수록 점점 더 이상한 상상이 되는 걸 어쩌지요? 거기 티슈 좀 주실래요. 오랜만에 오늘은 화장도 했는데, 다 번지고 말았네요. 아! 정말 미안해요. 이제 좀 진정이 된 것 같아요.

그래요, 처음부터 차근차근 말씀드리죠. 우린 결혼 정보 회사 소개로 만났지만 결혼하기 전까지 반년 동안 정말 지독한 연애를 했어요. 운명 같은 끌림이었다고나 할까요? 처음 만나는 순간부터 그이가 내 반쪽이란 걸 직감할 수 있었으니까요. 일 년쯤 꿈같은 신혼을 보내고 났을 때 그이가 대기업 머슴살이 하는데 지쳤다면서 명예퇴직 신청을 냈던 게 불행의 시작이었나 봐요. 그때 받은 퇴직금하고 여기저기서 끌어들인 자금으로 유행이던 벤처 기업을 차렸어요. 처음엔 거짓말이다 싶을 정도로 사업이 잘되더군요. 작지만 중국에 공장도 세웠고, 한때는 직원이 오십 명을 넘었던 적도 있어요. 그런데 코스닥에 상장을 하려던 찰나에 거래처들이 마치 짰던 것처럼 부도를 내기 시작하더라구요. 도미노처럼 무너지는 걸 막을 재간이 있어야죠. 몇 달 더 버티느라 끌어 쓴 돈만 고스란히 빚으로 늘었어요. 정말 물거품 같았지요. 그 거품이란 표현, 정말 실감이 되더라구요. 그런데 진짜 물거품은 그게 아니었어요. 뒷수습을 한다는 핑계로 외박이 잦아지기 시작하더니, 급기야는 일주일씩 안 들어오는 때도 생기기 시작했어요. 하루는 슬쩍 그이 뒤를 밟아봤지요. 그랬더니 그 경리 년이 자취를 하는 오피스텔 건물로 올라가는 게 아니겠어요? 물론 그 건물에서 밖으로 나온 건 사흘이나 지나서였어요. 하늘이 쪼개져도 변치 않을 것 같았던 사랑이 그야말로 물거품처럼 사라져버린 거죠. 의부증이라구요? 다 뭘 모르고 하는 소리예요. 내 입장이 되어보지 않고는 그 억장 무너지는 심정을 모를 거예요. 뭐, 그러면서 친구 오피스텔에 숨어 있었다나? 회사가 망했는데, 거기서 그년하고 무슨 볼일이 남아서 만났겠어요. 장부책 뒤지면서 간지럼 태우기 장난이라도 했을까요?

아, 아! 참, 맞아요. 지난달에, 삼 년 만에 나타나서 무슨 얘기를 했냐구요? 맞잖아요, 그 얘기가 듣고 싶어서 다시 왔다는 거 다 알아요. ……뭔가 한몫 단단히 잡을 좋은 건수가 생겼다고 좋아했어요. 어쩌면 남은 빚을 다 갚고, 또 잘만 하면 조그마한 가게도 낼 수 있을지 모른다고. 다시 살림을 합쳐서 신혼 때처럼 깨소금이 쏟아지게 살아보자나 뭐라나…… 그러면서 어떻게 키스도 한번 안 해주고 그렇게 휑하니 떠날 수가 있죠? 모르긴 해도 한몫 단단히 잡아서 그년 밑구녕에다 이미 다 쑤셔 넣었을 게 뻔해요. 그러니까 나처럼 뚱뚱하고 늙은 년은 억지로라도 한번 안아주기가 싫은 거예요. 그래서 내가 살을 빼려고 얼마나 노력을 했다구요. 아침에 달아보니까 사십삼 킬로더라구요. 이제 딱 삼 킬로만 더 빼면 돼요. 그럼, 그이가 나한테로 다시 돌아올 거예요, 틀림없이.

아! 그때 새 구두를 꺼내줄 걸 그랬나 봐요. 저녁때마다 질컥질컥 소리를 내며 그년 오피스텔을 찾아 올라갈 걸 생각하면 잠을 자다가도 화들짝 놀라서 깨곤 해요. 하핫, 웃기지 말아요. 다시는 내 발로 그이를 찾으러 다니는 일은, 절대로 없을 거예요. 얼마 전에도 사주를 봤는데, 내가 혼자 늙어 죽을 팔자는 절대로 아니랬어요. 조금만 더 기다리고 있으면 오지 말래도 기어 들어올 거예요. 어차피 바람은 지나가는 거니까……

아 참, 지난번에 우리 웨딩 사진 보다 말고 가셨었죠? 이리 와 보세요. ……어때요? 우리 신랑! 잘생겼죠? 이국적으로 생겼어요. 머리를 짧게 깎아서 해군 장교처럼 보이기도 하지만 잘 뜯어보면 꼭 영화배우 누구를 닮지 않았나요? 아하, 빙고! 그거예요, 브래드 피트! 아저씨 사람 볼 줄 아시네요? 우리 신랑이 이 연미복을 처음 입었을 때 말이죠, ……어, 어따 손을 대요? 그이 얼굴에 손대지 말아요. 이리 줘요. 어서요. 아, 아악! 아아악……

File No. 18

하, 이거 참. 이 녹음기를 꼭 여다 꽂아놓고 말을 해야 됩니꺼? 이거 마, 스타일 안전히 구겨지는구마. 예? 아, 아입니다. 머 꽂으라면 꽂고, 빼라면 빼고, 우리 같은 사람들이야 높은 데서 온 분이 시키먼 시키는 대로 해야 안 되겠습니꺼. 어이, 강비서 멀 그렇게 멀뚱멀뚱 보고 있나? 밖에 일도 많을 낀데. 사람, 눈치가 없어서……

마, 지는요, K 지하상가 사장 이효천입니다. 이번 총선에서도 낙동강 오리알이 되기는 했지만도 이 동네 지구당 위원장이고, 또 자유민주와보수주의승리를위한지역연대 사무총장이고, 에—또 사단법인 고향사랑나라사랑운동본부 공동…… 마, 그 정도로 해두까요? 궁금하시면 명함 뒤쪽에 약력이 있으이까네 보시먼 되고…… 머, 목마르시면 차 한잔 드리까요? 어이, 정양아! 여기 차 좀 가 온나. 흐음, 흠…… 이기 먼 에아콘을 틀어놔도 땀이 질질 나이까네. 어, 그래! 김검사님 한 잔 따라드리고, 그래그래, 공손히…… 하! 이거 참, 씨언하게 쭉 드시이소, 검사님. 참, 이청장님은 안녕하시지요? 내가 청장님을 만난 기 그러이까, 이거 참, 인사드린 지가 쪼매 돼서. 검사님이 아실라는지 모르지만도, 사실 청장님이 내한테는 아저씨뻘 되는 기라요. 동녘 동 자 돌림이니까네…… 자주 찾아뵙고 인사를 올리야 도린데, 이기 참, 사는 기 먼지……

허험, 그러이까네, 지는 마, 그래 생각합니더. 저늠아들이 내를 자꾸 붙들고 늘어져서 머 먼지 날 게 없나 하고 자꾸 툴툴 털어쌌는데, 이거는 어디까지나 정치적인 보복이다, 그거 말고 다른 거는 아무껏도 없다, 그깁니더. 지금 내 사업장에 물난리가 나서 잠깐 정치판을 떠나 있따꼬 사람을 이렇게 뭇매를 때리싸먼, 아니! 아무리 순한 지렁이도 밟으먼 어쩔 수 없이 한번은 꿈틀하는 기지, 내가 말러 죽은 달팽이맹키로 언제까지고 가만 웅크리고 있을 쭝 압니꺼? 정치가 마, 그런 기 아입니더. 사람들은 이 이효천이가 이제 안전히 망했다 그카는데, 그거 암껏두 모르고 떠드는 소립니더. 보험 들어놨든 거 찾으먼 우리 상가 복구하고도 쪼매 남습니더. 그까지 꺼, 우리 상가 업주덜, 아고, 마, 불쌍해서…… 그카지만도 이 이효천이가 있는 한 아아무 걱정이 없다, 이 말입니다. 내가 누굽니꺼? 그 총알이 빗발치던 융니오 동란 때도……

그래요? 그 얘기가 진짜로 재밌는 긴데……

아, 아…… 머라꼬요? 우리 아들놈이 멀 어쨌따꼬…… 그늠 아는 체중이 쪼매밖에 안 나가서 면제를 받은 긴데…… 머요? 하, 일마가 이기 먼 뒷북을 치고 있노? ……아아, 이기 참, 미안합니더, 검사님. 원체 버릇이 돼나서. ……그기 아이고, …… 그거는 이미 지난 후보자 토론회 때 다 밝혀진 진실인데…… 아, 더 궁금한 기 있으모 병무청 가서 알아볼 일이지…… 바빠 죽겠는데……

어이, 강비서! ……어, 그래, 최변호사는 어데 있노? …… 문디 자슥, 이럴 때 법원에는 먼 볼일이 있따꼬…… 알았으이 까네, 빨리 오라꼬 연통 좀 넣그라 자슥아.

머요? 전씨하고 노씨요? 우리 지하상가 경비 아아들 말입니꺼? 글마들을 내가 우예 알겠습니꺼? ……머라꼬요? 지금 먼 소리를 하능교? 이기 마 갈수록 태산이네? 그 소리도 저늠아들한테 들었십니꺼? 하하! 내가 참 어이가 없어서 웃음밖에 안 나옵니더. 글마들은 원래 자유민주와보수주의승리를위한지역연대에서 활동하던 마, 일종에 내 팬들인데, 군에 있다가 예편해가 머 변변한 기술도 없고 그냥 앉아서 놀기는 아직 이르고 그렇다고 내한테 하도 아쉬운 소릴 해싸서, 꼭 내 동생 같은 생각이 들어서…… 머요? 내가 먼 발 저릴 일이 있따꼬 글마들을 채용했겠습니꺼? 그렇잖아도 지난 물난리 때 근무지를 이탈해가 밤새 먼 지꺼리를 하다가 새벽에사 나타났길래 내가 칵 짤라뿌까 그 카고 있는데…… 하, 일마들을 이거, 우야면 좋노? 참말로.

 ……한준장요? 글마는 또 와요? ……알기는 하지만도…… 글쎄, 내랑 그늠아는 그냥 국민, 아이 참 초등학교버텀 고등학교까지 동창일 뿐이라요. 그늠아 집안하고 우리 집안하고는 근본부터가 다른 기라요. 그늠아가 어릴 적에 찢어지게 가난해가…… 육사 나온 뒤로는 쪼매 풀리는 거 같드마는…… 아고, 마 사람 팔자가 원래 뒤웅박 팔자니까네 알다가도 모를 일이라요. 그늠아가 먼 잘못이 있따꼬 군복을 벗기느냔 말입니더. 그거 벗겨봐야 속옷이나 나오는 기지, 뭔 얼어 죽을 진실이 밝혀진다꼬…… 글마는 그냥 위에서 시키는 대로 했을 뿐인데…… 군대가 마 원래 그런 데 아닙니꺼? 상명하복, 명령에 죽고 명령에 살고…… 그거는 검사님 근무하시는 검찰 쪽도 마찬가지 아잉교? 하하, 머, 오십보백보지요.

 아무튼지 간에, 아고 마…… 그늠아 인생도 인제 안전히 종쳤다 아닙니꺼. 별 달았다꼬 어깨에 힘이 빡 들어갔든 기 엊그저께 같구마는, 그란데, 마…… 아입니더, 고마 하입시더. 물난리 통에 내가 잠깐 귀를 닫고 있었드만……

 머요? ……아! 그거요. 그건 벌써 오래된 얘긴데, 그걸 검사님이 우예 아십니꺼? 내가 급전이 필요해가 한준장, 아이 참 그때는 그러이까 소령이었든가 중령이었든가…… 아무튼지 그늠

아한테 빌리 썼다가 갚은 긴데…… 와요? 머가 잘못됐습니꺼? 내가 딴 사람이라문 몰라도 그늠아하고는 절대로 돈거래를 안 할라고 그랬는데, 그때 워낙 사정이 급해가…… 그늠아가 사실, 이거는 오프 더 레코든데…… 우리 집에서 소작 붙이든 집이었거던요. 거서 쪼매 더 올라가믄 그 집이 우리 집에서 종살이를…… 이거는 어데, 딴 데 가서 말씀 마시소. 우짜든동 그늠아 귀에 드가는 날이믄 내가 곤란해집니더. ……짜슥이, 지가 언제버텀 고위층덜하고 친했다꼬, 위아래도 모르고 까불더마는…… 아, 아입니더. 아고 마, 김검사님 덕분에 내가 오랜만에 옛날 생각을 다 했네요. 머, 차 한잔 더 드리까요? 아, 됐십니꺼? 이거 내는 목이 타서…… 아! 그런 기 아이라, 새벽에 필드에 나가서 라운딩을 쪼매 했드마는, 허험……

누구요? ……고, 백수요? 글마는 또 누궁교? ……우리 상가 노숙자요? 글쎄요. 그런 소린 내가 첨 듣는데…… 내가 아무리 민심을 열심히 청취한다고는 하지만도, 노숙자 실종 사건을 와 나한테 와서 묻능교? ……머요? 허허, 노숙자가 돈도 많네? 그것도 순전히 수표만 들락날락 한단 말이지요? 마, 그럼 돈세탁이구마요. 그 수법이야 알 만한 사람은 다 아는 긴데…… 대포 통장 만들어가…… 머, 새삼스럽게…… 누군진 몰라도 초짜구마요, 그런 것도 하나 똑바로 몬하고 꼬리를 밟혔으이…… 하하, 어데요? 우린 사업을 해도 그런 치사한 수법은 안 쓰지요. 지금은 클린 시대 아입니꺼. 깨끗한 정치, 깨끗한 경영! ……머요? 허, 그기 참말잉교? 내는 첨 듣는 얘긴데…… 그걸 내가 어째 알겠능교. ……모릅니다, 몰라요.

……건 그렇고, 배도 출출한데 점심 드시러 안 가실랍니꺼? 요 앞에 보신탕 맛있게 하는 집이 있는데.

아, 그래? 글마는 얘기 다 끝나가이까네…… 김검사님, 최변호사가 곧 도착할 끼라는데…… 참, 김검사님은 사시 몇 회라요? 우리 최변호사하고 같이 가셔도 되겠지요? 인사도 하시고, 더 궁금한 기 있으시면…… 아, 그래요? 이거 원, 그냥 가시면, 섭섭해서…… 어허, 강비서 머 하나? 검사님 바래다드리잖고. 아니, 이 사람이 지금, 저 아래 현관 앞에까지 모시다 드리고 오라니까. 정신을 어따 두고. ……아! 검사님, 녹음기 여기 있습니다. 아! 예, 여, 여기.

　　귀뚜라미는 매 시간 12킬로미터의 속도로 북진하고 있습니다. 중심 기압 980헥토파스칼, 중심 부근 최대 풍속이 초속 53미터로 어제보다도 훨씬 강력한 태풍으로 성장한 상태입니다. 기상청은 귀뚜라미가 내일 새벽 남부 지방에 상륙한 뒤 진로를 바꿔 동해로 빠져나갈 것으로 예상하고 있습니다. 그러나 지역에 따라서는 지난번 종다리 때처럼 게릴라성 폭우를 동반할 수도 있다는 예보입니다. 특히 남동부 해안 지역에서는 폭우와 해일 대비에 만전을 기해주시고, 저희 뉴스 속보에도 계속 귀를 기울여주시기 바랍니다. 최근 불거진 병무 비리 문제가 5년 전에 발생했던 군부대 내 의문사 사건과도 연관이 있을 것이라는 첩보가 잇따르고 있습니다. 그런 가운데 예비역 장성을 비롯한 병무 담당자들을 상대로 잠입 취재 중이던 본사의 김상일 기자가 사흘째 행방이 묘연한 상태라고 합니다. 검찰에 따르면

서울 외곽에서 김포를 거쳐 30분가량 더 달리면
정여강 혹은 여정강이라 불리는 강이 나온다.
강 한가운데 섬이 하나 있고, 그 섬에 세워진 커다란 기둥에 의지해
다리가 하나 놓여 있다. 사람들은 한쪽을 정전(井田)이라 부르고,
다른 한쪽은 여전(閭田)이라 부르며 자유로이 왕래해왔다.
그러나 이 모든 건 무슨 외골수의 사상이 뿌리 깊이 박혀 있거나,
권력의 달콤함에 매혹되어 싸우기 좋아하는 이들에게는
여전히, 물안개로 보일 뿐이라 한다.
나는 지금 그곳을 지나가거나, 혹은 지나오고 있다.*

17:50

정전(井田)이 내 뒷풍경이 되자마자 느닷없이 눈바람부터 불어왔다. 눈발과 함께 낙엽 몇 장이 정여교(井閭橋)의 이쪽 끝

---

* 경기도 김포시 월곶면과 개풍군 흥교면 사이, 한강 한가운데 유도(留島)라는 섬이 있다. 사람들은 강 아래를 남한이라 부르고, 위를 북한이라 부르며 반세기가 넘도록 격절된 채로 반목하며 살아왔다. 그러나 2000년 6월 15일, 남북 정상은 공동 선언을 통해 양측의 통일 방안에 공통점이 있음을 인정했다. 정전(井田)과 여전(閭田)의 지명은 정약용의 『경세유표』와 『전론』에서 차용했음.

에서 저쪽 끝으로 날아가 처박혔다. 바람이 멈춘 뒤엔 어디서 날아온 것인지 모를 눈가루가 펄펄 흩날리며 내 주위에서 회오리를 일으켰다가, 이내 뿌연 종적을 감추어버렸다. 그런 뒤면 시선이 트인 앞쪽 저 멀리 여산(閭山) 중턱쯤에서 눈보라 이는 모습이 여지없이 보였다. 그러니 어쩌면 느닷없다는 말은 터무니없는 어법일지도 모른다. 다만 내가 정여교에 발을 디밀었을 때 마침 바람이 내 곁을 지나갔을 뿐인지도.

나는 다리 난간 옆에 잔뜩 웅크리고 앉아 담배에 불을 붙였다. 춥군! 내 인생에도 한차례 겨울이 닥칠 모양이야. 낙조에 물든 정여강(井閭江)이 불그레한 물비늘을 반짝거리며 다리 밑에 놓여 있었다. 그리고 강이 아스라하게 휘어진 곳에 물속으로 반쯤 잠긴 해가 보였다. 주홍빛. 어쩌면 뜨는 해와 지는 해가 저렇게도 다르게 보일 수 있을까. 해운대 앞바다였던가? 반숙된 계란 노른자 같은 노릇노릇한 해돋이를 수줍게 바라보았던 곳이. 강렬하지도 않은 그 빛은, 그러나 오래 보고 있노라면 찌르르 감전이라도 돼버릴 것 같은 온기를 품고 있었다. 그러곤 시선을 옮겨 다른 곳을 보더라도 한참 동안이나 눈앞에 머무르는 잔광 때문에 난 무척 곤혹스러웠다. 마치 그녀의 젖가슴을 처음 만졌을 때처럼.

해돋이를 보기 전날 밤. 가볍게 손을 뿌리치다간 결국 살짝 돌아눕는 것으로 가슴을 허락했던 그녀는, 내가 브래지어를 올리고 손을 밀어넣을 때까지 미동도 없이 누워 있었다. 내 손바

연

서울 외곽에서 김포를 거쳐 30분가량 더 달리면
정여강 혹은 여정강이라 불리는 강이 나온다.
강 한가운데 섬이 하나 있고, 그 섬에 세워진 커다란 기둥에 의지해
다리가 하나 놓여 있다. 사람들은 한쪽을 정전(井田)이라 부르고,
다른 한쪽은 여전(閭田)이라 부르며 자유로이 왕래해왔다.
그러나 이 모든 건 무슨 외골수의 사상이 뿌리 깊이 박혀 있거나,
권력의 달콤함에 매혹되어 싸우기 좋아하는 이들에게는
여전히, 물안개로 보일 뿐이라 한다.
나는 지금 그곳을 지나가거나, 혹은 지나오고 있다.*

17:50

정전(井田)이 내 뒷풍경이 되자마자 느닷없이 눈바람부터 불어왔다. 눈발과 함께 낙엽 몇 장이 정여교(井閭橋)의 이쪽 끝

---

* 경기도 김포시 월곶면과 개풍군 흥교면 사이, 한강 한가운데 유도(留島)라는 섬이 있다. 사람들은 강 아래를 남한이라 부르고, 위를 북한이라 부르며 반세기가 넘도록 격절된 채로 반목하며 살아왔다. 그러나 2000년 6월 15일, 남북 정상은 공동 선언을 통해 양측의 통일 방안에 공통점이 있음을 인정했다. 정전(井田)과 여전(閭田)의 지명은 정약용의 『경세유표』와 『전론』에서 차용했음.

에서 저쪽 끝으로 날아가 처박혔다. 바람이 멈춘 뒤엔 어디서 날아온 것인지 모를 눈가루가 펄펄 흩날리며 내 주위에서 회오리를 일으켰다가, 이내 뿌연 종적을 감추어버렸다. 그런 뒤면 시선이 트인 앞쪽 저 멀리 여산(閭山) 중턱쯤에서 눈보라 이는 모습이 여지없이 보였다. 그러니 어쩌면 느닷없다는 말은 터무니없는 어법일지도 모른다. 다만 내가 정여교에 발을 디밀었을 때 마침 바람이 내 곁을 지나갔을 뿐인지도.

나는 다리 난간 옆에 잔뜩 웅크리고 앉아 담배에 불을 붙였다. 춥군! 내 인생에도 한차례 겨울이 닥칠 모양이야. 낙조에 물든 정여강(井閭江)이 불그레한 물그늘을 반짝거리며 다리 밑에 놓여 있었다. 그리고 강이 아스라하게 휘어진 곳에 물속으로 반쯤 잠긴 해가 보였다. 주홍빛. 어쩌면 뜨는 해와 지는 해가 저렇게도 다르게 보일 수 있을까. 해운대 앞바다였던가? 반숙된 계란 노른자 같은 노릇노릇한 해돋이를 수줍게 바라보았던 곳이. 강렬하지도 않은 그 빛은, 그러나 오래 보고 있노라면 찌르르 감전이라도 돼버릴 것 같은 온기를 품고 있었다. 그러곤 시선을 옮겨 다른 곳을 보더라도 한참 동안이나 눈앞에 머무르는 잔광 때문에 난 무척 곤혹스러웠다. 마치 그녀의 젖가슴을 처음 만졌을 때처럼.

해돋이를 보기 전날 밤. 가볍게 손을 뿌리치다간 결국 살짝 돌아눕는 것으로 가슴을 허락했던 그녀는, 내가 브래지어를 올리고 손을 밀어넣을 때까지 미동도 없이 누워 있었다. 내 손바닥에 맞춤한. 그녀의 가슴은 따뜻하고 촉촉하고, 그리고 풋풋했다. 내 운명선과 감정선이 만나는 지점에서 느껴지던 돌연한 유두의 촉감. 난 해가 반쯤 올라왔을 때 그녀의 귓바퀴에 입을 대고 말했었다. 저 해는 꼭 네 젖가슴 같애.

벌써 삼 년 전이구나, 해운대 앞 겨울바다. 나는 가볍게 되뇌며 강바람이 부는 방향으로 담배 연기를 내뿜었다. 뭔가 맞지 않는다고, 이젠 내 맘속에서 그녀를 보내야 한다고, 난 이별 여행 삼아 해운대 앞바다를 말했고, 그녀는 아무것도 모른 채 흔쾌히 응했었다. 어쩌면 그녀는 나와의 여행보다는 바다에 목말라하고 있었던 것 같았다. [바다] 하고 발음을 하는 그녀의 눈빛 속엔 이미 물결이 일렁거리고 있었으니까. 난 그 물결을 바라보며 말했다.

난 바다에 가면 연을 날리고 싶어. 바다를 향해 연을 띄우고 아주 긴 실타래가 풀려나가다가 연이 보이지 않을 만큼 멀어지면, 그러면 그냥 실을 놓아버리는 거야. 어때, 멋진 그림이지 않아?

치, 연이란 얼레하고 팽팽하게 연결돼 있을 때 멋있는 거야. 얼레도 없이 날아가버리면, 그러면 연의 생명은 끝나버리는 거지. ……근데, 지금 우는 거야? 왜 그래? ……눈이 촉촉해졌어.

그러나 연은, 날려버리기는커녕 아예 바람을 안고 공중에 떠오르지조차 못했다. 모래사장에서 내 뒤를 뒤뚱뒤뚱 따라다니다가 좀 뜨는가 싶다가도 허공을 핑그르 돌아서는 이내 바닥에 곤두박질만 쳐댔다. 그리고 연을 날려보내지 못했던 것처럼, 난 그녀를 떠나보내지 못했다. 삼 년 동안. 그녀는 뒤뚱거리거나 잠깐씩 떠올랐다가 다시 곤두박질치면서 내 얼레에서, 실타래에서 날아가지 않았다. 어쩌면 삼 년 전 그날, 난 연이 떠오르지 않기를 내심 바라고 있었는지도 모른다.

그런데 삼 년도 훨씬 지난 뒤, 이번엔 그녀가 먼저 결별을 통보한 것이다. 아니, 그건 통보와는 또 달랐다. 한 달 가까이 그녀는 연락 두절 상태였다. 그녀의 집 전화는 늘 '부재중'이라고 대답했고, 휴대 전화는 "연결되지 않으니 메시지를 남기라"는 말만 반복했으며, 인터넷 마저 '유보자'임을 알리고 있었다. 유보라니, 도대체 뭘 유보한단 말인가? 난 그녀가 이제 전화번호와 주소까지 바꿔버릴 것처럼 여겨져 몹시 초조해했다. 그러나 한 달여 만에야 전화를 받은 그녀의 한마디는 단호했다. "난 그와 헤어져야겠어. 왜 그러는지는 묻지 말아줘, 제발."

그. 통상 인터넷 대화방에서 쓰던 말 그대로 그녀는 나를 '그'라 칭하면서 남의 얘기를 하듯 잘라 말했다. "헤어져야겠어" 하고. 바보처럼, 난 "왜?" 하고 물었다. 분명히 묻지 말아달라는 말을 들었는데도. 그러곤 "잘 지내"라는 말을 남긴 채 전화가 끊어졌다. 아니 끊기기 전에 뭔가 부딪치는 소리가 들렸으므로 난 그녀가 송수화기를 놓쳤으려니 생각했다. 연줄을 '툭' 놓쳐버린 것처럼.

난 다시 전화를 걸지 못했고, 또 다른 한 달이란 시간이 마냥 흘러가버렸다.

18:15

정여교 중앙에 위치한 출입관리소에 들어서자 왁자지껄한 소리부터 들려왔다. 문을 닫은 뒤 칸막이용으로 설치된 대형 거울을 돌아 들어갔을 때, 나는 막 장이 마감된 증권거래소에 들어온 착각마저 일었다.

"자, 오늘의 사다리 타기 결과를 발표하겠습니다. 소장님 일금 오천 원정, 박과장님 삼천 원, 그리고 김대리 칠천 원, 저는 꽝, 그리고 미스 임 이천 원……"

출입관리소에서 가장 눈길을 끄는 건 푸른빛이 감도는 철제 동상이었다. 소장으로 보이는 사람이 앉은 자리 뒤편에 놓인 반신상. 거기엔 '단군像'이라 씌어 있고, 밑으로 자잘한 글씨가 음각으로 새겨져 있었다. 분단과 반목을 상징했던 기나긴 철조망을 녹이거나, 일일이 조형해서 만들어진 작품이었다.

"자 불만들 없으시죠? 그럼 미스 임, 갔다 와야지. 여기 '이천 플러스 심부름' 씌어 있는 거 보이지?"

"아뇨, 불만 있어요. 전 미스 임이 아니구, 림정숙씨예요. 림, 정, 숙, 씨이."

출입관리소 안에 웃음이 터졌다. 나는 누군가 내게도 좀 관심을 가져주길 바라며 민원 안내대 앞에서 서성거렸다. 때마침 '저는 꽝'이라 말했던 사람이 한참을 웃어 벌게진 얼굴을 돌려

나를 향해 앉았다. 그러나 내가 그의 앞으로 다가서려 하자 그는 소장 뒤편에 있는 단군상 쪽으로 고개를 획 돌려버렸다. 그러곤 한마디로 일별해버렸다.

"끝났는데요."

"예?"

"저거 안 보이세요. 벌써 십구 분이나 지났잖아요."

그가 바라본 건 단군상이 아니라, 그 위에 붙어 있는 디지털 시계였던 모양이었다. 시계는 막 '18:20'으로 바뀌었다.

"그럼 언제, 와야 되나요?"

"내일 오세요. 오전 아홉 시 이후에 오시면 됩니다."

"그럼, ……오늘은, ……오늘은 어디서 자야 되지요? 그러니까 정전으로 가야 되나요, 아니면 여전으로……"

짱이 눈을 들어 내 얼굴을 뚫어지게 쳐다보았다. 그 눈은 '별 실없는 놈을 다 보겠다'는 듯했다. 그러나 짱은 이내 친절한 표정으로 바꾸어가며 말했다.

"그야, 어디서 주무셔도 상관없습니다. 물론 신용 거래나 시민권 같은 건 현재의 주소지에서만 가능하겠지요. 자, 여기 이전 신청서를 드릴 테니까 미리 작성하셨다가 내일 바로 제출하십시오."

"제가 집하고 가재도구를 한꺼번에 정리해버려서……"

신청서를 안내대 위에 올려놓은 짱은 내 말을 들었는지 말았는지 고개를 푹 숙인 채 뭔가를 뒤적거리고 있었다. 정전으로 돌아간들 우울한 기억만이 날 기다리고 있을 테고, 여전인들 대학교 때 금강산으로 졸업 여행 갔었던 걸 제외하면 피붙이 하나 없는 낯선 땅이었다. 그러나 어쩌랴, 거길 찾아가겠다고 나선 길이 아니더냐. 나는 관리소 사무실 안을 한 바퀴 휘둘러보고 나서 신청서를 집어들었다. 성명, 주민등록번호, 주소, 직업…… 생각했던 것보다 서류가 복잡하지는 않았다. 세금 내역이나 보증 유무는 컴퓨터만 두드려봐도 금방 나올 테고, 병역 문제와 전염성 질환 같은 문제도 깔끔한 상태였다. 나는 꽝으로부터 봉투를 한 장 얻어 신청서를 접어 넣고, 다시 조심스레 가방 안쪽에 밀어넣었다.

출입관리소에 들어갔던 게 불과 몇 분 전이었는데 그새 해가 넘어갔던지 밖은 어둑신한 입자가 넘실거리며 정여강 양편 둔치로 퍼져가고 있었다. 나는 국기 게양대 앞 난간에 로댕의 「생각하는 사람」처럼 앉아서 어디로 갈 것인가를 놓고 다시 고민하기 시작했다. 이전 신청만 되었더라면 어떻게든 몸뚱어리 뉠 자리는 만들어졌을 게 아니냐고 푸념도 했다. 그 사이 할머니와 아주머니 둘이 출입관리소에 들어갔다가 쫓겨나 정전 쪽으로 걸어갔고, 관리소 직원으로 보이는 사람 다섯 명이 나와서 인사를 나눈 뒤에 둘은 여전 쪽으로, 셋은 정전 쪽으로 퇴근했다. 바람이 제법 쌀쌀했다. 난 잠시 남들의 눈에 내가 어떤 모습으로 보일까 상상하다가, 이내 아는 사람이라도 찾아보고 난 뒤에 이전 신청을 할 걸 그랬나 하는 후회를 했다가, 마침내는 그녀가 지금 뭘 하고 있을까 하는 쪽으로 생각이 옮아왔다. 그래, 그녀는, 날더러 "잘 지내" 하고 말했던 그녀는 지금쯤 뭘 하며 지내고 있을까?

내가 여전 쪽으로 발길을 잡은 건 순전히 달 때문이었다. 정여교에 들어서기 이전부터 떠 있었던 낮달이 마침 여전 쪽 둔치 끝자락 갈대밭 위쪽으로 솟아 있었던 것이다. "달라진 게 없잖아. 삼 년 전이나 지금이나. 넌 우리에게 내일이 보인다고 생각해?" 그녀의 말은 겨울바람보다도 찼다. 체제가 다른 사회에서 살다 보면 그녀를 잊을 수 있을 거야. 그래, 내 뇌리에서 그녀에 대한 기억을 송두리째 지워버릴 수도 있겠지. 나는 가방 틈새로 삐져나온 연살을 어루만졌다. 오늘 밤엔 정말로 널 날려버릴 테다.

나는 여정교(閭井橋)라 음각된 다리 끄트머리 난간을 붙잡고 서서 꼭 한 번 뒤를 돌아보았다.

19:55

그녀가 내게 헤어져야겠다고 말하기 훨씬 이전부터 나는 그 말을 예감하고 있었는지도 모른다. 까닭 없이 눈이 침침해지고 안구 표면이 꺼끌꺼끌해졌다고 느꼈으며, 왼쪽 귀에서 울리는 '윙' 하는 소리가 잦아들지 않는 일상이 반복되었다. 그러면서 그깟 말 한마디에 대한 예감이 뭐 그리 대단한 파장을 불러일으킬까 의구심을 갖기도 했다. 단지 그녀가 내 곁에서 떠났으므로 내게선 호르몬 분비가 전보다 덜 이루어졌을 테고, 그 때문에 미묘한 신체의 변화를 감지하게 되는 거라고만 생각했다.

여전식당의 밥맛은 기대했던 것만큼 맛있지는 않았지만 나는 한 시간이 넘게 밥알 한 톨, 국물 한 방울까지 싹 훑어 먹었다. 창밖에는 벌써 어둠이 짙게 깔린 상태였고, 그 어둠 사이사이로 달빛의 입자가 포진하고 있었다. 밥상을 물린 뒤 가방에서 연살과 한지를 꺼낸 나는 여전식당의 지배인과 잠시 언쟁을 벌여야만 했다. 여덟 시가 되었으니 손님은 모두 나가야 한다는 것이었다. 여전식당은 국영 식당이니까. 나는 종업원들이 설거지를 끝내고 셔터를 내리기 전엔 틀림없이 나갈 테니 봐달라고 사정사정해서야 겨우 삼십 분의 시간을 벌 수 있었다.

한지는 이미 방구멍까지 뚫은 뒤였기 때문에 연살을 붙이고 연줄을 늘이기만 하면 되었다. 서른이 다 된 청년이 다 늦은 저녁에 연을 만든다는 게 신기했던지 육십 줄에 들어섰을 지배인은 옆에 팔짱을 끼고 선 채 존조리 잔소리를 해댔다. 나는 귀찮다는 의사를 몇 번이나 타진했지만, 결국 그의 조언이 아니었다면 꽁숫구멍의 위치와 벌잇줄의 길이가 전혀 엉뚱한 채로 연을 띄울 뻔했다. 그러니 삼 년 전의 연은 애초에 공중에 뜰 수조차 없는 연이었던 모양이다.

연과 가방을 챙겨 일어나려 하자 지배인 영감은 연 꼬리 양쪽에 한 발이나 됨 직한 꼬리를 잇대어 달아주었다.

"이 사람 급하기는…… 자네가 아적 세상을 많이 안 살아봐서 그 모양이지, 이 연이란 놈이 을마나 민감한 생물인지 앎? 거기다가 이 방패연에 균형을 잡는 데넌 꼬리만큼 중헌 게 없지비, 거럼."

달이 제법 올라와 있었다. 보습 학원 국어 교사인 그녀는 지금쯤 되바라진 중학생 놈들과 한창 입씨름을 벌이고 있을 터였다. 그중 몇 놈은 되지도 않는 말 몇 마디로 수업을 방해할 것이고, 또 몇 놈은 억지를 부려가며 그녀를 곤란하게 만들고 있을 것이었다. 세 달 전까지만 해도 그녀는 열한 시가 넘으면 녹초가 된 몸을 이끌고 내 자취방에 찾아와 피곤함을 하소연하곤 했었다. 그러곤 이력서를 다섯 통이나 보냈는데도 한 군데서도 연락이 없다고 푸념을 늘어놓았다. 그러다 허기진 배에 밥 몇 숟가락을 허겁지겁 밀어넣고는 잠이 온다고, 내 방에서 그냥 자고 싶다고 떼를 썼다. 그렇게 내 무릎을 베고 누워 있다가 그녀는 스르르 잠이 들기 일쑤였고, 열두 시가 넘어 울리는 휴대 전화 소리에 잠이 깨서는 지금 가고 있는 중이라고 동생에게 짜증을 냈다. 그때쯤이면 나 역시 피곤해져서 그냥 자고 가라고 짜증을 부렸고, 그러면 그녀와 나는 윗옷을 벗어 서로의 가슴을 맞대고 꼭 껴안은 채 한숨을 내쉬었다. 그리고 허둥지둥 서로의 바지를 벗기고는 끈적해진 허벅지를 부벼가며 입을 맞추었다. 시계는 금세 두 시를 가리켰고, 우린 급히 옷을 꿰입고는 그녀의 집이 있는 언덕마루로 터벅터벅 걸어갔다. 길쭉한 언덕을 올라가며 그녀는 말하곤 했다. 나 이렇게 살다가 방송국 기자가 될 수 있을까? 좀 있으면 서른인데, 난 그러면 뭐가 돼 있을까? 그걸 상상하면 무서워. 그런 뒤에는 당연하다는 듯 내게로 화살이 날아왔다. 한 달에 두어 편 쓰는 평론 가지고 식구를 먹여 살릴 수 있을 거라고 생각해?

정전에서의 생활은 짜증과 위안, 투정과 타협의 연속이었다. 대학원을 졸업할 무렵 간신히 평론으로 등단을 하긴 했지만 발표 지면을 얻기란 쉽지 않았다. 그리고 자취방 월세 내기에도 빠듯한 벌이의 시간 강사 자리를 유지하기 위해, 혹은 임용에 목을 맨 채 늘어선 줄 뒤에서 마냥 기다리고 있기엔 내 참을성이 턱없이 부족했다. 나는 그녀를 집에 들여보내고 나서 그녀의 집 대문 앞 돌계단에 앉아 한참 동안 멍청한 표정으로 달을 바라보곤 했다. 내가 그녀에게 처음 프러포즈를 했던 자리. "난 널 특별한 사람으로 만들어주고 싶어"라고 했던가, 삼 년 전. 언덕배기 아래로는 방패연 모양으로 지어진 축구 전용 구장이 희부옇게 보였고, 하늘엔 언제나처럼 뿌연 달이 어리어 있었다. 그러나 그 후, 난 그 말이 점점 변해가고 있다는 걸 느끼기 시작했다. '난 더 이상 네게 위안이 되지 못해. 난 아마도 널, 놓아주어야 할 것 같다.'

20:50

내 뒤를 밟는 달그림자를 느낀 건 여정강(閭井江)—여전 지역에선 그렇게 부르는 것이 예의다―둑방에 거의 다다랐을 무렵이었다. 물론 그림자를 느낀 건 여전식당을 빠져나온 직후부터였지만 그때까지만 해도 그 그림자는 많은 그림자들 중에 하나일 뿐이었다. 당연히 나는 그림자의 존재를 잊었고, 그림자 역시 자신의 존재를 망각한 듯 태연했다. 그러나 둑방에 이르러서야 나는 그 그림자가 여자라는 것, 계속 내 뒤를 따라왔다는 것, 그리고 왠지 낯설지 않다는 걸 느낄 수 있었다. 이 늦은 시간에 정전도 아닌 여전에서 여자 혼자 둑방으로 걸어온다? 어쩌면 나를 만나기 위해서일지도 모르는?!

버드나무 그늘을 벗어났을 때 달그림자 두 개가 둑방에 걸쳐졌다. 우리는 거의 동시에 입을 열었다. 아니 어쩌면 내가 먼저였을지도 모르겠다. 누구나 자신이 했던 말만을 더 오래도록 기억하는 법이니까.

림정/ 연/ 숙씨?/ 날리세요, 또?

그림자 하나가 웃었고, 또 다른 그림자가 마주 선 그림자를 쳐다보았다. 그런데 또? 연을 또 날리느냐니? 그러나 이번엔 여자의 궁금함이 더 빨랐다.

"후― 제 이름을⋯⋯ 아! 관리소에서 저를 보셨겠군요."

"근데, 절 아시는 분인가요?"

"⋯⋯글쎄요. 알 수도 있고, 모를 수도⋯⋯ 그런데 오늘은 혼자시네요?"

"⋯⋯?"

"해운대 앞바다, 기억하세요? 그때 우리 사진을 여러 장 찍어주셨었죠, 왜."

"……아! 그 신혼부부. ……이제 기억이 나는군요. 그런데 용케 제 얼굴을 알아보셨군요."

"그때 고맙다고, 제가 사진을 한 장 찍어드렸었는데, 기억나세요, 그건?"

"……"

"저희 신혼여행 사진첩 맨 뒤에 두 분 사진이 있어요. 그때 보내드린다고 하고는 주소를 잃어버리는 바람에…… 전 가끔씩 그쪽 얼굴을 볼 수밖에 없었지요."

해운대 백사장. 그걸 기억하는 사람이 또 있었구나. 게다가 사진까지.

"그날도 연을 날리시는 거 같았는데…… 그 여자분은, 같이 안 오셨나요?"

아, 연! 나는 국어사전을 뒤지다가 우연히 알게 된 낯선 낱말을 처음 읽는 것처럼 혀를 굴려보았다. 〔여언〕 하고.

"헤어졌어요. 두 달 전에."

여자는 고개를 주억거리며 연을 날리기에 적당한 곳으로 걸음을 옮겼다. 여긴 자기 지역이니 안내를 하겠다는 것처럼. 달이 잠깐 구름 사이로 들어간 사이, 어둠의 입자가 훅 퍼졌다가 점점이 밝아졌다. 연이 내 어깨 뒤에서 꼬리를 살랑거리며 따라오고 있었다.

"짐작은 했어요. 혼자서 주소 이전 신청을 하러 오셨을 땐 그러려니 했는데, 한 시간이 넘도록 밥그릇을 내려다보며 우물거리는 모습을 보았을 땐 헤어졌구나 싶었지요. 그래서 사진을 돌려드려야 하나, 말아야 하나 고민도 했구요."

그래서 식당, 아니 출입관리소에서부터 나를 따라왔다는 건가? 여자는 보기보다 말이 많았다. 나는 밥그릇에 머리를 처박고 우물거리는 내 모습을 상상해보았다. 난 그때 무슨 생각을 하고 있었지? 기억나지 않는다. 전혀. 나는 입을 꾹 다물어버렸다.

마침 적당한 곳에서 연을 바람 위에 올려놓았다. 바람은 알맞게 불어왔고, 연은 꼬리를 살랑거리며 뒷걸음쳐 내게서 멀어져갔다. 여정강 물결은 은빛 막을 깔아놓은 것처럼 반짝거렸고, 물결 중앙에 달이 스며 있었다. 그 물빛 위로 연이 미끄러져 나갔다. 나는 연줄을 당겼다 놓았다 하며 연이 바람을 타고 더 높이 멀어지길 기다렸다. 꽉 찬 달빛 때문인지 연은 멀어질수록 더 하얗게 더 커 보이곤 했다가, 그러다가 다시 멀리 조그마한 점 같았다가 바람을 안고 밤하늘을 한 바퀴 돌았고, 그럴 때마다 나는 연줄을 툭툭 잡아당겼다.

그리고 마침내 시야에서 연이 사라졌다. 나는 내 눈 속에 있는 물빛에 가려졌으려니 생각하고 눈을 감았다가 다시 떠보았다. 오른쪽 볼에 차가운 물길이 지나가는 것이 느껴졌고, 그리고 연은 보이지 않았다. 여자가 내 옆에 쪼그려 앉는 듯했다. 나는 밤하늘에서 연을 찾고 있었고, 그러면서도 연줄을 계속 풀어놓고 있었다. 그러는 사이 바람이 제법 세졌고, 달빛이 구름에 가려지는 횟수가 많아졌다.

온 세상에 시(時)는 없고 간(間)만 있는 느낌. 얼마 전 소설평을 쓰려고 책을 펼쳤는데 첫 문장이 "다시, 눈이 내리고 있었다"였던가. 나는 한참 동안 그 문장만 읽고 있었고, 그 사실을 알아챘을 땐 눈 속에 푹 빠져버렸을 만큼 시(時)가 지난 뒤였다. 나는 간(間) 속에서만 존재하고 있었던 걸까, 그녀와의 만남에서도. 그래, 그랬는지도 모르지.

밤하늘에서 '훅' 하고 뭔가를 잡아채는 느낌이 들었다. 그 다음 손을 내려다봤을 때, 내 손엔 아무것도 쥐어진 게 없었다. 여자가 내 볼에 흘러내린 물빛을 손으로 닦아주었다.

22:30

여자의 집으로 걸어가는 삼십여 분 동안 몸살이 찾아온 모양이었다. 두껍지 않은 점퍼에 강바람을 맞고 오래 서 있었던 데다가, 여자의 집으로 걸어가는 동안에 푸슬푸슬한 눈발이 줄곧 내렸기 때문일 터였다. 나는 점퍼 깃을 잔뜩 올리고 팔짱을 낀 채 눈 한번 털어내지 않고 여자의 뒤꿈치만 보고 걸었다. 그러니 설령 그녀가 옆으로 지나갔다고 해도 날 알아보지는 못했을 것이다.

나는 내가 날려 보낸 연이 지금쯤 어디로 날아가고 있을까 생각을 하다가, 그 연에 실려 참 많은 것이 한꺼번에 날아갔다는 생각을 했다. 여자가 아파트 입구로 들어섰다. 그 연에 나의 첫사랑과 첫 인연이 동시에 날아가버렸다고 생각을 했다가, 우연찮게도 세 낱말이 모두 鳶, 戀, 緣으로 똑같은 소리를 낸다고 같잖은 상상을 했다가, 언젠가 글을 쓸 때 써먹어야겠다고 생각하며 잊지 않기 위해 〔연, 연, 연〕 하고 몇 번이나 소리를 내어 발음을 하기도 했다. 여자가 5층에서 발을 멈추자 내 발 역시 여자의 뒤꿈치에 조종이라도 되었던 것처럼 멎었다.

"아까도 얘기했지만 전 혼자 살고 있으니까 불편해할 건 없어요."

여자가 내 점퍼를 벗기고 눈을 털어주었다. 아무 소리 없이 걸어올 때와는 달리 여자의 손길에는 따뜻한 온기가 배어 있었다. 난 등교하는 초등학생처럼 여자가 내 옷의 눈을 털어내고 매만지는 동안 잠자코 서 있었다. 그제야 나는 여자에게는 눈 한 덩어리 붙어 있지 않다는 걸 알 수 있었다. 눈이 많은 고장에서 살다 보면 저렇게 변하는지도 모르지. 나도 이제 이 고장에 발을 붙이고 살아야 한다. 그러다 보면 언젠가 나도 눈 떼어내는 방법을 익힐 수 있지 않을까.

여자의 집은 신혼부부가 쓰기에 알맞은 크기의 원룸이었다. 여자가 텔레비전을 켜고 나서 가스레인지에 물을 올려놓는 동안 나는 수건으로 머리를 말렸다. 별다를 것 없는 신혼 방이었다. 탁자 옆으로 남자와 찍은 대형 사진이 하나 걸려 있고, 화장대 위에는 결혼식 기념사진이 놓여 있었다. 왠지 눈 속에 폭 파묻힌 것처럼 아늑하다는 느낌이 일었다. 내가 이곳저곳을 둘러보는 동안 여자는 탁자에 앉아 발코니 밖을 내다보고 있었다. 눈이 창에 부딪쳤다가 이내 녹아내리는 모습이 보였다. 아마도 저 너머로 보이는 거뭇거뭇한 자취는 여정강인 모양이었다. 여자는 조용히 앉아 날 곁눈질했다. 도대체 여자는 뭘 생각하고 있는 걸까? 내 앞에서 고개를 숙이고 묵묵히 걸으면서, 그 푸슬푸슬한 눈을 밀어내면서는 또 무슨 생각을 했을까?

"이렇게 밤새 눈이 오면 얼마나 쌓일 수 있을까요? 대학 다닐 때 저도 아파트 5층에 살았던 적이 있었는데, 아침에 눈을 뜨자마자 문득 눈이 오고 있을 거라는 예감이 드는 때가 있어요. 그래, 정말로 창을 열어보면 거짓말처럼 눈이 오는 거예요. 잠결에 문득 눈 쌓이는 소리를 들었던 느낌도 있고, ……사람의 감각이란 참 예민하지요."

내 얘기엔 관심이 없다는 듯 여자가 내게 사진을 한 장 건네주었다. 사진 속의 바다는 기억 속의 바다보다 훨씬 잔잔했으며, 나와 그녀는 무슨 퀴즈 프로그램에 나갔다가 하와이 왕복 여행권이라도 받은 것처럼 연을 들고 서서 웃고 있었다. 나는 삼 초가량 사진을 바라보고 있다가, 셔츠 주머니에 집어넣었다.

"그리고 이런 상상을 하기도 했죠. 눈이 며칠 동안 내려서 5층까지 쌓인다면, 그러면 5층에서 1층까지 발가락 하나 안 다치고 뛰어내릴 수도 있지 않겠느냐구요. 제 상상이 좀 엉뚱한가요?"

한밤중에 낯선 집에 들어온 무안함을 깨기 위한 내 농담은 효과가 없었던 모양이었다. 여정강 둑방에서만 해도 말이 많았던 여자였다. 그 여자는 지금 한마디도 지껄이지 않고 허둥대고 있었다. 나는 여관을 찾아갈 걸 괜한 걸음을 했나 보다 생각하며, 텔레비전 쪽으로 눈을 돌렸다. 그러면서 나는 연까지 띄워보낸 마당에 아무려면 어떠랴 하는 심정이 되었다. 다큐멘터리가 나오고 있었다. 여자가 가스레인지를 끄더니 냉장고에서 소주를 꺼내 왔다. 얼핏 본 냉장고 안에는 소주가 예닐곱 병이나 더 들어 있었다. 그때, 벽에서 뻐꾸기가 튀어나와 열한 번을 울었고, 난 녀석이 튀어들어갈 때까지 여정강 너머를 바라보았다. 그녀가 어디론가 돌아가야 할 시간이었다.

"왜 안 물어보시죠? 그때 결혼했던, ……남편은 어디 있느냐고."

여자가 맥주 글라스에 소주를 가득 따라서는 내 앞으로 밀어놓았다. 궁금하지 않았던 건 아니지만 묻고 싶지 않았고, 굳이 알 필요도 없는 것 아닌가.

"죽었어요. 이 년 전에. 결혼하고 꼭 일 년 만이었죠. 남편은 여산(閭山) 관리소에 근무했었는데, 사흘째 폭설이 내리던 날 조난당한 사람들을 구출하러 산에 들어갔다가 눈 속에 파묻혀서 죽었어요. 눈 속에 묻혀 죽었으니 폭신폭신하고 좋았겠지요. 따뜻하기도 하고."

여자는 반 넘게 남은 소주병을 들더니 단숨에 마셔버렸다. 나는 눈을 돌려 다시 텔레비전을 쳐다보았다. 전직 대통령과 전직 국방위원장이 비행기 밑에서 포옹을 하는 장면이 나오고 있었다. 벌써 몇 년이나 지난 일을 두고, 내레이터는 주변의 '만세' 소리만큼이나 흥분된 목소리로 '감격의 순간'을 재연해냈다. 여자가 술병을 내려놓더니 곧바로 다른 술병을 땄다.

"난 말이죠, 여기 여전이 이젠 지겨워 죽겠어요. 벌써 이 년이나 지났는데 왜 남편 생각이 계속 나는 거죠? ……남들은 남편이 죽고 얼마 지나지도 않아서 절더러 미스라고 고쳐서 부르던데. 저 결혼사진들도 창고에 처박아뒀던 걸 얼마 전에 다시 꺼낸 거예요. 아마 하루만 늦게 꺼냈어도 전 미쳐버렸을지 몰라요. 첨엔 벽에 걸려 있는 걸 못 견뎌 했었는데……"

나는 잔을 들어 반쯤 마시고 내려놓았다. 정전의 소주보다 훨씬 독했다. 처음 먹어보는 건 아니었지만 내겐 무척 맛이 설었다.

"아깐 정말 미안했습니다. 그런 줄도 모르고……"

"아뇨. 제가 이상한 년이죠. 이젠 잊을 때도 됐는데…… 그런 점에서 우린 비슷한 데가 많네요. 사랑하던 사람을 잊기 위해 체제가 다른 땅으로 이주를 꿈꾼다. 후후, 전 여전을 벗어나는 게 거의 유일한 꿈이거든요. 여길 벗어나면 혹시 남편이 잊혀질까 해서요. 아니 참, 당신은 벌써 실행에 옮겼군요. ……그래, 이쪽으로 넘어오니까 다 잊혀지던가요? 이제."

"……"

남아 있던 소주를 비우자 여자가 다시 잔을 채워주었다. 몸살기는 없어진 것 같았지만 머리에 제법 열이 오르고 있는 듯했다. 몸살기가 없어진 것도, 열이 오르는 것도 술기운 때문일 터였다.

"그런데 여기선 무슨 일을 하실 건가요?"

철조망이 철거되는 장면에서 화면은 정지되었고, 이어 자막이 올라가기 시작했다. 여자가 리모컨을 눌러 텔레비전을 껐다.

"정전에서 하던 대로 비평을 해야겠지요."

"아, 평론가……셨군요. ……하지만, 여전에선 비평하실 게 별로 없을 텐데. ……그나마 하고 싶다고 아무 작품이나 평을 할 수도 없구요. 다 여장하구 의논해서 해야 하니까. 아실 테지만, 여기서 기회가 적다는 얘기는 수입이 적다는 얘기하고 똑같거든요. 평론가로 활동하시려면 그래도 정전이 나았을 텐데……"

"……"

"혹시, 여자분이 싫어하셨나요? 비평하는 걸."

"글쎄요. 그랬는지도. 그녀는 방송국 기자가 되는 게 꿈이었는데, ……이루어지지 않았어요. 전 간신히 평론가가 되긴 했지만 먹고살기에도 버거울 만큼 가난했구요. 좋아하는 일과 가난을 동시에 해결한다는 게 생각만큼 쉽지는 않더군요. 결국 그놈이 우리 사일 비집고 들어온 거죠."

여자의 주량은 대단했다. 두번째 술병을 내려놓더니 다시 소주를 꺼내기 위해 냉장고 문을 열었다. 그러나, 그러면서도 여자는 점점 더 침착해지고 있는 듯했다. 나는 점점 취기가 올라와 관자놀이를 꾹꾹 눌러주었다.

"뭐든 쉬운 게 없군요. 전 정산할 돈을 벌어야 해서 아직 이전을 못하고 있는데…… 아시다시피 여전을 벗어나려면 돈이 많이 필요해요. 대학 때까지 학비에, 건물 무상 임대료까지 다 갚아야 떠날 수 있거든요. 지금껏 공짜로 살았으니…… 후후, 제 발목을 꽉 움켜쥐고 있는 셈이죠. 앞으로도 몇 년이 더 걸릴지 모르겠네요."

나는 알아들었다는 듯 머리를 주억거리고 있었지만, 바닥에 납작하게 누워버리고 싶다는 욕망이 밖에 내리는 눈발만큼이나 점점 거세지고 있었다. 네번째 술병이 비워졌을 때였던가 다섯번째 글라스를 단숨에 비웠을 때였던가, 여자가 술병을 들고 발코니로 나가는 게 보였다. 나는 아마도 여자에게 그 외로움을, 그리움을 이해할 수 있을 것 같다고 소리를 질렀던 것 같았다. 나는 여자가 아파트에서 뛰어내리지나 않을까 걱정을 했던 것도 같다. 눈이 5층까지 쌓이려면 아직 멀었는데.

- - : - -

내가 잠에서 깬 건 속이 쓰려서였겠지만, 다시 잠들지 못한 건 눈 때문이었다. 바람 한 점 일지 않고 내리는 눈이 아파트 앞 주차장과 가로수에 차곡차곡 쌓이는 소리를 듣고 있는 동안 나는 그 눈덩이 위에 살풋 얹혀 있는 느낌마저 들었다. 몸은 한없이 가벼웠으며 따뜻하고 포근했다. 그리고 생각했다. 이 눈이 그녀가 자고 있는 집, 골목길처럼 비좁은 그 집 지붕 위에도 내릴까. 해운대 앞바다, 그 물결치는 슬픔 위에도 내려앉고 있을까 하고.

바다가 왜 바다인줄 알아? 뭐든지 다 받아[바다]주기 때문에 바다지. 잘 봐, 받아주는지 안 받아주는지. 나는 그녀를 옆에 앉히고 나서 파도의 자취가 남아 있는 모래사장 끄트머리에 손가락으로 글씨를 썼다. 외로움. 그러자 파도가 밀려와 나의 외로움을 가지고 갔다. 그렇게 바다는 내게서 외로움, 불행, 그리고 가난을 받아갔다. 봤지? 이제부턴 내가 너의 바다가 되어줄게.

그러나, 난 정말 그녀에게 바다였을까. 나의 외로움을, 욕망을 잠재우기 위해 그녀라는 바다를 필요로 했던 건 아니었을까. 애초에 내가 그 바다를 찾아간 건 그녀를 맡겨두기 위함이 아니었던가. 찾으러 오겠다는 약속도 없이. 나는 길게 한숨을 내뱉으며 눈을 떴다.

여자의 아파트. 내가 처음 눈을 떴을 때 여자와 나는 속옷바람인 채 침대에 나란히 누워 있었다. 여자의 긴 다리가 내 다리에 겹쳐진 채 나를 향해 있었고, 숨을 쉴 때마다 가슴선이 오르내리는 윤곽이 어렴풋이 보였다. 어쩌자고 여기까지 왔던가. 여자의 다리 한쪽이 내 허벅다리 사이에 놓이는 것과 동시에 여자가 내 품속으로 파고들었다. 나는 손을 뻗어 여자의 가슴으로 가져갔다. 그리고 브래지어를 밀어올리고 가슴에 손을 얹었다. 여자는 땀을 많이 흘리고 있었고, 내가 손을 움직일 때마다 살

냄새를 풍겨왔다. 내 손이 허벅지를 더듬어 내려가자 여자의 몸이 푸스스 떨려왔다. 여자도 눈 때문에 잠을 이루지 못하고 있었던 게 틀림없었다. 여자에겐 악몽 같은 기억일 것이었다. 눈. 여자가 이내 돌아누웠고, 나는 여자의 허벅지 위에 올려졌던 손을 거두어들였다. 여자의 어느 구석에서도 해돋이 같은 찌르르함은 일지 않았다.

"미안해요. 솔직히 말해서 당신을 집에 데리고 왔을 땐 사진만 돌려주려던 건 아니었는데…… 아직 전 그렇게 독해지지 못했나 봐요. 당신들 사진을 자주 들여다보고 있었더니 남편과 내 모습으로 동화가 되었는지도…… 남편이 죽기 전날 밤, 왠지 그 밤이 마지막일지도 모른다는 느낌이 살갗을 파고들어오는 걸 느꼈었어요. 남편의 몸동작 하나하나까지. 밖에 눈이 와서 그런지, 지금도 자꾸만……"

"……"

그녀도 그런 예감을 했었을까. 마지막 섹스. 사정 후에도 꽉 조이고 놓지 않던 미끈미끈한 속살. 그녀는 왜 내 허리에 둘렀던 다리를 오래도록 풀어주지 않고 눈물만 흘렸을까.

"우리 바로 위층에는 벙어리 부부가 살아요. 지금도 저기 어디쯤에 누워 있겠지요. 난 가끔 6층 여자를 만나서 육필로 대화를 나누곤 하는데, 한번은 둘의 사랑 얘기를 들려주더군요. 무척 수줍게. 두 사람은 버스로 불과 두 정거장 떨어진 곳에 살고 있었는데, 정작 처음 만난 곳은 인터넷에서였대요. 거기서 사랑을 확인하고 결혼까지 하게 됐는데, 재밌는 건 지금도 두 사람만의 대화는 주로 인터넷으로 이루어진다는 거예요. 둘 다 수화가 무척 서툴거든요. 둘은 서로 한방에 마주 앉아서 인터넷을 통해 그날 있었던 얘기를 나누고, 또 사랑을 속삭이고, 밤이 깊어지면 일정한 신호를 보낸 뒤에 옷을 벗고 침대로 가는 거지요."

"……"

"재밌잖아요. 바로 옆에 앉아 있는 부부를 연결하는 것이 그 기나긴 전화선과 컴퓨터라는 게. 근데 더 신기한 건, 언젠가 두 사람이 섹스를 마친 뒤에 남자가 여자의 배 위에다 키보드를 두드리는 것처럼 '사랑해' 하고 두드렸다는 거예요. 첨엔 이게 무슨 짓인가 했는데, 한 번 두 번 남편의 손가락이 배 위를 두드릴 때마다 그 말이 전해져 오더라는군요. 피부를 통해서."

"그 여자의 피부엔 자리마다 일정한 코드가 새겨졌겠군요."

"후, 글쎄요. 아직은 몇 가지 말만 알아듣는다니까."

난 여자가 혼자 누워 있을 밤을 상상해보았다. 벙어리들이 인터넷의 머나먼 회선을 통해 사랑을 속삭이다가 마침내 침대를 들썩이며 나누는 소리 없는 교감을 느끼며 보내는 밤.

"여자의 감각은 무서울 정도로 정확해요. 그 연 말인데요. 당신은 아까 연줄을 놓았다고 생각할지 모르지만, 아마도 연은 다 알고 있었을 거예요. 그 긴 연줄을 통해 연결돼 있는, 지상과의 유일한 끈이 어쩌면 자신을 놓아버릴 거라는 사실을. ……그래서 연이 먼저 연줄을 끊고 하늘로 날아가버렸을지도……"

내 손아귀에서 '훅' 하고 빠져나가던 연줄. 내가 연줄을 놓았는지, 연이 연줄을 거두어버린 건지. 우린 서로가 자신 때문에 상대가 힘들어한다고 생각했는지, 떠나는 것이 상대를 돕는 거라고 생각했는지도, ……알 수 없었다. 결국 연이든 얼레든 서로를 놓아버리고 나면, 연으로서의 혹은 얼레로서의 생명이 끝나버린다는 걸 잘 알면서도.

나는 어둠 속을 더듬어 셔츠에서 사진을 꺼내 들었다. 하얀 빛의 연 모양만 희미하게 보일 뿐, 내 눈엔 아무것도 또렷이 보이지 않았다. 그리고 그 뿌연 공간 사이로 그녀와의 기억들이 파노라마처럼 스쳐 지나갔다. 여자가 내게 등을 보이고 돌아누웠고, 얼마 지나지 않아 숨소리가 잦아들기 시작했다.

07:10

여전(閭田)이 내 뒷풍경이 되는 순간 막 해가 떠오르고 있었다. 여정강이거나 정여강이 돌아든 산 어귀쯤에서 수줍게 올라온 해는 소나무 사이로 햇빛을 쏘았다가 거두기를 몇 차례 거듭하더니 마침내 눈 덮인 천지를 부시게 펼쳐 보였다.

나는 눈 덮인 여정교를 걸어 출입관리소 앞으로 걸어갔다. 눈이 무릎까지 빠져 자꾸만 걸음을 세워야 했지만, 나는 하얀 김을 푹푹 내뿜으며 시베리아 횡단 열차처럼 달렸다. 당직 근무를 섰던지 꽝이 국기 게양대 앞 난간에 앉아 담배를 피우고 있었다.

"오늘은 너무 일찍 오셨네요. 아홉 시 이후에 오시라니까."

"아뇨. 전 다시 저쪽으로 건너가려구요. 출입관리소이기 전에, ……여긴 그냥 다리가 아니던가요? 그저 이쪽과 저쪽을 연결해주는."

"……"

나는 가방에서 이전 신청서 넣었던 봉투를 꺼내 쨩에게 건네준 다음 출입관리소를 등지고 정전을 향해 걷기 시작했다. 내 걸음은 가볍달 만큼 흥분된 걸음걸이로, 다리 위에 쌓인 눈 여기저기에 빠져가며 뛰고 있었다. 그리고 나는 정여교(井閭橋)라 음각된 다리 끝 난간에 서서 꼭 한 번 뒤를 돌아보았다.

정전 쪽 멀리 가로수 끄트머리에 뭔가 희끗한 것이 살랑거리며 걸려 있었다. 긴 줄에 엉켜 있는 채로. 그곳을 향한 내 걸음이 점점 빨라지고 있었다.

기둥

1

어, 어! 넘어간다……!

아랫녘 이씨의 기겁을 하는 소리와 함께 매캐한 흙덩어리가 벽에서 쏟아져 내렸지만 사람들은 피할 염도 없이 기둥 하나씩을 붙잡고 늘어졌다. 그러나 흙벽의 휑한 구멍 사이에선 먼지 덩어리가 또 한 번 쏟아져 들어왔고, 햇볕과 소용돌이를 일으키며 집 안을 휘돌았다. 온통 뿌연 흙먼지 속이었다. 재채기 소리가 지척에서 들려왔지만 누군지 알아보지도 못할 정도였다. 들보와 도리의 이음매에서 삐걱거리는 소리가 들리는 듯도 했지만, 그래도 아주 넘어갈 기미는 아닌 모양이었다. 그리고 잠잠해지는 사이로 사람들의 안도하는 표정들이 보였다. 뒷벽을 해머로 내리쳤던 건넛마을 최씨는 아예 넋이 나간 표정으로 바닥에 주저앉아 있었다.

텁텁한 마른 흙 냄새가 가라앉을 때쯤이 돼서야 사람들은 자리에서 일어나기 시작했고, 잊고 있었던 듯 얼굴에 묻어 있는 먼지를 한 번씩 훔쳐주었다. 그러면서도 그예 살얼음 같던 것에 금이 가고야 말았다는 표정들이 역력했다. 이제 그냥 지나칠 수는 없게 되었다는……

가끔씩 집이 살아 있는 생명체로 느껴질 때가 있기는 했지만, 이렇게 간담을 서늘하게 하는 경우도 있을까. 약간 안쪽으로 쏠리기는 했지만 별일은 없을 거라고 여겼던 기둥이 이제는 눈에 띄게 기울어져 들보와 도리로 연결되는 이음매는 손가락이 드나들 만큼 벌어졌고, 고임돌이 몇 개씩이나 빠져버린 주춧돌은 기둥 밑자락과 반 뼘 남짓이나 어긋난 채 삐뚤어졌다. 사실 '우지끈' 했던 소리는 뒷벽이 해체되면서 일어난 굉음에다 가슴속에서 일어난 공명이 합해져 그만 철렁했던 것일 테지만, 사람들은 가슴이라도 무너져내린 것처럼 기둥을 쳐다보았다.

아랫녘 이씨는 기우듬한 기둥을 쓸어내리며 사람에게나 지을 법한 표정을 지어 보였다. 자칭 우리 동네에서 한옥에 관한 한 둘째가라면 서러운 '대목(大木)'을 자처하는 그였지만, 이렇게 조심스러운 집은 처음이라고 말하곤 했다. 사백 년이나 된 희귀한 집이라는 점도 그랬지만, 오랫동안 집을 상대해온 그로서는 집과의 어떤 교감 같은 것이 느껴지는 모양이었다. 노련한 사냥

꾼은 느낌만으로도 사냥감의 크기나 성질을 직감하는 것처럼.

이 집이 이래 봬도 명당자리에 세워진 집인디.

아버지는 지주목 세 개로 뒤꼍의 기둥들을 받쳐놓고도 불안했던지 대못으로 기둥과 도리, 그리고 들보를 단단히 고정시켰다. 그러면서 계속 읊조린 말이 바로 그 말이었다. 명당자리.

이 집이 사방 백 리 근동서 질로 좋은 자리에 세워진 집이란 말이지. 일정 때야 독립운동 헌다구 이리 휘둘리구 저리 내둘리구 혀서 허리를 못 피구 살았지만, 이 집 생기구 사백 년 동안 정승 판서가 대여섯은 족히 나왔다니께⋯⋯

겨우 명맥만은 유지하던 조선 말엽, 그나마도 '서원(書院)'이라는 현액이 걸려 있을 때 몇몇 서생들이 관복 자락이나 얻어 입었던 걸 가지고 아버지는 대단한 벼슬아치들이 기거했던 것처럼 생각하는 모양이었다. 아니, 그건 명당자리에 대한 하나의 믿음인지도 몰랐다. 이후 당쟁의 언저리에 끼기는커녕 아예 죽어지내야만 했던, 몰락한 학파의 추종자들이 입신양명에 대한 꿈을 끝내 버리지 못했던 것처럼.

대목 이씨를 선두로 집을 한 바퀴 돌아보고 나서, 아주 무너지지는 않겠다는 결론을 내렸는지 어른들은 처마 밑에 쭈그리고 앉아 담배부터 빼 물었다. 아까부터 대문 밖에 서서 안마당을 기웃거리던 아랫녘 김씨 영감님은 엉거주춤한 모양새로 지팡이를 움켜쥔 채 간신히 집으로 돌아갔고, 이런저런 말참견을 하던 동네 아주머니들도 하나둘 엉덩이를 털고 일어섰다. 그런데도 아버지는 여기저기를 기웃기웃 살피며 다음 작업을 어디서부터 손써야 할지 궁리하고 있었다. 그러면서 계속 되뇌고 있는 말은 이런 것일 터였다. '괜한 공사를 벌여서 사고를 내는 거 아녀. 이 집이 벌써 우리만도 오 대(代)를 내려오는 집이 아닌가 말여. 입식 뭐이구 뭐구 여편네 말을 듣는 기 아녔는디……' 하는.

명당자리라는 말이 아버질 이 산골짜기에 평생 동안 가두어 두었다는 사실을 아십니까? 나는 그을음이 잔뜩 묻어 있는 구들장을 마당가로 옮겨 놓으며 그런 질문들을 눈빛으로 보냈다. 아버지는 부모 돌아가시고 삼 년 내로 집 구조를 바꾸지만 않아도 그 사람은 효자라고 했었는데, 결국 할아버지 돌아가시고 사 년이 지나기가 무섭게 대공사를 벌인 걸 보면 이 집에 대해 그리 좋은 기억만을 가지고 있는 건 아닐 성싶었다.

사백 년. 한 세대를 삼십 년으로 잡아도 족히 십삼 대가 넘는 세월. 바둑판만 한 것부터 크게는 웬만한 책상 넓이쯤 되는 구들장을 끌어내며 나는 사백 년이라는 시간을 느껴보려 했다. 고래 가득 낀 사백 년 된 그을음 덩어리, 흙벽 속으로 얽어놓은 대나무와 수수깡, 그리고 해독 불능의 한자(漢字)가 앞뒤로 빼곡히 씌어 있는 벽지 쪼가리들. 이 방 안에서 몇 명이 새로 태어나고 다시 눈을 감았을까? 그러고 보면 내가 이 집에서 태어난 마지막 사람이기도 한데……

나는 구들 밑에 쌓였던 시커먼 흙을 끌어내고 나서, 흙벽에서 뜯어낸 한지들을 모아놓고 한 장 한 장 살펴보기 시작했다. 처음 얼마간은 서원으로—사실은 서당보다 조금 큰 정도였겠지만—쓰였다는 말이 사실인지, 벽지 앞뒷면은 각양각색의 서체들로 범벅이 되어 있었다. 나는 그중에서 보기에 괜찮거나 혹시나 가치가 있을 법한 몇 장의 한지를 골라 뒤뜰 장독대 옆에 늘어놓았다. 햇볕이 제법 따갑기는 했지만 바람이 선선해서 한지를 말리기엔 괜찮은 날씨였다.

사람이구 짐승이구 햇볕을 잘 쪼이구 살아야 병이 없는 거마냥, 책두 일 년에 두어 번은 햇볕을 쬐줘야 탈이 안 생기는 법이다.

할아버지가 살아 계실 때만 해도, 봄가을 햇볕이 좋은 날이면 사랑 앞마당이 누런 고서(古書)들로 발 디딜 틈이 없곤 했다. 그러면 나는 책들이 골고루 햇볕을 쪼일 수 있도록 이따금씩 책장 넘겨주는 일을 맡았다. 해 질 녘이면 사랑방 다락 속에 눅눅하게 쌓여 있던 책들이 한껏 뻣뻣한 생기를 되찾아 다시 서고에 채워지곤 했다.

니들은 풍수(風水)가 무슨 미신인 것처럼 생각덜 하는 모양이다만, 그게 아주 틀린 것두 아니다. 햇볕 잘 쪼이구, 좋은 물이 지척에 있구, 바람 잘 통하구, 거기다 도적덜이 넘보기 쉽잖은 땅을 찾아야 사람덜이 기를 펴구 살 수 있는 건 당연헌 이치 아니겠느냐.

할아버지가 풍수를 거론하시는 날이면 어김없이 할머니의 묏자리 얘기로 이어지곤 했다. 할머니 산소에서 바라다보이는 건넛산에 낙타 등처럼 두 개의 형제봉이 솟아 있는데, 할머니 산소를 거기다 쓴 다음에 딸만 내리 넷이 태어났던 우리 집에 형과 내가 태어날 수 있었다는 것이다.

 풍수는 아들만 점지하고 딸들하곤 아무 상관도 없는 모양이죠?

 나는 할아버지가 돌아가실 때까지 결국 여쭤보지 못한 의문을 삼키면서 사랑방에서 마주 내다보이는 우복산(牛伏山)을 바라보았다. 소가 엎드려 있는 형상이라고 해서 이름 지어진 우복산의 남쪽 언저리, 그러니까 소로 치자면 오른쪽 앞발 정강이쯤에 할머니의 산소가 있었다. 풍수지리에서는 묏자리가 소의 형국이면 자손이 부(富)해진다고 했으니, 좋은 자리임에 틀림없었다. 그리고 사 년 전엔 할아버지마저 들어가신 그 땅속. 햇볕 따스하고, 바람 잘 통한다는 곳. 그런데 어찌된 일인지 할아버지가 돌아가신 이듬해 결혼한 형은 딸만 내리 둘을 낳았다. 형제봉이 자매봉으로 바뀌기라도 한 건지……

 우복산을 한참 동안 바라보고 있을 때 대추나무 중간께에서 「개선행진곡」이 들려왔다. 누군가 내게 할 말이 있다는 신호. 그러나 내가 막 휴대 전화를 꺼내 들었을 땐 행진곡이 뚝 멎은 뒤였다.

 우리 집에서는 대추나무 부근에서 휴대전화가 제일 잘 터졌다. 집수리가 끝날 때까지 임시 거처로 사용하는 사랑채에서는 '통화권 이탈'이라는 메시지가 뜨기 때문에 휴대 전화 사용이 불가능했다. 그래서 급한 대로 뒤뜰에 있는 대추나무 중간께에 비나 피할 수 있도록 궤짝을 올려놓고는 대추나무 시집보내듯 휴대 전화를 그 속에 집어넣어 두었던 것이다. 그나마 첩첩산중 산골까지 전파가 들어온다는 게 다행스러운 일이었다. 현대판 명당자리라고나 할까, 휴대 전화가 잘 터지는 창문 옆을 도서관 최고의 명당자리로 치는 학생들처럼.

나는 멋쩍게 휴대 전화 안테나를 꺼냈다 집어넣었다 하면서 만지작거렸다. 오 분이 넘도록 휴대 전화는「개선행진곡」을 울리지 않았다. 유리일까? 나는 대추나무 가지 위에 얹힌 궤짝에 휴대 전화를 집어넣기까지 몇 번이나 메시지가 들어온 게 없는지, 수신 상태는 양호한지 확인을 했다. 수신 상태를 나타내는 안테나 모양 옆으로 막대기가 두 개에서 네 개를 오가며 반짝거렸지만, 들어와 있는 메시지는 하나도 없었다.

이제는 다른 남자의 품속에서 하루를 시작하고 끝맺는 여자. 마주 보이는 것 같아서 뛰어들다 보면 턱없이 부딪히고 마는, 차갑고 날카롭고 예리하게 파고드는 여자. 하지만 뻔히 상처 입을 걸 알면서도 자꾸만 빠져들고 마는…… 나는 머리를 가로저으며 대추나무 그늘 밑에 쪼그리고 앉았다. 그러자 한동안 소리를 죽이고 있던 매미들이 배 밑에 붙은 발성기와 공명기를 울려대며 일제히 짝짓기 신호를 보내기 시작했다.

2

"아 글쎄, 그냥은 안 된다니까. 이르케 기둥이 기우뚱헌데 부루꾸(block)만 받춰준다구 마냥 서 있을 줄 알어? 접때 김영감님 말씀두, 기둥부터 바로잡어야 탈이 없다구 안 허드냐?"

"저걸 잘못 건드렸다간 빼두 박두 못할 텐디⋯⋯ 부루꾸만 잘 굳으면, 저눔에 나무쪼가리가 뭔 소용이냔 말여."

대목 이씨와 건넛마을 최씨가 언성을 높이고 있었다.

"니가 언제 한옥을 지어봤다구 아는 소리냐? 소리가⋯⋯ 부루꾸를 받춰주자면 이눔 저눔 지붕을 건드리잖고는 안 될 것인디⋯⋯"

"건드리긴 그걸 왜 건드려? 이래 똑바로 쌓아놓구는 시멘트루 처발라서 굳기만 허문 만사 오케이지."

"허, 그눔. 말은 그럴싸혀두⋯⋯ 봐라! 문제는, 우리가 지붕은 고스란히 놔두구 벽허구 바닥만 보수를 한다는 겨. 벽허구 지붕허구 딱 맞추기도 힘든디, 거기다 그눔덜이 궁합을 맞추자면 천상 지붕이 한번 자리를 잡구 내리앉어야 될 낀데. ⋯⋯그 하중(荷重)을 못 이기구 삐끗하기라두 허문, ⋯⋯니가 책임을 질래?"

대목 이씨는 기둥을 똑바로 해놓지 않고는 작업을 진행할 수 없다는 쪽이었고, 건넛마을 최씨는 일단 벽돌로 벽을 튼튼히 만

들어놓은 뒤에 기둥을 적당히 맞춰놓으면 된다는 쪽이었다. 둘은 양손으로 연신 지붕과 벽 모양을 만들어가며 자신의 주장이 옳다고 소리를 높였다. 문제는 대목 이씨가 한옥 쪽인 반면, 건넛마을 최씨는 양옥 쪽의 전문가를 자처한다는 데 있었다. 나름대로 일리가 있는 주장들이었지만 쉽게 결론이 날 성싶지는 않았다. 이번 공사의 총감독 격인 대목 이씨는 어차피 자신이 모든 책임을 져야 한다며 핏대를 높였고, 말끝마다 둘째 아들이 사법고시 1차에 합격을 했으니 조만간 집안에 판검사 나오게 생겼다고 어깨에 힘이 잔뜩 들어간—오죽하면 별명이 판검사일까—최씨도 좀체 물러설 기세는 아니었다. 평소에는 둘도 없는 친구 사이지만, 언쟁이 붙기라도 하면 한 치도 물러서지 않는 왕고집으로 소문난 두 사람이었다.

  게다가 집주인인 아버지는 아까부터 입을 꾹 다물고 추녀 끝자락만 바라보고 있었다. 그리고 대목 이씨가 김씨 영감님 얘기를 들먹일 때마다 슬며시 외면하는 눈치였다. 대목 이씨는 김씨 영감님이 일제 시대 때부터 몇 번인가 우리 집 보수 공사에 참여했다는 얘기를 덧붙이며, 연신 판검사 최씨를 설득하고 나섰다. 그때마다 판검사 최씨는 괜한 일로 큰일 벌이지 말자는 투로 손사래를 쳤고, 아버지는 최씨 의견에 무게를 실어주는 기색이 역력한 채로 입을 굳게 닫고 있었다.

  어머니는 대단치도 않은 일로 시간을 허비한다고 성화를 댔다. 아버지도 나도 결단력이 부족하다는 것은 인정하는 터였지만, 어머니는 모두 집안 내력으로 치부하곤 했다. 그렇지 않고야 이런 산골에서 오 대를 버틸 수는 없는 노릇이라고.

특히나 이번 공사에서 결단력 부족으로 지지부진했던 것 중의 하나가 하수구에 대한 해결책이었다. 한옥일 때야 필요도 없는 것이지만, 양옥 구조로 바꾸자면 어떻게든 하수를 처리할 공간이 집 구조물 안에 필요했다. 아버지는 하수구를 밖으로 빼내서 그냥 흘려보내자는 쪽이었고, 나는 뒷마당 중앙에 하수통을 깊이 파서 땅속으로 스며들도록 하자는 쪽이었지만 누구도 강력히 밀어붙이질 못했다. 아버지의 의견대로 한다면 일은 쉬울지 모르지만 겨울이면 하수구가 얼어붙어 큰 낭패를 겪을 가능성이 컸고, 내 의견대로 한다면 괜히 힘만 빼고 공은 없을 거라는 거였다. 더구나 우리 집 자리가 땅 파기가 쉽지 않은 자리라는 소리까지 있었다. 어찌된 일인지 대목 이씨나 판검사 최씨마저 그 일만큼은 집주인이 알아서 결정하라는 투여서 좀체 결론이 나질 않았다.

기둥을 바로잡는 문제로 어른들 간에 의견이 분분한 와중이라 하수구 문제는 사실 큰 논쟁거리도 못 되었다. 결국 어머니가 내 의견에 가세해 뒷마당을 파기로 했지만, 예상했던 난관을 피할 도리는 없어 보였다. 허리 깊이까지 파 내려갔을 때는 그러려니 했지만, 아무리 곡괭이질을 해도 모래가 보이지 않는 것이었다. 대목 이씨와 판검사 최씨는 역시 좋은 집터라고 감탄을 연발했지만 모래층이 나와야 물이 잘 스며들 수 있는데, 밑으로 파 내려갈수록 찰흙만 곡괭이에 철썩철썩 달라붙어 올라왔다. 결국 점토를 겨우 면한 지점에서 작업을 마무리하기로 했지만, 그렇게 하기까진 여름에도 땅은 밑으로 내려갈수록 온도가 떨어진다는 걸 여실히 실감한 뒤였다.

나는 어머니가 내려준 물 한 사발을 한입에 들이켜고는 삽자루를 깔고 구덩이 바닥에 앉았다. 서늘한 냉기와 축축한 습기. 반지하에 들어앉은 서울의 내 자취방이 꼭 그랬다. 여름이면 지상의 방보다 시원하긴 했지만, 그건 쾌적한 느낌과는 거리가 먼 것이었다. 늘상 곰팡이와 바퀴벌레가 들끓는 데다 방바닥에 누워 낮잠이라도 들라치면 한여름에도 으스스한 몸살기가 한나절이나 실하게 따라다니곤 했다.

양택(陽宅)이 별로 안 좋은데. 이런 방에서 공부를 해가지고, 어디 교수님이 될 수 있겠어?

유리가 처음 내 방에 왔을 때 했던 말이었다. 종일 형광등을 켜지 않고는 아무것도 할 수 없는 곳. 설령 기(氣)가 들어온다고 해도 다 빠져나가버릴 창문 구조.

삼 년 전, 대학교 4학년 때 나는 유리와 함께 '한국의 풍수 사상'이란 교양 과목을 수강했다. 양택(陽宅)이나 음택(陰宅), 그리고 지기(地氣)니 혈(穴)이니 용(龍)이니 맥(脈)이니 하는 말을 한 학기 동안 귀에 못이 박히도록 들었지만, 서구적 합리주의 사고로 정리하기엔 무리가 있다는 시간 강사의 마지막 강의를 듣고는 힘이 빠지지 않을 수 없었다. 그 당시 우리는 서구적 합리주의가 아니라면 뜬구름 잡는 미신으로 치부하는 게 상식이었으니까.

하기는 그때 우리에게 자취방의 양택이 문젯거리는 아니었다. 함께 샤워를 하기엔 욕실이 너무나 비좁았고, 시도 때도 없이 출몰하는 바퀴벌레와 아침 여섯 시만 되면 어김없이 울리는 이웃한 고아원의 종소리가 너무도 짜증스러웠던 것이다. 언젠가 유리가 내 위에서 몸을 움직이다 말고 이런 말을 한 적도 있었다.

네 방에선 언제 바퀴벌레가 나와 내 등 위를 기어갈지 불안해서, 도저히 오르가슴을 느낄 수가 없어.

내가 유리의 몸 위로 올라가 2층을 이룬다고 해도 결국 지표면에는 도달할 수 없는 땅속의 방. 나는 유리의 아버지가 소유하고 있다는, 그리고 종국에는 유리의 차지가 될 것이 틀림없는 대학 재단에서 전임 교수 자리를 얻으리라는 희망 하나로 그녀의 몸 위에서 기를 모아가며 용을 썼었다. 당장 이번 학기라도 석사 논문만 잘 끝냈다면 시간 강사 자리쯤은 배정받을 수 있을 터였다. 하지만 지난가을 유리가 결혼한 이후 나는 단 한 줄의 논문도 쓸 수 없었다.

결국 나는 휴학원을 제출하고 고향으로 내려와 사백 년 된 한옥을 양옥으로 탈바꿈시키는 데만 온 신경을 집중시키고 있었다. 정략적으로 팔려간다는 걸 뻔히 알면서도 나는 유리의 결혼을 말리지 않았다. 사랑한다고, 그러니 제발 날 버리지 말라고 애원하지도 않았다. 그때만 해도 유리는 내 장래를 위한 발판에 지나지 않는다고, 끊임없이 자기 암시를 불어넣던 때였으니까. 하지만, 지금의 허탈함이란……

"아! 그 참, 집자리 한번 기맥히게 좋구마는."
"그러게, 이르케 딴딴한 자리가 흔헌 기 아니지."
대목 이씨가 구덩이 속의 나를 내려다보며 말했고, 판검사 최씨도 구덩이 밖으로 퍼 올려진 흙덩어리를 매만지며 맞장구를 쳤다.
"저기 저, 산줄기를 좀 봐. 좌청룡 우백호가 확실한 데다가 남주작에 북현무까지……"
"지가 풍수를 알믄 얼마나 안다구 문자를 쓴댜? 개코나, 노름할 땐 돈 따는 자리도 지대로 못 맞춰서 툭허믄 주머니를 몽땅 털리구 일어나는 주제에."
둘은 나를 내려다보며 키득키득 웃었다. 구덩이 속에서 바라본 지상의 두 사람은 거꾸로 누운 그림자처럼 음침한 채로 흔들거렸다.
한동안 일손을 놓아 어머니한테 지청구만 들었던 대목 이씨와 판검사 최씨가 물 만난 고기처럼 달려들어 하수구 구덩이에 돌을 쌓기 시작했다. 큰 돌들을 사이가 뜨게 묻으면 그 사이로 물이 고일 테고, 그 다음엔 땅속으로 자연스레 스며들 것이었다. 결국 구들 밑에서 나온 돌들이 고스란히 하수구 메우는 데로 들어갔고, 얼마 지나지 않아 두 길이나 되는 하수통이 전부

메워졌다.

 그러나 빗물이 들지 않도록 하수통 위에 장판지를 깔면서 나는 등줄기로 타고 내려오는 서늘한 기운을 느끼고 말았다. 명당자리는 파고 뚫는 일을 가장 싫어하기 때문에 반드시 지기(地氣)가 소진되기 쉽다던 풍수학 강사의 말이 퍼뜩 떠올랐기 때문이었다. 결국, 땅을 판 그 자리가 지기에 영향을 주지 않을까 하는 걱정이었다. 일테면 뒷산의 산줄기에서 이어져 내려온 땅의 기운이 평지와 맞닿은 지점이 바로 뒷마당 언저리겠는데, 땅을 두 길 가까이 파고도 모자라 돌무더기로 채워놓았으니 지기에 영향을 안 주고 배기겠냐는 것이었다. 게다가 하수통 속으론 늘상 지저분한 물이 고이고 스며들기를 반복할 텐데……

 마당과 나란하도록 하수통을 덮은 뒤에 떠오른 생각이니, 다시 돌을 끄집어내고 전처럼 땅을 메울 수는 없는 노릇이었다. 아버지에게 그 생각이 들었다면 필경 돌을 다시 헤집어내라고 호통을 쳤을 테지만.

 오대조께서 지금의 우리 집을 선택할 때 조금의 주저함이나 동요가 없었던 데는 우리 집 자리가 명당자리라는 사실 외에 다른 이유는 없었다고 했다. 병이 넘보지 못할 집, 어떤 화근이나 흉이 생기지 않을 집. 그런 집으로서 손색이 없다고 보셨던지 강원도에서 충청도를 넘나드는 열 달 간의 여정을 우리 집 처마 밑에서야 풀었다고 하니, 필시 보통 집은 아닐 거라는 게 어른들의 공통된 생각이었다.

물론 내가 보기에도 여염집과는 다른 뭔가가 서려 있다는 느낌이 없었던 건 아니었다. 불끈불끈 일어섰던 산줄기들이 쭉 이어져 내려오다 우리 집 언저리에서 좌우로 말려 조심스레 감싸 안은 품이라든가, 마을 전체가 내려다보이는 솟은 자리, 그리고 뒷산의 느티나무 무리에 둘러싸여 바람에 흔들리는 운치를 우복산 언덕배기에서 내려다볼라치면 누구라도 무릎을 치는 명당자리가 아닐 수 없었다. 게다가 시청 문화계 사람이라든가 역사학자들이 거의 해마다 찾아와—명당자리라기보다는 학술적인 의미였겠지만—우리 집 사진을 찍어 가거나, 동네의 나이 드신 어른들 인터뷰를 따가곤 했으니 말이다.

 물론 어느 자리라고 완벽할 수가 있을까. 마을을 싸안고 부설된 충북선 철로가 지맥(地脈)을 모두 끊어놓았다는 이야기가 심심찮게 들리기는 했지만, 그래도 근동에서 좋은 자리를 찾으라면 단연 거론되는 곳이 바로 우리 집터였다. 가타부타 말들은 많았지만 뒷산을 돌아가며 쓰는 묏자리의 숫자가 해마다 늘어가는 것만 봐도 충분한 증거가 되고도 남았다.

 나쁜 기운은 나무를 심어서 걸러내고, 좋은 기운은 탑을 쌓아 모이게 한다고 했던가. 나는 땅에 파묻힌 돌들은 땅속으로 탑을 쌓은 셈치고, 뒤뜰의 느티나무가 액(厄)을 걸러줄 테니 아무 문제가 없을 거라고 혼자 자위하고 말았다. 그러나 꺼림칙한 마음이 아주 사라지지는 않아, 하수통 위의 흙을 다져 밟으면서도 연방 뒷산의 산줄기를 올려다보았다.

3

 1907호실 문을 열자 유리는 목욕 가운을 걸친 채로 달려들어 내 가슴에 안겼다.
 아무 말 하지 마. 이러구 하루 종일을 있으래도 좋아.
 유리의 머리카락은 축축하게 젖은 채 샴푸 향을 풍겼다. 유리를 껴안은 팔에 힘이 들어가는 동시에 나는 그녀의 입술을 찾아 물었다. 그리고 얼마 지나지 않아 내 입 속으로 찝찔한 눈물 줄기가 스며들었다.
 안녕 나야, ……몇 번씩이나 전화를 했는데 안 받는구나. 우린 너무 멀리 떨어져 있는 것 같아. 지금 너무 보고 싶은데……메시지 받는 대로……(녹음 중단되는 소리)
 하수통을 파느라 피곤했던 나는 간밤에 울린 「개선행진곡」을 듣지 못했다. 여느 때와 마찬가지로 나는 일어나자마자 휴대 전화 메시지부터 확인해봤고, 편지 봉투 모양의 아이콘은 누군가 내게 남겨놓은 말이 있음을 알리고 있었다.
 나는 유리의 목소리를 몇 번이나 반복해서 들었다. 평소 같지 않은 분위기도 이상했지만, 특히나 마음이 가는 말은 인사말 부분이었다. 분명히 '안녕, 나야.'가 아니고 '안녕 나야.'였다. 안녕이라는 말과 나야라는 말은 곧바로 이어졌고, 그 뒤로 한참의 사이가 있었으므로 그 어법은 많은 연상 작용을 불러일으켰다.

혹여 다른 사람이라면 그냥 넘겨들을 수도 있을 인사말이었지만, 학부와 대학원을 합쳐 육 년이나 국문학을 전공한 내가 듣기에는 쉼표가 어느 자리에 찍히느냐에 따라 전혀 색다른 의미로 받아들여졌다.

'나'가 지칭하는 사람이 누굴까? 내가 들은 대로라면, 게다가 '나야'를 말하는 음조를 감안한다면 '나'는 메시지를 남긴 당사자인 유리가 아니라 메시지를 듣게 될 나를 지칭하는 것이 분명했다. 자신(유리)처럼 여길 만큼 나를 사랑한다는 의미. 너(나)와 나(유리)는 따로 존재하는 것이 아니라고 생각할 정도로……

하지만 나는 유리가 원하는 대로 아무것도 물어보지 않았다. 나는 눅눅한 고서를 햇볕에 말리듯 가볍게 뒤척여가며 알몸이 되었고, 이내 빳빳한 생기를 되찾아 그녀의 자궁 속으로 스며들었다. 유리는 커튼 사이로 들어오는 햇빛을 맞받아 튕기며 하얀 다리를 내 허리로 감아올렸다. 그러곤 나무줄기를 타고 오르는 나팔꽃처럼 덩굴손을 내밀어가며 필사적으로 내 몸 이곳저곳에 흰빛의 덩굴을 감아올렸다.

시청 앞 분수대에서 뿜어져 나오는 물줄기가 시원스레 흩어지는 모습이 커튼 사이로 보였다. 그 너머엔 붉은빛 노을을 남기고 넘어가는 해와 덕수궁, 그리고 옛 러시아 공사관과 경향신문사 건물도 보였다. 돌담길을 걸어나오는 연인들을 보면서, 나는 왜 하필 러시아 공사관으로 도망치는 고종 황제의 모습을 상상했을까. 직선거리로 잰다면 불과 이삼백 미터나 될까 말까 한

거리를 옮기면서 그는 어떤 수읽기를 했을까 하고.

유리의 덩굴손이 내 어깨를 잡아당겨 다시 침대에 눕혔다.

"나 이혼했어. 어제."

유리의 말은 꽃대궁 저 안쪽에서 흘러나온 소리처럼 꽃잎을 흔들어댔다. 그리고 그 소리는 확성기 바로 앞에서 들린 소리처럼 내 머릿속을 먹먹하게 만들었다. 나팔꽃. 어제 이혼을 하고, 그리고 곧바로 찾은 사람이 왜 하필 나였는지, 그게 의미하는 게 뭔지.

"너, 언젠가 나한테 암소에게 인공 수정하는 얘기 한 적 있었지? 내 꼴이 꼭 그 암소 같다는 생각이 들었어. 난 어쩌면 남편한테 하나의 구멍에 불과했는지도 몰라."

할아버지 삼우제를 지내고 집으로 돌아왔을 때였다. 우리 집에서 기르던 암소가 발정이 났는지 오후 내내 울어대며 다른 소의 등 뒤로 앞발을 치켜들며 올라타는 시늉을 보였다. 아버지는 상복을 입은 채로 읍소재지에 하나뿐인 동물병원에 전화를 걸었고, 수의사는 삼십 분도 채 걸리지 않아 피자 배달 오토바이 같은 걸 타고 달려왔다. 수의사는 빨간 통 속에서 길쭉한 고무장갑과 장난감 물총처럼 생긴 걸 꺼냈다. 그러곤 고무장갑 낀 손을 암소의 꼬리 아래 깊숙한 곳에 집어넣고는 눈을 깜작거려가며 뭔가를 감지하는 듯했다. 맞네요. 수의사는 그렇게 말하고, 백 원짜리 모나미 볼펜심처럼 생긴 걸 장전해 빨간색 액체를 꼬리 밑에 쭉 짜 넣었다. 뭔가 대단한 구경거리가 생기려나 하고 잔뜩 기대를 했던 내게는 보통 싱거운 일이 아니었다. 수의사는 십 분도 안 걸려서 송아지를 만들어주곤 삼만 원을 챙겨 돌아갔고, 그동안 소는 눈만 멀뚱히 뜬 채 여물통을 뒤지고 있었다.

암소와 수소 사이엔 빨간색 액체가 담긴, 마치 빨간색 볼펜심처럼 생긴 것 외엔 아무것도 존재하지 않았다. 나는 단지 그렇게 해서 태어난 송아지도 교미를 하고, 다시 송아지를 배고 하는, 생명의 본능을 지니게 된다는 게 신기하다고 말했을 뿐이었다. 그런데 구멍.

"사실, 내가 구멍 정도로 생각되는 모멸은 참을 수도 있었어. 나 역시 그 남자를 특별한 존재로 생각한 건 아니니까. 어차피 성(性)이란 남녀 사이의 계약일 뿐이잖아. ……그런데 그 남자가 먼저 계약을 파기했어. 회계사라나 법무사라나 한다는 년하고 바람이 난 거야. 첨엔 내가 결혼할 때 처녀가 아니었던 걸 가지고 꼬투리를 잡더니, 나중엔 이제야 진정한 사랑을 만났다고 제발 이혼해달라고 손바닥을 비벼가며 빌더군. ……어쩌겠어, 도장 찍어줬지."

유리는 뭐가 재미있는지 내 겨드랑이에 코를 박고 한참을 웃었고, 나는 까닭도 모른 채 겨드랑이가 간지러워져 함께 웃었다. 그렇게 한참을 큭큭거리며 웃다가 우리는 허탈한 표정으로 천장을 쳐다보았다.

"내가 이혼을 한다니까 우리 아빠가 뭐랬는지 알아? '잘됐구나. 어차피 그 집안은 정치 생명이 끝난 집안이다. 물 먹인 고깃덩어릴 몰라보다니, 내 눈이 많이 흐렸던 모양이야.' 그러는 거야. 후훗, 우리 아빠 모든 게 고깃덩어리하고 돈으로만 보이는 사람이니까."

"내년 선거에 출마는 하신대?"

"그럴 테지. 거기 들인 돈이 얼만데. 우리 아빠 소백정 소리면할 수 있는 일이라면 무슨 짓이든 할 사람이야. 게다가 금배지를 달 수만 있다면……"

내가 유리를 처음 만났을 때 그녀는 푸줏간 집 딸이라고 자신을 소개했다. 소를 잡아서 토막토막 낸 뒤에 돈을 받고 판다고…… 틀린 설명은 아니었다. 나는 그런 집 딸이라는 유리를 처음엔 거들떠도 보지 않았었다. 하지만 얼마 지나지 않아 그 푸줏간이 우리나라 한우 유통의 상당 부분을 점유하는, 일 년 매출액이 수백억에 달하는 ○○축산물처리장을 모기업으로 하고, 수만 평의 농장과 ○○냉장유통을 거느린, 그리고 제법 규모가 큰 전문대학까지 소유한 중견 기업이라는 얘기를 들었을 땐 그녀를 보는 눈이 점차 달라지기 시작했다. 그러나 단순히 그녀가 부잣집 딸이었기 때문만은 아니었다. 칼자국으로 다듬어진 결과이긴 하지만 몇 번의 방학을 거치면서 유리의 얼굴은 몰라보게 달라졌고, 그렇게 다듬어진 미모는 내게 연민의 정 같은 걸 느끼게 만들었다. 왜 그런 느낌이 들었는지는 알 수 없었다. 풍수는 균형보다 조화를 중시한다며 특히 성형 수술은 조심에 조심을 해야 한다고 풍수학 강사는 강조했지만, 어쨌거나 유리의 얼굴이 변한 후에야 그녀의 진실한 내면을 읽게 된 건 사실이었다.

하지만 끝내 유리는 날 선택하지 않았다. 그녀와 나 사이엔 모종의 계약 같은 것이 존재하는 셈이었고, 내가 그 계약을 파기하려 들었다면 우리 사이는 벌써 깨져버렸을 것이다. 애초부터 유리는 나를 결혼 상대자로 지목할 생각이 추호도 없었으니까. 언젠가 내가 프러포즈 비슷한 말을 꺼낸 적이 있었는데, 유리는 표정이 돌변하더니 한마딜 툭 던지고 입을 다물어버렸었다.

넌 나에 대해 아는 게 너무 많아. 내 코 높이가 어느 정도였는지, 어디 어디다 칼을 댔는지, ……다 아는 사람하고 같이 사는 건 재미없어.

"난 아빠를 이해해. 아빠가 소백정 소리 듣기 싫어서 하는 게 뭔지 알아? 줄창 정치인들한테 뒷돈을 대주는 거였어. 그걸로 아빤 지구당 위원장 자리라도 차지할 생각이지만, 어차피 정치인들도 그 돈으로 표를 사는 건 똑같은데 뭐. 표백정 말이지."

나는 유리의 가슴 한복판에 얼굴을 비비며 그녀의 체취를 들이켰다. 아기들한테서 나는 젖비린내와도 비슷한, 그리고 땀내가 섞여 고혹적이기까지 한. 내가 네 전화를 얼마나 기다렸는 줄 알아? 네가 이혼을 당하고, 그리고 결국엔 내게 달려오게 되기를 얼마나 기다렸는지……

유리는 내게 등을 보이고 누운 채 빌어먹을 공부도 더 하고, 아빠 밑에서 경영 수업도 받고, 그리고 문화 재단을 설립해서 사회 활동도 할 거라며 묻지도 않은 말을 잔뜩 늘어놓았다. 그러곤 이내 작은 숨소리를 내며 잠에 빠져들었다. 나는 잔뜩 웅크리고 누운 채 잠든 그녀를 뒤에서 끌어안았다. 사랑 없는 결혼이 얼마나 불행한 것인지, 그 시집살이가 얼마나 고되고 외로웠을지 이해할 수 있다고 말해주고 싶었다. 유리는 내가 아무것도 모르고 있는 줄 알 테지만, 학자 출신인 그녀의 시아버지가 정계에 입문을 했다가 대의명분에 맞지 않는 곳이라며 다시 학교로 돌아갔다는 얘기는 웬만큼 정치에 관심을 둔 사람이라면 알고 있는 얘기였다. 그리고 라디오에 나와 법률 정보를 제공하는 유리의 남편이 여성지 인터뷰 기사에서 '아내와 별거 중'이라 실토한 사실, 문화적인 괴리감 때문에 시댁 식구들과 불화가 심했다는 주간 신문 기사 등등. 나는 그녀에 대한 정보라면 꽤 세세하게 알고 있었다. '잘됐구나' 하고 그녀의 아버지가 말했다고는 하지만, 어쩌면 두 부녀가 제발 이혼만은 말아달라고 빌었을 가능성이 훨씬 컸다. 정치 자금은 얼마든지 댈 테니, 제발 버리지만 말아달라고.

4

음머, 음ㅁ— 머—
마른 울음소리가 아침부터 영 개운치 않았는데 점심때가 지나서는 급기야 굵은 눈물까지 흘리기 시작했다. 처마 밑에다 허리 높이쯤 되게 벽돌을 옮겨놓고는, 녀석의 점심으로 막 여물한 삼태기를 퍼다 주고 돌아서는 길이었다. 여물에는 신경도 안 쓰고 나를 멀거니 쳐다보던 소의 눈에서 눈물이 주르륵 흘러내리는 데야, 비록 가축이라지만 마음이 편할 수는 없는 노릇이었다. 게다가 녀석의 얼굴을 한참 들여다보고 있자니, 돌아가신 할아버지의 모습과 왠지 닮았다는 느낌까지 들고서야……

기둥 때문에 며칠 신경을 소진한 데다 유리에 대한 문제로 뒤숭숭한 뒤라 나중엔 별 생각이 다 든다고 혼잣소릴 했지만, 한번 끼어든 생각은 좀체 사라지질 않았다. 우리 집에서 태어나 벌써 삼 년을 같이 살아온, 게다가 이 황소는 할아버지의 삼우제가 있던 날 인공 수정을 해서 잉태된 바로 그 소였다.

내가 어렸을 땐데, 아빠가 맛있는 걸 사준다고 해서 회사, 후훗, 도축장—그때만 해도 무척 작은 건물이었는데, 사람들은 거길 도살장이라고 불렀어—앞에서 나하고 엄마, 그리고 동생이 아빠를 기다린 적이 있었어. 한참을 기다렸는데 아빠는 안 나오시고, 소를 실은 트럭들만 들락날락하는 거야. 그때 마침 우리 앞에 트럭이 한 대 섰는데, 소들이 눈물을 흘렸는지 눈 밑으로 난 털이 한결같이 축축하게 젖어 있더라구. 어린 마음에도 저것들이 오늘 죽는 날인 걸 아는구나 싶었지. ……결국은 그날 아빠가 사주신 최고급 꽃등심을 불판 위에 전부 게워내고 말았어.

그런데 지금은 어떤지 알아? 전부 돈으로밖에 안 보여. 요즘은 압축된 공기를 소의 정수리에 쏘아서 기절시킨다지만, 얼마 전만 해도 전기 충격으로 소를 기절시켰댔어. 몇만 분의 일 초 동안 소의 몸에 흐른 전류가 하나의 생명을 상품으로 만드는 거야. 잘리고 추려져서 포장이 되면 바코드와 함께 몇 그램과 얼마라는 가격이 찍혀서 박스에 차곡차곡 쌓이는 거지. 첨엔 불쌍하다는 생각도 들고, 그 과정을 보고 싶다는 호기심도 생기고 했는데, 지금은 아냐. 난 고깃덩어리를 포장한 상자에는 관심도 없고, 그 상자와 교환되는 돈에만 관심이 생겨. 그 몇백억씩 한다는 매출액 말이지. 그중 내게 얼마나 상속이 될 건지, 그 걸로 난 뭘 할 수 있는지…… 어쩌면 난 아빠의 죽음마저도 상품으로 평가할지 몰라. 육체에서 영혼이 분리되는 과정으로서의 죽음이 아니라, 포장된 상자가 바뀌어서 내게 돌아올 마진을 생각하게 되는 거야. 별거 아냐. 간단한 거야, 죽음이란.

나는 외양간 앞에 서서 몇 번이나 얼굴을 비비며 마른세수를 했다. 할아버지는 소 한 마리를 사고파는 일도 날을 받아서 하도록 했었다. 소 값이 폭등을 하거나 폭락하는 것에는 큰 관심도 없었다. 집 안에 생물이 들고 나는 일인데, 아무렇게나 돈을 받고 팔 수는 없는 일이지 않겠느냐. 나는 눈물이 어린 소의 눈을 들여다보며, 그제 아침 호텔 카운터 앞에 서서 체크아웃을 하던 유리를 떠올렸다. 그녀는 몇 킬로그램의 고깃덩어리로 우리가 섹스했던 자릿값을 냈을까 하고. 그녀가 지금껏 지불해왔

던 호텔비, 술값, 밥값, 그리고 우족, 꼬리, 머릿고기······

"안 돼, 다른 사람이라면 몰라두, 하필."
"김영감님 없이는 안 된다니까유. 일정 때 그 영감님 손으로 이 집을 고친 적도 있었다면서유? ······이게 우스워 보여두 까딱 균형을 잘못 맞췄다간 큰 사고 낸대니까유. 내가 대목, 대목 혔지만 그 영감님한테 대면 새 발에 피지, 피여."

더는 미룰 수 없다고 판단을 했는지, 대목 이씨가 기둥을 바로 세워줄 사람으로 김씨 영감님을 극구 추천하고 나선 모양이었다. 하지만 아버진 그것만은 안 된다며 대목 이씨를 설득했다.

"첨엔 자네 하나면 충분하다고 하지 않았나? 거기다 최씨까지 붙여줬는데······"
"다른 건 다 돼두, 저 기둥은 자신이 없어유. ······보세유, 첨에 공사를 시작했을 때보덤 이제 벽을 다 허물고 나니께 훨씬 더 기울어진걸."

판검사 최씨하고는 합의를 봤는지, 대목 이씨가 기둥을 툭툭 쳐가며 제법 목에 핏대를 세웠다. 아닌게 아니라 벽은 허물어 앙상한 데다 주춧돌까지 사방으로 드러났으니 기와지붕이 붙어 있어 집 모양이랄까, 그도 아니면 폐가나 다름없어 보였다. 게다가 그 한가운데 붙어 있는 기둥이라고 하는 것이 아무리 잘 봐주려고 해도 삐딱하니 안쪽으로 쏠려 있어서야.

"다음 주버텀은 장마두 몰려온다는디, 그때까지는 부루꾸를

뼁 돌려가며 쌓아놔야 안심을 할 수 있을 것인디……"

대목 이씨는 김씨 영감님을 불러오지 않으면 일을 계속할 수 없다는 듯 숫제 댓돌에 걸터앉아 담배부터 빼 물었고, 아버지는 난감한 표정으로 들보, 도리, 장여가 맞닿은 지점을 이리저리 둘러보고 있었다. 천상 기둥을 바로 세워놓자면 들보와 도리를 들어올리고 기둥을 제대로 맞춰놔야 한다는 건데, 얼기설기 짜 맞춰진 목조는 아무리 들여다봐도 어떻게 짜여진 구존지 애매하기만 했다. 어찌 보면 들보만 들어올려도 될 듯했고, 또 어찌 보면 도리까지 받쳐주지 않았다간 정말 큰 사고가 날 것처럼 위태해 보였던 것이다. 아버지 얼굴에는 이럴 바에는 애초부터 동네 사람을 쓰는 게 아니라 돈이 더 들더라도 먼 데서 전문가를 불러오는 거였는데 하는 표정이 역력했다. 하지만 한동네에 목수로 밥 먹고 사는 사람이 있는 걸 아는 처지에 그러기는 쉽지 않은 노릇이었다.

판검사 최씨는 대문간 귀퉁이에 앉아 어떤 결정이 내려질지 긴장된 표정으로 지켜보고 있었다. 어차피 한옥이니 자신이 나서서 될 것도 아니었고, 짐짓 핏대를 올리며 벽부터 쌓아놔야 한다는 주장을 폈지만 어깨너머로 몇 번 개축 공사에 참여했던 경력밖에 없었던 터라 더 나섰다간 좋은 소릴 못 듣겠다는 판단이 든 모양이었다. 물론 그 자신은 스물세 살에 두 손만 들고 분가해 삼십여 년 동안 안 해본 일 없이 세상의 고초를 다 겪고 올봄에서야 번듯한 집 한 채를 제 손으로 지었다고 자부심이 대단했지만, 그건 어디까지나 나무 기둥이나 서까래 하나 없는 슬래브 집이었고, 개축도 아닌 신축이었다.

이번만큼은 나도 뭐라고 나설 계제가 아닌지라 잠자코 있을 수밖에 없었다. 겨우 모래와 섞어놓은 시멘트가 굳을까 봐 비닐을 덮어놓고, 마루에서 나온 굵직한 마루널들을 뒤꼍 모퉁이로 굴려놓으며 아버지의 눈치나 살피는 게 내가 할 수 있는 일이었다. 종일 새참만 먹으면서 일은 하나도 진척이 없다고 핀잔을 하던 어머니도 언제부턴가는 집 주위를 돌며 작은 솥뚜껑으로 기둥들을 톡톡 두드리며 주문을 외우고 있었다. 거꾸로 섰어두 좋다, 거꾸로 섰어두 좋다…… 처음 집을 지을 때 뿌리 쪽이 하늘을 향하도록 기둥을 쓰면 사는 사람들을 괴롭히는 일이 있다고 어디선가 들은 모양이었다. 그래, 그렇게 주문이라도 외우면 겨우 화를 면할 수 있다고.

하늘은 잔뜩 끄무러져 있었다. 여름 날씨답지 않게 바람은 선선한 데다 간혹 비 들지 않은 먹구름들이 잔뜩 몰려다녔다. 벽도 없는 집 한가운데에 마루널을 하나 갖다놓고 앉아 있으려니 습한 바람이 불어대는 것이, 게다가 서까래며 들보에서 느껴지는 눅눅한 느낌들은 사람의 심사를 어수선하게 만들기에 충분했다.

아까부터 집 주위만 빙빙 돌던 아버지는 어딜 갔는지 보이지 않았다. 나는 그동안 다쳐서 생긴 상처들을 팔다리에서 하나하나 찾아 들춰보다가 말고, 그 기둥께로 가보았다. 사실 눈엣가시처럼 거슬리기는 했지만 내가 보기에는 그 많은 기둥 중에 하나가 삐딱하기로서니 설마 집이 어떻게 되랴 싶기도 했다. 물론 꺼림칙한 기분을 아주 버릴 수야 없을 테지만.

　나무가 사백 년이 되면 이렇게 변하게 되는 걸까. 나는 나이테 부분이 유독 불거져 나와 규칙적으로 굴곡을 이룬 기둥을 손바닥으로 쓰다듬어보았다. 굴곡은 마치 사막에 생기는 모래 언덕처럼 들쭉날쭉한 곡선을 규칙적으로 그려내고 있었다. 그리고 그 중간 중간에 생겨나 있는 상처들이 어느 때보다 눈에 잘 띄었다. 어떤 것은 일부러 낸 상처 같기도 하고, 또 어떤 것은 뭔가 중요한 사연이 있을 것 같기도 한. 중간쯤에 있는 불에 그을린 자리는 동학과 의병이 차례로 일어섰다가 힘도 한번 제대로 써보지 못하고 사그라질 무렵 입은 상처라고 했다. 그리고 여기저기 스치고 지나간 총알 자국들. 하나같이 비껴 맞았기에 망정이지 제대로만 맞았다면 이 굵은 기둥마저도 끝내 부러지고 말았을…… 생각 같아서는 아예 기둥을 통째로 바꿔버리는 것도 좋을 것 같다는 생각마저 들었다.

　아! 그리고 또 하나의 제법 큰 상처. 정말 정교하게도 때워진. 김씨 영감님을 불러와야 할지 말아야 할지 결단을 못 내리는 아버지를 보면서 이 상처 때문이라는 걸 쉽게 눈치 챘으면서도 마치 잊고 있었던 듯, 그 상처를 쳐다보며 나는 신음처럼 '아!' 소리를 냈다. 그리고 할아버지의 노여움 섞인 호통에 대한 기억.

　고얀 놈! 그래 그 배은망덕한 상것들한테 머리를 숙이고 세배를 했더란 말이냐?

열두어 살쯤 되었을 땐가, 김씨 영감님 집에 세배를 갔다 와서 들은 할아버지의 호통이 아직도 들리는 듯했다. 그전엔 이유도 모르고 그 집엔 세배를 해선 안 된다고 생각하고 있었는데, 하필 그해에는 동네 아이들 틈에 끼어 얼결에 세배를 한 것이 할아버지의 불호령으로 이어졌던 것이다. 칠순이 다 된 노인네가 조무래기들의 세배를 받으면서 짐짓 머리를 숙여가며 맞절을 하는 품이 이상하다고 생각은 했지만, 김씨 영감님이 해방이 되고도 한참 동안이나 할아버지를 서방님이라고 부르며 우리 집 잡일을 도맡아 해온 일종의 '종'이었다는 사실을 안 건 할아버지의 노여움을 사고도 한참 지난 뒤의 일이었다.

요즘 세상에 그런 게 어딨어요? 조선 시대도 아니구.

아버지 앞에서는 괜찮겠거니 하고 슬쩍 꺼냈던 말에도 심상찮은 눈빛이 따라붙기는 마찬가지였다. 그런 건 대수롭지 않게 여길 것 같던 아버지도 유독 김씨 영감님 집만큼은 엄연한 선을 긋고 있었던 것이다. 하긴 그러면서도 우리 집의 대소사에 김씨 영감님이 나타나지 않고 제대로 굴러가는 일은 별로 없었다. 큰일에는 이런저런 잡일을 비롯해서 인근 부락의 어른들께 하는 인사치레, 특히나 할아버지가 돌아가셨을 때는 친부모가 돌아가셨을 때도 그랬을까 싶을 만큼 처음부터 끝까지 장례를 챙겼었다.

물론 그때도 순하지 않은 시선들이 따라다니기는 했다. 김씨 영감님은 부르지 않아도 우리 집 큰일에는 제일 먼저 달려와 손발 걷어붙이고 온갖 궂은일을 도맡아 했지만, 그러면서도 곱지 않은 눈초리를 받기는 매일반이었다.

 전쟁이라는 게 참 못헐 짓을 많이 했제. 느이 큰아부지가 살아 계있으면 크게 되었을 냥반인데, ……포승줄에 묶여서 저그 고개를 넘어가던 기 아직도 눈에 선하다. 그때가 그 냥반 나이 스물다섯도 안 됐을 때지 아마. 김영감이야 무슨 죄가 있겠냐. 하나뺵이 읎는 동생 놈이 완장 차고 설치는 걸 그 영감도 숱하게 뜯어말리기는 했는디…… 허기사 그 동생 놈도 그르케 처참하게 죽은 걸 보면, 김영감 가슴속에도 커다란 대못 하나는 박혀 있을 기라. 그놈의 전쟁이 뭔지, 그해 여름에 국군하고 인민군하고 수백 명이 저 고개를 번차례로 넘나들더니 결국 살아서 돌아온 사람은 손가락으로 꼽았다니, 참.

 할아버지가 돌아가셨던 그해 봄, 마당 한가운데 지펴진 화톳불을 사이에 두고 당숙 아저씨가 들려준 이야기는 온통 그 기둥의 상처에 대한 것뿐이었다.

 사변이 있던 해, 큰아버지는 우리나라 최고 명문대의 4학년생이었다. 아버지가 소학교만 졸업하고 농사를 짓고 있었던 데 비하면 큰아버지는 집안을 통틀어서도 큰 기대주였음에 틀림없었다. 하지만 전쟁은 모든 걸 한순간에 앗아가고 말았다. 어차피 군 복무 중이었던 아버지야 어쩔 수 없는 노릇이었지만, 고향집에 내려와 전쟁이 끝나기만 기다리고 있던 큰아버지에게 그날 밤의 총성은 마른하늘에 날벼락 같았을 것이다. 완장을 찬 김씨 영감님의 동생이 인민군과 함께 몰려와 큰아버지를 내놓으라고 고함을 쳤고, 결국 할아버지가 실신한 가운데 큰아버지는 우복산 꼬리고개를 넘어가야 했던 것이다. 하지만 더 기막힌 일은 전쟁이 끝난 뒤에 벌어졌다. 마지막으로 큰아버지의 모습이 확인되었던 지역의 전투에 하필이면 아버지가 투입되었다가 무공훈장까지 받았을 만큼 대승을 거뒀던 것이다. 큰아버지가 전투에 직접 참여했을 가능성은 희박함에도 불구하고, 당시 큰아버지와 함께 끌려갔다가 생환한 이웃 마을 사람의 얘기를 들은 아버지는 그 자리에서 혼절하고 말았다. 그리고 깨어난 뒤에도 한동안은 문밖출입을 못할 만큼 앓아누웠었다고 했다.

기워진 옷 모양 기둥 한가운데 디귿 자 모양으로 때워진 부분. 한밤중의 느닷없는 총성이 있고도 몇 년이 지나 이제는 큰아버지가 돌아오지는 못할 거라는 단정이 내려진 이후에야 기둥에 박혀진 상처였다. 총알이 제법 많이 스치고 지나갔던지 기둥의 반 정도를 도려내고 다른 나무를 깎아서 덧댄 것이다. 기막힐 정도로 정교하게 때워진 상처 자국. 언젠가 대목 이씨는 "지금 기술로는 어림도 없지. 옛날 노인네들이니 저렇게 할 생각도 했을 껴" 하며 혀를 내둘렀었다.

어쨌거나 아버지가 무공훈장을 받았던 전투가 있고도 우복산 꼬리고개로는 인민군이 두 번, 그리고 국군이 두 번 넘나들었다. 그렇지만 큰아버지의 생사는 알 길이 없었고, 총탄이 열 몇 발인가가 관통한 김씨 영감님의 동생만 멍석에 말린 채 고개를 넘어왔다고 했다.

5

 그리고 그 기둥이 기우뚱하게 기울기 시작한 건 몇 해 전부터 였다. 그 많은 시련을 받으면서도 꼿꼿하게 서 있던 기둥도 이제 더 버틸 여력을 잃은 모양이었다. 집 보수가 아니더라도 언젠가 날을 잡아 기둥을 바로 세워놓아야 한다고 벼르던 것이 벌써 두 해를 지나쳤는데, 벽까지 허물어놓은 지금은 아버지도 무슨 수를 쓸밖에 딴 도리가 없게 된 것이었다.
 김씨 영감님이 대목 이씨의 부축을 받으며 대문을 들어선 것은 일손을 놓고도 오 일이나 지난 날 오후 늦게였다. 여름 비답지 않은 비가 부슬부슬 내리기를 이틀이 지나, 아무래도 흉물스레 서 있는 집이 아버지가 보기에도 더는 참을 수 없었던 모양이었다. 게다가 습기가 차 가끔씩 서까래쯤에서 삑삑거리는 이상한 소리가 들리자, 대목 이씨에게 김씨 영감님을 모셔와도 좋다고 했던 것이다.
 팔순이 넘은 노인이라고는 해도, 김씨 영감님의 얼굴에는 병색이 짙게 드리워져 있었다. 가랑비가 내리는 날씨기는 했지만 그래도 한여름인데, 솜을 누빈 바지저고리에 한겨울에나 입을 법한 조끼까지 입고서도 잔뜩 어깨를 움츠린 자세는 그렇잖아도 검버섯 든 노인네를 더욱 웅숭그려 보이게 만들었다.

"벌써 메칠 전버텀 앓아누워 계있다는디, 이 집 기둥이 삐딱하니 넘어가 있다고 허니께 기다렸든 것처럼 자리를 떨구 일어나시데유. 아무래두 노인네 초상 치를 거 같어서 그만 누워 기시라구 말렸는데두 막무가내로 방문을 나서는 거라."

 대목 이씨를 따라가 김씨 영감님을 모셔온 판검사 최씨가 혀를 내두르며 말했다. 아버지는 난감한 표정으로, 대문께에 서 있는 김씨 영감님의 며느리를 쳐다보았다. 그녀는 김씨 영감님이 동생을 잃었던 그해 낳았던 아들을, 그나마도 장가를 못 들이고 있다가 몇 해 전에야 연변의 조선족 처녀와 결혼시켜 얻은 며느리였다. 무표정하게 서 있는 그녀의 얼굴에는 같은 한민족이라지만 어딘가 이해할 수 없는 먼 땅의 언어가 짙게 배어 있었다.

 "선상님, 먼저 집버텀 한번 둘러보시구 어떻게 손을 써야 할지 말씀을 해주시지유. 어떻게 어떻게 하라구 말씀만 허시믄 지가 다 알어서 할 수 있으니께."

 불안한 표정의 주위 사람들은 아랑곳없이 대목 이씨는 신이 나서 김씨 영감님의 소매 깃부터 끌었다.

 그렇게 처마 밑을 한 바퀴 빙 돌고 나서, 그 기둥 앞에서 모두의 발걸음이 멈춰졌다. 김씨 영감님은 기둥을 한 팔로 짚고 간신히 서서 기둥머리께를 말없이 올려다보았다. 그리고 시선을 조금씩 아래로 훑어내렸다.

 웅숭그린 어깨와는 달리 빛을 띤 그의 눈에서 잠깐 동안이나마 강렬한 기운을 느꼈다면 나의 착각이었을까? 아니 그의 눈은 분명 뭔가를 얘기하고 있었다. 중간쯤의 옹이박이 아래에 나 있는 낫 자국과 총탄이 박혔던 자리를 도려내고 새로 박아 넣은 곳, 그리고 불에 그을린 자국들. 마침내 주춧돌 위에서 한참이나 어긋나 안쪽으로 쏠려 있는 밑둥치를 내려다보던 김씨 영감님이 들보 아래께를 가리키며 입을 열기 시작했다.

그러나 그 목소리는 목 언저리에서만 맴돌뿐 주위 사람들이 알아들을 만큼 분명하지는 않았다.

"야? ……저기를 워쩌라구유?"

제일 답답한 건 자기라는 듯 대목 이씨가 부축하고 있던 왼팔을 슬쩍 치켜들며 김씨 영감님의 얼굴을 살폈다. 그러나 그의 시선은 여전히 들보와 도리가 맞닿은 곳을 올려다보고 있을 뿐 더는 입을 열지 않았다.

"지주목을 가져다가 받치라는군요."

김씨 영감님의 며느리였다. 이상한 억양에, 그러나 분명 표준말을 구사하고 있는…… 한집 식구라는 것이 저런 거구나. 몇 천 리 떨어진 곳에서 만난 사람들이 그저 우물거리는 말까지 알아들을 수 있는.

어쨌든 김씨 영감님의 며느리까지 가세하니 그런대로 살아 움직이는 하나의 팀을 이룬 느낌이었다. 우선 들보와 도리, 장여가 서로 어긋나지 않게 대못을 치고는, 뒤안에는 도리를 받쳐줄 커다란 버팀목까지 세웠다. 김씨 영감님의 웅얼거림을 며느리가 받아 대목 이씨에게 전하고, 다시 대목 이씨는 이런저런 작업 지시를 남은 사람들에게 했다.

　방앗간에서 곡식 빻을 때 쓰이던 부속 중에서 개조된, 기중기 형태의 잭Jack이 들려왔고 지렛대와 해머도 준비되었다. 다들 급조된 것이었지만 그것만으로도 만족한 듯 김씨 영감님은 기둥 윗부분만 쳐다보고 있었다. 이어 굵은 지주목이 들보 아래에 받쳐졌고 대목 이씨가 잭을 밑에다 이어붙였다. 그리고 지렛대를 잭의 높이 조절구에 끼워넣고는 조금씩 돌려가며 들보 아래까지 밀어올리자 팽팽한 긴장감마저 감돌았다.

　지렛대를 돌리던 대목 이씨가 묵직한 지붕의 무게가 느껴지기 시작했던지 김씨 영감님의 얼굴을 쳐다보았고, 김씨 영감님은 고개를 가로저어 조금 더 밀어올리라는 신호를 했다. 나는 괜한 불안감에 외양간을 서성이는 소를 쳐다보았다가, 다시 뒷마당에 묻혔을 하수통을 떠올렸다. 그러면서 혹시나 김씨 영감님이 실수를 하거나 다른 마음을 먹는다면 어쩌나 하는 생각을 했다. 그 생각 중에는 만약 실수를 해 집에 변이라도 생긴다면 오 대에 걸친 우리 집의 명당자리도 마무리되고 다른 곳으로 이사를 갈 수 있겠구나 하는 억측까지 끼어 있었지만 이내 머리를 내둘러 생각을 고치곤 했다. 그리고 속으로 내뱉어진 말은 아버지의 음성을 많이 닮아 있었다. 이 집이 그래도 명당자리에 세워진 집인디 하는.

　모두의 시선이 들보 아래께를 향해 추켜올려졌다. 그러곤 잭의 높이 조절구가 돌려지면서 조금씩 조금씩 올라가는 지주목과 그때마다 지붕 전체에서 울리는 삐걱거림을 예사롭지 않게 느끼고 있었다. 대목 이씨는 그답지 않은 식은땀을 흘리고 있었고, 판검사 최씨는 기둥 밑둥치를 두 팔로 감싼 채 불안스런 눈동자를 위아래로 굴려댔다.

그러기를 수삼 초쯤 지났을까, '텅' 하는 쇠붙이 튕기는 소리와 '우지끈' 하는 지붕 가라앉는 소리가 동시에 들렸다. 눈이 질끈 감겼다. 결국 걱정했던 일이 벌어지고야 말았구나 하는 생각을 잠시 했다가 이내 기둥으로 눈이 돌아갔다. 역시 가슴만 한 번 철렁했다가는 별일 아니었다는 안도의 한숨이 새어 나왔다. 악몽을 꾸고 났을 때 그렇던가? 분명 꿈이었다는 걸 느낌으로 알면서도 다시 한 번 머릿속을 추스르게 되는.

뒤로 나동그라졌던 판검사 최씨가 잠시 눈을 씀벅거리다가 일어나 기둥을 두 손으로 받쳤고, 튕겨진 잭과 지주목을 제자리로 옮겨놓으며 대목 이씨는 지붕 여기저기로 시선을 보냈다. 그러나 지붕은 아무 일 없었던 듯 고요했다.

"이런, 빌어먹을 놈으 꺼."

별일은 아니라는 듯 대목 이씨가 잭을 발바닥으로 걷어찼다. 그러곤 잊고 있었던 것처럼 쳐다본 사람. 김씨 영감님은 내 한쪽 어깨에 몸을 기댄 채 눈을 지그시 감고 미동도 없이 서 있었다.

"뭘, ……밑에다 받쳐놔야 ……되겄……제?"

좀처럼 말을 붙여볼 것 같지 않던 아버지가 김씨 영감님을 힐끗 쳐다보며 말끝을 흐렸다. 열댓 살이나 많을 김씨 영감님이지만, 옛날 습관 때문에 존대가 나오지는 않는 모양이었다. 김씨 영감님 역시 눈을 조금 열어 동감을 표시하며 뒤곁에 쌓아둔 마루널을 손가락으로 가리켰다.

가랑비를 맞으며 대목 이씨와 판검사 최씨가 굵직한 마루널 한 개를 들고 왔다. 그리고 이번엔 제대로 지붕을 들어올리겠다는 듯 바닥부터 잘 골라놓고는 마루널 위에 미끄러지지 않도록 가마니까지 깔았다.

발바닥에 걷어차일 때는 언제고 신줏단지 모셔지듯 잭이 다시 올려졌고, 지주목은 들보 아래에 받쳐졌다. 이어 잭의 높이 조절구에 지렛대가 끼워졌다. 아까처럼 식은땀을 흘리지는 않았지만 지렛대를 돌리는 대목 이씨의 손은 부들부들 떨리고 있었다.

이내 지주목이 들보 아래를 팽팽하게 지탱하기 시작했고, 예의 삐걱거리는 소리가 대들보, 도리, 장여, 서까래, 마루대공 할 것 없이 지붕 전체에서 울리기 시작했다. 그리고 마침내 잭을 지탱하고 있는 마루널에서도 약간의 삐걱거림이 있을 즈음 지붕이 들리고 있다는 느낌이 들기 시작했다. 판검사 최씨가 흥분된 어조로 기둥이 움직인다고 외쳤고, 지렛대를 돌리는 대목 이씨는 초조한 듯 김씨 영감님의 표정을 곁눈질했다.

그러고도 지렛대를 얼마나 더 돌렸을까. 눈을 지그시 감고 있던 김씨 영감님이 손을 들어 그만 들어올리라는 신호를 했다. 몇 번을 사양하다가 판검사 최씨의 손에 해머가 쥐어졌고, 얼겁먹은 듯 휘두르는 해머질에 조금씩 조금씩 기둥 밑둥치가 주춧돌 가운데를 향해 움직이기 시작했다. 간혹 들보를 들어올릴 때보다도 더 큰 소리의 삐걱거림이 있기는 했지만 모두들 김씨 영감님의 표정을 살피며 위험한 지경은 아니구나 하고 안심을 했다.

한 사람만 빼고 시간이 멈추는 것이 가능하다면 이런 경우가 아닐까? 조심스레 기둥을 두드리는 판검사 최씨의 해머질을 뺀다면 모든 움직임이 정지해버린 듯한 시간. 사람들은 모두 김씨 영감님의 표정을 살피고 있었고, 김씨 영감님은 기둥 윗부분을 쳐다보며 박힌 듯 서 있었다. 그러기를 몇 차례, 기둥의 밑둥치가 주춧돌의 한가운데로 자리를 잡으면서 똑바로 곧추서자 모두의 얼굴에는 안도와 감동 어린 표정이 교차했다.

"이걸 한 번만 더 휘둘렀다간 내가 제명에 못 죽을 기라……"

판검사 최씨가 마당 한가운데로 해머를 집어던지며 말하긴 했지만, 똑바로 선 기둥을 못내 자랑스레 쳐다보는 표정이 역력했다.

"지가 뭘 했다고…… 사고만 쳤으면서."

술병을 찾아 대문간으로 걸어가며 대목 이씨도 얼굴 가득 웃음을 흘렸다. 아버지는 처마 밑을 한 바퀴 삥 둘러보고 아무 이상이 없다는 걸 확인하고 나서, 그제야 기둥을 텅텅 치며 웃었다.

"이만하문 아직도 오백 년은 더 버틸 수 있을 기라. 내가 뭐라구 했나? 이 자리가 명당자리라고 안 했어. 허허."

아버지는 마치 명당자리이기 때문에 집도 오래 서 있는 거라는 듯 크게 웃었다. 정말 기둥은 언제 옆으로 기울었었느냐는

업 지시를 남은 사람들에게 했다.

　방앗간에서 곡식 빻을 때 쓰이던 부속 중에서 개조된, 기중기 형태의 잭Jack이 들려왔고 지렛대와 해머도 준비되었다. 다들 급조된 것이었지만 그것만으로도 만족한 듯 김씨 영감님은 기둥 윗부분만 쳐다보고 있었다. 이어 굵은 지주목이 들보 아래에 받쳐졌고 대목 이씨가 잭을 밑에다 이어붙였다. 그리고 지렛대를 잭의 높이 조절구에 끼워넣고는 조금씩 돌려가며 들보 아래까지 밀어올리자 팽팽한 긴장감마저 감돌았다.

　지렛대를 돌리던 대목 이씨가 묵직한 지붕의 무게가 느껴지기 시작했던지 김씨 영감님의 얼굴을 쳐다보았고, 김씨 영감님은 고개를 가로저어 조금 더 밀어올리라는 신호를 했다. 나는 괜한 불안감에 외양간을 서성이는 소를 쳐다보았다가, 다시 뒷마당에 묻혔을 하수통을 떠올렸다. 그러면서 혹시나 김씨 영감님이 실수를 하거나 다른 마음을 먹는다면 어쩌나 하는 생각을 했다. 그 생각 중에는 만약 실수를 해 집에 변이라도 생긴다면 오 대에 걸친 우리 집의 명당자리도 마무리되고 다른 곳으로 이사를 갈 수 있겠구나 하는 억측까지 끼어 있었지만 이내 머리를 내둘러 생각을 고치곤 했다. 그리고 속으로 내뱉어진 말은 아버지의 음성을 많이 닮아 있었다. 이 집이 그래도 명당자리에 세워진 집인디 하는.

　모두의 시선이 들보 아래께를 향해 추켜올려졌다. 그러곤 잭의 높이 조절구가 돌려지면서 조금씩 조금씩 올라가는 지주목과 그때마다 지붕 전체에서 울리는 삐걱거림을 예사롭지 않게 느끼고 있었다. 대목 이씨는 그답지 않은 식은땀을 흘리고 있었고, 판검사 최씨는 기둥 밑동치를 두 팔로 감싼 채 불안스런 눈동자를 위아래로 굴려댔다.

그러기를 수삼 초쯤 지났을까, '텅' 하는 쇠붙이 튕기는 소리와 '우지끈' 하는 지붕 가라앉는 소리가 동시에 들렸다. 눈이 질끈 감겼다. 결국 걱정했던 일이 벌어지고야 말았구나 하는 생각을 잠시 했다가 이내 기둥으로 눈이 돌아갔다. 역시 가슴만 한 번 철렁했다가는 별일 아니었다는 안도의 한숨이 새어 나왔다. 악몽을 꾸고 났을 때 그렇던가? 분명 꿈이었다는 걸 느낌으로 알면서도 다시 한 번 머릿속을 추스르게 되는.

뒤로 나동그라졌던 판검사 최씨가 잠시 눈을 씀벅거리다가 일어나 기둥을 두 손으로 받쳤고, 튕겨진 잭과 지주목을 제자리로 옮겨놓으며 대목 이씨는 지붕 여기저기로 시선을 보냈다. 그러나 지붕은 아무 일 없었던 듯 고요했다.

"이런, 빌어먹을 놈으 꺼."

별일은 아니라는 듯 대목 이씨가 잭을 발바닥으로 걷어찼다. 그러곤 잊고 있었던 것처럼 쳐다본 사람. 김씨 영감님은 내 한쪽 어깨에 몸을 기댄 채 눈을 지그시 감고 미동도 없이 서 있었다.

"뭘, ……밑에다 받쳐놔야 ……되겠……제?"

좀처럼 말을 붙여볼 것 같지 않던 아버지가 김씨 영감님을 힐끗 쳐다보며 말끝을 흐렸다. 열댓 살이나 많을 김씨 영감님이지만, 옛날 습관 때문에 존대가 나오지는 않는 모양이었다. 김씨 영감님 역시 눈을 조금 열어 동감을 표시하며 뒤꼍에 쌓아둔 마루널을 손가락으로 가리켰다.

가랑비를 맞으며 대목 이씨와 판검사 최씨가 굵직한 마루널 한 개를 들고 왔다. 그리고 이번엔 제대로 지붕을 들어올리겠다는 듯 바닥부터 잘 골라놓고는 마루널 위에 미끄러지지 않도록 가마니까지 깔았다.

발바닥에 걷어차일 때는 언제고 신줏단지 모셔지듯 잭이 다시 올려졌고, 지주목은 들보 아래에 받쳐졌다. 이어 잭의 높이 조절구에 지렛대가 끼워졌다. 아까처럼 식은땀을 흘리지는 않았지만 지렛대를 돌리는 대목 이씨의 손은 부들부들 떨리고 있었다.

이내 지주목이 들보 아래를 팽팽하게 지탱하기 시작했고, 예의 삐걱거리는 소리가 대들보, 도리, 장여, 서까래, 마루대공 할 것 없이 지붕 전체에서 울리기 시작했다. 그리고 마침내 잭을 지탱하고 있는 마루널에서도 약간의 삐걱거림이 있을 즈음 지붕이 들리고 있다는 느낌이 들기 시작했다. 판검사 최씨가 흥분된 어조로 기둥이 움직인다고 외쳤고, 지렛대를 돌리는 대목 이씨는 초조한 듯 김씨 영감님의 표정을 곁눈질했다.

그러고도 지렛대를 얼마나 더 돌렸을까. 눈을 지그시 감고 있던 김씨 영감님이 손을 들어 그만 들어올리라는 신호를 했다. 몇 번을 사양하다가 판검사 최씨의 손에 해머가 쥐어졌고, 얼겁먹은 듯 휘두르는 해머질에 조금씩 조금씩 기둥 밑둥치가 주춧돌 가운데를 향해 움직이기 시작했다. 간혹 들보를 들어올릴 때보다도 더 큰 소리의 삐걱거림이 있기는 했지만 모두들 김씨 영감님의 표정을 살피며 위험한 지경은 아니구나 하고 안심을 했다.

한 사람만 빼고 시간이 멈추는 것이 가능하다면 이런 경우가 아닐까? 조심스레 기둥을 두드리는 판검사 최씨의 해머질을 뺀다면 모든 움직임이 정지해버린 듯한 시간. 사람들은 모두 김씨 영감님의 표정을 살피고 있었고, 김씨 영감님은 기둥 윗부분을 쳐다보며 박힌 듯 서 있었다. 그러기를 몇 차례, 기둥의 밑둥치가 주춧돌의 한가운데로 자리를 잡으면서 똑바로 곤추서자 모두의 얼굴에는 안도와 감동 어린 표정이 교차했다.

"이걸 한 번만 더 휘둘렀다간 내가 제명에 못 죽을 기라……"

판검사 최씨가 마당 한가운데로 해머를 집어던지며 말하긴 했지만, 똑바로 선 기둥을 못내 자랑스레 쳐다보는 표정이 역력했다.

"지가 뭘 했다고…… 사고만 쳤으민서."

술병을 찾아 대문간으로 걸어가며 대목 이씨도 얼굴 가득 웃음을 흘렸다. 아버지는 처마 밑을 한 바퀴 뺑 둘러보고 아무 이상이 없다는 걸 확인하고 나서, 그제야 기둥을 텅텅 치며 웃었다.

"이만하문 아직도 오백 년은 더 버틸 수 있을 기라. 내가 뭐라구 했나? 이 자리가 명당자리라고 안 했어. 허허."

아버지는 마치 명당자리이기 때문에 집도 오래 서 있는 거라는 듯 크게 웃었다. 정말 기둥은 언제 옆으로 기울었었느냐는 듯 당당하고 곧게 서 있었다.

그리고 김씨 영감님. 내 한쪽 어깨에 기대어 간신히 서 있던 김씨 영감님이 기둥을 향해 다가서더니, 두 손으로 상처들을 어루만지며 뭔가를 웅얼거리기 시작했다. 마치 누군가와 아주 오랜만에 만나 대화를 나누고 있는 표정으로. 아까의 강렬한 눈빛은 어디로 갔는지 힘없는 눈동자에는 눈물이 그렁하게 고여 있었다. 그러면서 입술을 움직여 웅얼거린 소리는 분명 이랬다.

"끝날 때두 된 거 아닌가유? 나두 인자, ……갈 때가, 가르……"

그랬다. 김씨 영감님은 기둥에 대고 그런 웅얼거림을 남기고 있었다. 며느리의 부축을 받으며 우리 집 대문간을 빠져나가기 직전, 나무둥치 넘어가듯 마당가에 쓰러질 때까지 몇 마디 말을 더 하기는 했지만 그 이상은 알아들을 수가 없었다.

"어, 어! 이 냥반이 왜 이러나?" 하며 아버지가 등을 내밀었고, 그 등에 업혀 집으로 가면서도 김씨 영감님의 알아들을 수 없는 웅얼거림은 계속되었다.

6

들고 온 우산만큼이나 허리둘레가 커다란 산모가 남편으로 보이는 사람과 장난을 치며 들어왔다. 그러곤 접수대에 의료보험

증을 맡기고 돌아와 대기석에 엉덩이만 겨우 붙이고 비스듬하게 앉았다. 쌍둥이가 들었다 싶을 만큼 커다란 배였다. 남자는 뭐가 그리 즐거운지 그 배를 어루만지기도 하고 귀를 가져다 대기도 하면서 킥킥거렸다. 덕분에 접수대 앞에 있는 간호사들의 시선이 내게서 그쪽으로 옮겨갔다. 나로서는 무척 다행스런 일이었다. 대기실 의자에 놓인 여성지를 들척이다가 벽에 걸려 있는 텔레비전을 한동안 쳐다보기도 했지만, 간호사들의 눈이 줄곧 나만 겨냥하고 있는 듯해서 여간 곤혹스러운 것이 아니었다. 하지만 자리를 지키고 있겠노라고 유리와 몇 번이나 약속을 했기 때문에 나는 얼굴에 철판이라도 깔린 듯 태연을 가장하고 있었다.

창밖에는 비가 제법 거세게 내리고 있었다. 벽돌이 장여 아랫부분까지 올라가는 걸 보지 못했기 때문에, 그 다음 작업이 걱정스러웠다. 벽돌이 완전히 굳은 다음에 장마가 시작되었더라면 좋았겠지만 하늘이 하는 일을 어쩔 수는 없었다. 하지만 기둥이 똑바로 선 뒤라, 다른 걱정 않고 벽 쌓아올리는 데만 신경을 써도 되어 그나마 다행이었다. 그리고 그 바쁜 와중에도 어젯밤 울음 섞인 유리의 전화 목소리를 듣고, 나는 오늘 아침 첫 기차를 탔다. 아버지한테는 지도교수의 호출이라고 둘러댄 채.

"저…… 많이 기다려야 되나요?"

"아뇨, 금방 끝나실 거예요. 수술 중이거든요."

나는 불에 덴 듯 자세를 고쳐잡고 텔레비전을 쳐다보았다.

"아! 누가, 출산 중인가 보죠?"

"아, 아뇨. ······그냥 좀, ······"

사람들이 모두 나를 쳐다보고 있는 것 같아 나는 시치미를 떼고 텔레비전만 쳐다보았다. 텔레비전에서는 여전히 인도에 대한 다큐멘터리가 방영되고 있었다. 수도승과 거지와 소가 뒤엉켜 사는 곳. 화장(火葬)할 때 쓸 장작을 사기 위해 구걸을 하는 노인들, 재산이라면 오로지 그것만으로도 풍족하게 여기는 나라. 소가 찻길을 가로막고 있어도 가볍게 경적을 울리거나 지나갈 때까지 기다려야만 하는 나라.

저긴 소 팔자가 사람 팔자보다 훨씬 낫구나.

수술실에 들어가기 전에 유리는 내 어깨에 머리를 기댄 채 그렇게 말했다.

인도 사람들은 소가 세계의 창조자고, 또 양육을 하는 존재라고 생각하니까.

소를 돈으로 생각하는 나를 보면 저 사람들이 뭐라고 할까? 악마? 사탄?

······

그저께는 오랜만에 아빠 회사에 갔었어. 아빤 요새 문화 사업에 본격적으로 손을 대기 시작했다면서 회사에서 두문불출이거든. 그래봐야 소백정이 양반 되는 것도 아닐 텐데 말야. 암튼, 내가 아빠 집무실에 들어갔을 때 공장장이 요즘 호주에서 새로 개발된 거라면서 보고를 하는데, 그게 뭐였는지 알아? 에어 건 Air-Gun으로 소를 기절시킨 뒤 얼마 만에 피를 뽑았을 때 육질이 가장 좋은가 하는 통계 보고서였어. 공장장이 가지고 있는 도표에는 시간마다 육질이 어떻게 변하는지 상세하게 수치로 표시되어 있더군.

……

좀 있으면 내 몸속에서도 피가 줄줄 새어나올 테지. 그러다가 피가 완전히 빠져버려서 내 육질이 최상품이 되었으면 좋겠어. ……중간에 피가 엉겨버리면 안 될 텐데.

나는 유리의 입을 틀어막았다. 더 놔뒀다간 무슨 끔찍한 상상을 할지 알 수 없었다.

무슨 소리야, 소는 원래 부활과 재생을 상징하는 동물이야. 소뿔이 초승달하고 닮아 있잖아, 그렇지? 초승달이 점점 차올라 만월이 되는 것처럼 소는 다시 부활할 수 있어. 예수도 삼 일 만에 부활했잖아. 달이 완전히 사라지는 그믐에서 가장 작은 초승달이 돋을 때까지 며칠이 걸리는 줄 알아? 삼 일이야, 삼 일. 네 아기도 삼 일만 지나면 새로운 생명을 얻을 거야. ……그러니 제발, 엉뚱한 상상 좀 하지 마.

내가 숨도 안 쉬고 정신없이 말을 늘어놓자 유리는 내 눈만 한참 동안 바라보고 있다가 수술실로 들어갔다. 그러자 나는 내가 무슨 얘기를 했는지 갑자기 통 기억나지 않았다. 머릿속이 텅 비어버린 것처럼.

유리는 어지러운 듯 한 손은 머리를 짚고, 나머지 한 손은 아랫배 위에 얹은 채 걸어나왔다. 무슨 말을 해야 좋을지 몰라 우물쭈물하는 사이, 유리가 먼저 씩 웃었다.

"가자. 배고픈데, 나가서 뭐든 먹자. 웬만하면 소고기로. ……나도 부활할 수 있게 말야."

그나마 표정이 밝아 보여 다행이라 생각하며 유리가 이끄는 대로 고깃집을 찾아가긴 했지만, 그녀는 살점이 불판 위에서 까맣게 탈 때까지 뒤적거리기만 했다.

"임신된 걸 열흘 전에 알았으면 어떻게 됐을까? ……나, 사실은 수술대 위에 누워서 줄곧 그 생각만 했어. 그랬으면 이혼을 안 해도 됐을지 몰라 하고."

"……"

"허영으로 가득한 새끼들! ……결국 내가 어쩔 수 없는 소백정 집 딸이란 걸 알아챘던 거겠지. ……빌어먹을. 제깟 것들이 학자 집안이면 이었지, 글밥이나 처먹은 게 뭐 대단한 거라고."

"……네 진가를 제대로 모르니까."

사실, 말은 그렇게 했지만 그런 물음을 수없이 던졌던 건 오히려 나 자신이었다. 하루에도 소를 수백 마리씩이나 도살하는 백정 집 딸년이랑 정분이 났노라고, 게다가 이제는 이혼녀가 된 그 여자가 자꾸만 좋아진다면 할아버지나 아버지가 뭐라고 말씀하실까 하고.

"그러지 말고, 나 그 얘기 좀 다시 해줘. 네가 가지고 있는 소에 대한 첫 기억. 내가 가지고 있는 시시껄렁한 기억들과는 다른, ……그걸 듣고 나면 용기가 생길지도 모르겠어."

유리가 듣고 싶어 하는 내 기억이란 내가 처음 소를 몰고 돌아오던 밤 얘기였다.

내가 열 살이던 해 여름. 어느 날인가 아버진 술이 잔뜩 취해서 한밤중에야 집에 들어왔다. 그러곤 들판에 묶어놓은 소가 여태 외양간에 들여지지 않은 걸 알고는 내게 소를 몰아오라고 호통을 쳤던 것이다. 지금의 아이들도 그렇겠지만 열 살이란 나이는 한창 무서움을 많이 탈 나이였다. 나는 나가자니 깜깜 밤중이 무섭고, 집에 있자니 술에 취한 아버지가 무서워, 결국엔 엉엉 울어가며 소를 찾아 나섰다. 하지만 그 밤중에 나를 더 놀래킨 건 소의 눈이 밤에 빛을 받으면 도깨비불처럼 푸르스름한 인광(燐光)을 낸다는 사실이었다. 들판 한가운데 두 개의 푸른빛이 나를 올려다보며 빙빙 돌고 있었다. 나는 그 광경을 보며 언덕배기에 앉아 또 한참을 울었다. 하지만 동화에서처럼 운다고 해서 도와줄 누군가가 나타날 건 아니었다. 한참 만에야 용기를 쥐어짠 나는 소를 묶어놓았던 밧줄을 끌러낼 수 있었다. 하지만 정작 어둠 속에 홀로 있었던 소는 아무 일도 없었다는 듯이 '음머' 울며 나를 끌고 앞장서 집을 찾아가는 것이었다. 덩치만 컸지 순하기 그지없는 동물을 앞세워 걸으며, 그날 나는 세상이 그다지 적대적이지만은 않다는 걸 배웠다.

벌써 몇 번이나 들려주었을 얘기를 끝냈을 때, 유리는 울고 있었다. 커다란 눈을 반짝거려가면서.

7

아버지와 내가 도착했을 땐 발인제(發靷祭)가 시작되기 직전이었다. 검은 띠에 둘린 김씨 영감님이 상주의 손에 들려진 채 마당 한가운데 나와 있었고, 나무 외투를 입은 또 다른 김씨 영감님은 문지방을 나서자마자 앞에 놓였던 바가지를 눌러 깼다. 다시는 이승으로 돌아오지 않겠다는 약속.

몇 되지도 않는 상제들이 일제히 곡(哭)을 하며 관을 붙잡았지만 그도 잠시였다. 연꽃으로 장식된, 지금껏 살아본 적 없는 좋은 집이 마당 한가운데 놓여 있었다. 김씨 영감님은 그 위에 가뿐하게 올라가 누웠다. 아버진 상여를 메기로 한 자리 옆으로 가서, 상여를 들어올리도록 되어 있는 흰 무명 끈을 한 손으로 잡고 상제들을 쳐다보았다. 집을 짓는 중엔 남의 장례에 가는 게 아니라며 어머니가 말렸지만, 아버지는 어제부터 줄곧 김씨 영감님 집 주위에서 이런저런 일을 맡고 있었다.

우리가 무리한 부탁을 했든 기 아닌지……

원 별말씀을. 그 기둥을 바로잡구 돌아오셔서 얼마나 편안해하셨다구요. 사실 만큼 사셨으니 가신 게죠. 여든을 넘기셨는데, 그만하면……

그래두, 이거 원, 면괴시러워서……

어제 나와 함께 문상(問喪)을 했던 아버지는 김씨 영감님 영정에 두 번 절하고, 김씨 영감님의 아들과 맞절을 한 뒤에 대나무 지팡이를 쥐고 있는 그의 손을 잡고 무슨 얘긴가를 한참 나누었다. 평소에도 문상을 가면 가장 부자연스런 대목이 그 부분이었던 나는 고개만 수그린 채 아버지 옆에 앉아 있었다. 이미 죽은 사람과, 그것도 당사자도 아닌 상주에게 정중하게 안타까움을 표시하기란 서른이 다 된 내 나이로도 여간 어려운 게 아니었다.

발인제가 끝나자마자 여덟 사람의 상여꾼들이 상여를 들어올렸다. 김씨 영감님이 저승으로 들어갈 땅은 꼬리고개 너머에 있었다. 할아버지 할머니의 산소에서 제법 평평한 골짜기를 건너 마주 내다보이는, 우복산 오른쪽 뒷다리 정강이께가 김씨 영감님이 돌아갈 자리였다. 그곳엔 이백 평 남짓 되는 김씨 영감님네 밭이 있었는데, 그 밭 자드락이 장지(葬地)였다. 어제야 알게 된 일이지만, 그 밭은 해방을 맞던 해 증조(曾祖)께서 김씨 영감님의 아버지에게 떼어준 밭이라 했다. 문상을 가면서 제법 두둑한 부의금을 요구하는 아버지에게 묏자리를 통째로 줬으면 됐지 무슨 부조까지 하느냐고 어머니가 말했던 것이다.

……간다—아 간다 나는 간다 북망산천을 나는 간다, 너호 너호 에이넘차 너호, 이제 가면 언제 오나 내년 이맘때 제삿날에, 너호 너호 에이넘차 너호, 내가 가면 아주 가나 저승길에나 만나보세, 너호 너호 에이넘차 너호, ……

아버지의 뒷자리를 차지한 대목 이씨는 상여꾼 중에도 제일 소리를 높여가며 너호 너호 에이넘차 너호를 외쳤다. 잔칫집이든 상갓집이든 그의 신명은 나름대로 감초 역할을 하곤 했다. 할아버지가 돌아가셨을 때만 해도, 나는 처음 당하는 상(喪)이라 슬픈 중에도 무척 번거롭고 까다로운 절차에 힘들어했었는데, 그의 신명기와 재치에 가끔씩이나마 웃을 수 있었다.

상여가 올라가는 우복산 위쪽으로 몰려드는 먹구름이 심상치 않아 보였다. 그나마 장마가 끝난 직후에 김씨 영감님이 돌아가셔서 장례를 치르기엔 큰 탈이 없었지만, 남부 지방까지 북상한 A급 태풍이 내일쯤엔 중부 지방을 강타할 거라는 예보가 있었다. 기상 통보관은 게릴라성 폭우가 언제, 어떤 심술을 부릴지 알 수 없으니 특별한 주의를 요망한다고 말을 끝맺었다. 집수리 시기를 잘못 잡은 탓에 이래저래 집만 볼썽사납게 되고 말았다. 모내기를 끝내놓고 본격적인 밭일이 시작되기 전의 농한기를 이용해 집수리를 끝낸다는 게 아버지의 계획이었지만, 기둥 바로잡는 일과 예상보다 일찍 시작된 장마 탓에 이제 고작 벽을 올려놓았을 뿐이었다.

하관(下官)을 하고 광중(壙中) 네 귀퉁이에 흙이 부어지자 상제들의 곡소리는 최고조에 달했다. 특히 연변에서 시집왔다는 며느리는 자리에 주저앉아가며 곡을 했다. 그 울음 속엔 이역만리로 시집온 고뇌와 한마저 스며 있는 듯 보였다. 그러나 그 역시 잠시였다. 관이 눈앞에서 아주 사라지자 상제들은 이곳저곳으로 시선을 뿌리며 허탈해했다. 이제는 어디서든 죽은 이의 모습을 마주 볼 수 없으리라는 허망함.

그 다음 작업부터는 빨리 진행하는 것이 남은 사람을 위하는 길이라는 걸 아는 상여꾼들은 중간 중간 달구소리를 넣어가며 봉분을 다지기 시작했다. 김씨 영감님의 사위들이 건넨 지폐를 여기저기 꽂은 대나무가 봉분 자리 가운데로 들어서자 대목 이씨와 판검사 최씨 들은 둥글게 둘러서서 왼발과 오른발을 교차해가며 몇 차례나 달구질을 했다.

……기와집은 뉘 집인가, 워어 달구야, 산천초목 울을 삼구, 워어 달구야, 떼딴재미 이불 삼구, 워어 달구야, 널판질랑 요를 삼어, 워어 달구야, 까막까치 벗을 삼구, 워어 달구야, 눈감구 누웠는 시상, 워어 달구야, 슬프구두 애닯구나, 워어 달구야, …… 천하 명산 골라잡아, 워어 달구야, 편한 양지 어디든고, 워어 달구야, 팔도강산 좋은 명산, 워어 달구야, 역력히도 둘러보소, 워어 달구야, ……이 산맥을 밟아보니, 워어 달구야, 천하에도 제일인디, 워어 달구야, 편한 양지가 여기로구나, 워어 달구야, ……

8

비라기보다는 차라리 하늘과 땅이 거대한 물줄기로 이어진 듯했다. 어제 새벽부터 시작된 장대비는 점점 거세지는가 싶더니,

불과 몇 시간 만에 마을 앞 강을 누런 황토물로 넘실거리게 만들었다. 그러나 비는 지치지도 않고 퍼부어댔다. 급기야 오늘 점심께부터는 버스가 다니는 신작로를 넘어 철로가 있는 둑방 가까이까지 시뻘건 혓바닥을 날름거리기 시작했다. 물이 그 철로마저 넘어선다면 우리 마을 가운데 반 이상은 수장될 게 '물을 보듯' 분명했다. 방송국에서는 각 댐을 연결해가며 수위 변화를 중계하고 있었지만, 마을 사람들은 빨리 댐 수문을 열지 않는다고 열을 올렸다. 우리 마을 앞을 흘러가는 강이 바로 남한강의 지류인데, 서울 시민을 보호한다는 명분으로 충주댐이 수문을 굳게 닫은 채 물을 가두기만 했던 것이다.

"뭐 안타까운 기 있다구 저래 술병만 붙잡구 있나 그래. 그만치 살았으믄 인제…… 입식 뭘 하나 만들어주는 것두 남덜 다 한 뒤에, 이래 힘들이서 허는 걸 가지구."

어머니와 나는 아까부터 집 주위를 둘러보며 물도랑을 넓히거나 건축 자재를 치우느라 분주하게 움직였다. 그러면서 사랑채에서 한 발짝도 나오지 않고 빈속에 소주만 마시는 아버지를 두고, 어머니는 애먼 나에게 잔소리를 늘어놓았다.

"이참에 아주 도회지루 뜨는 것두, 상수 중에 상수일 것인디…… 어이구, 이눔어 데 징그릅게두 오래 살었지."

나는 아무 소리 없이 어머니가 시키는 대로 이런저런 비설거지를 계속했다. 나름대로는 아버지의 심정이 이해가 가기도 했던 것이다. 태어나서 지금껏 한 번도 다른 곳으로 이주해본 적이 없는, 아버지의 땅. 아버지의 아버지의, 그리고 그 아버지의 고향이기도 한, 더할 나위 없이 좋은 명당자리인, 땅.

그저께 김씨 영감님의 장례를 마치고 집으로 돌아왔을 때, 집에는 시청 문화계에서 나왔다는 주사(主事) 한 명이 아버지를 기다리고 있었다. 그리고 다짜고짜로 꺼낸 한마디는 집수리하는 동안 쌓였던 스트레스 위에 몇 겹의 고민 덩어리를 올려놓고 말았다. 그건 말이 좋아 협조요 부탁이었지, 거부할 수 없는 통보에 다름 아니었다. 우리 집이 지방문화재로 지정되어 사백 년 전의 모습으로 복원될 예정이니 내년 봄까진 집을 비워야 한다는 게 그 통보의 요지였다. 물론 주사는 다른 집보다는 땅값이나 집값을 높게 쳐주겠다는 것과, 원한다면 복원 뒤에 관리인의 자격으로 재입주할 수 있다는 말을 잊지 않았다. 그러곤 이게 무슨 날벼락인가 싶어 두 눈을 동그랗게 뜨고 있는 아버지 앞에서 집 자랑을 늘어놓았다.

여기가 바로 충청도 의병이 일어난 발원지 아닙니까. 한말에 내로라하던 의병장들이 여기를 거쳐갔던 건 이미 알고 계시겠지요? 이렇게 유서 깊은 집에서 오래도록 사셨으니 얼마나 좋으셨겠습니까. 시(市)에서 조금만 일찍 결정이 떨어졌더라도 집수리를 하시느라 번거롭지는 않았을 텐데…… 후원해줄 문화재단이 이제야 나타나서 말이죠. 그저 집을 빼앗기게 되었다고 생각지 마시고, 다시 들어와 사실 수 있게 해드릴 테니……

어차피 아버지가 허락하고 말고 할 일은 별로 없었다. 다른 일도 아니고 문화재로 지정이 되었다는 건 자랑스레 협조해야 할 일이 분명했고, 재입주에 우선권을 주겠다는 것 역시 나름대로 우리 사정을 고려한 좋은 조건이었다. 게다가 주사는 증조(曾祖) 되시는 분이 일제 시대 때 독립운동했던 내용을 의병장들의 활동과 함께 비각에 추서할 예정이라는 말도 잊지 않았다. 다만 뜻밖의 말이 한 가지 덧붙여졌다면 바로 김씨 영감님의 할아버지 된다는 사람의 이야기였다. 첨엔 "김석금 할아버지께서 돌아가셨더군요" 하는 말에, 나는 '석금(石金)이면 돌쇠 아닌가' 하고 웃음을 흘리고 말았다. 그러나 생전 처음 듣는 김씨 영감님 집의 내력에 아연 긴장하지 않을 수 없었다. 그 얘길 처음 듣는 건 아버지 역시 마찬가지인 듯했다.

을미년에 일어나 충청도와 강원도를 넘나들며 세상을 떠들썩하게 했던 의병이 결국 일본군과 관군에게 패퇴해 망명 길에 올랐을 즈음이었다. 의병의 근거지였던 제천은 일본군에 의해 그야말로 쑥대밭이 되고 말았는데, 우리 집이 거기서 예외일 수는 없었다. 그런데 그때 김씨 영감님의 조부 된다는 분이 우리 집 마루 기둥— 얼마 전 바로잡은 바로 그 기둥이었다—에 새끼줄로 몸을 묶고는 절대 이 집만은 불지를 수 없다고 총을 든 일본군 앞에서 눈을 부라렸다는 것이다. 그 서슬에 일본군은 몇 군데 불로 그을려놓기만 하고 그냥 물러서고 말았다. 그리고 우리 집안이 이사 올 때까지 일 년간 집을 지키고 있었던 사람이 김씨 영감님의 조부였다고 시청 문화계 주사는 말했다.

합방되기 삼 년 전이라던가, 의병대 내에서 양반과 상민들의 불화가 있었다더군요. 결국 의병장 앞에서 상민 출신 대장 하나가 항명을 했다는 이유로 처형되는 일이 있었고, 그때 의병대에서 이탈한 상민들이 꽤 많았다죠, 아마. 그 할아버지도 의병으로 있다가 고향으로 돌아와 계셨던 모양이에요. ……김석금 할아버지가 그 기둥을 바로잡고 나서 운명하셨다던데…… 역시 그 할아버지에 그 손자셨어요. ……대단한 분들이에요, 정말.

　시커먼 먹구름이 지척에서 몰려다니며 비를 쏟아냈다. 점심 때보다도 한껏 굵어진 빗발이었다. 게다가 시간이 지날수록 거세지는 바람은 본격적으로 태풍의 손아귀에 들어서고 있음을 말해주고 있었다. 사랑채 앞마루에 앉아 있는 동안 빗줄기는 바람에 뿜어지듯 내게로 불어들었다. 그때마다 띠살문의 문종이로 빗줄기가 후드득후드득 뿌려져 물기가 부옇게 번졌다. 대추나무에서「개선행진곡」이 들려온 건 바로 그때였다. 나는 휴대 전화가 비를 맞아 고장 나기 전에 명당자리에서 철수시켜야겠다고 생각하며, 우산을 받쳐 들고 대추나무로 뛰어갔다. 유리였다.
　"어디야?"
　"아직…… 시골—집……"
　"비가 이렇게 많이 오는데 뭐 해? 집 걱정은 하나도 안 되나 보지?"
　아! 내 자취방. 나는 한참이나 잊고 있었던 게 기억난 듯 말했다. 너무나 어처구니없는 일이었다. 거긴 장마만 졌다 하면 으레 침수가 되는 지역인데…… 그것도, 반지하…… 나는 지난 학기에 쓰다 만 논문부터 떠올랐다. 컴퓨터가 물에 잠긴다면 그야말로 죽은 자식 불알에 불과했다. 변변히 출력해놓은 것도 없는 데다, 그나마도 물에 젖어 잉크가 번지기라도 한다면 알아볼 수조차 없을 게 뻔했다. 어떻게 그걸 까맣게 잊고 있었을까? 자료나 책들까지, 한꺼번에.

"내■ 지ㄱ 거■■ 가고 있으■■ …■무 걱정ㅎ■ 마."

유리의 말을 뭉개놓은 채 전파가 끊어졌다. 나는 휴대 전화 플립을 접었다 폈다 하다가 바지 뒷주머니에 집어넣었다. 전파 장애로 제대로 전달되진 않았지만, 우선은 안심이 되는 말이었다. 컴퓨터만이라도 물에 젖지 않을 수 있다면 그나마 천만다행일 텐데. 그러나 자취방이 급하다고 서울로 달려갈 수 있는 사정은 못 되었다. 당장 마을로 물이 넘어 들어올지도 모르는 일이었고, 어차피 기차는 오늘 오후부터 철로 근처에 얼찐거릴 수 없는 상황이었다.

해가 떨어지면서 상황은 점점 안 좋은 쪽으로 변해가기 시작했다. 충주댐이 몇 개의 수문을 개방하면서 앞 강의 수위는 걱정할 문제가 아니었지만, 문제는 집 옆으로 연해 흐르던 조그마한 도랑물이 넘치면서 뒤뜰로 넘쳐들기 시작한 것이었다. 평소 수량이 그렇게 많은 편이 아니라 마포 몇 개에 모래를 담아 도랑 옆으로 늘어놓았지만, 지척을 분간할 수 없는 상황이라 집 주위에 다른 어떤 위험이 도사리고 있는지 알 방도가 없었다.

그 와중에도 돌풍에 섞인 비가 억수같이 쏟아졌다. 뒤뜰에 있던 이백 년 묵었다는 배나무는 연방 가지가 부러져 마당으로 떨어졌고, 대추나무에 올려졌던 궤짝은 벌써 떨어져 담 밑에 나뒹굴고 있었다. 어머닌 내가 태어나던 해 겪었던 물난리보다 더하면 더했지 덜하진 않을 거라며 불안한 듯 눈동자를 굴렸다. 앞마당은 비가 고일 새도 없이 도랑물처럼 흘러내려갔다. 우왕좌왕 움직이고 있는 사이 뒷주머니에서 「개선행진곡」이 다시 울렸다. 그러나 유리의 목소리는 다급하고, 그리고 비관적이었다.

도저히 갈 수가 없어. 여긴 온■ ㄹ, 물 뿐이■. 네 자취방 근■엔, ……거ㄱ ■■■■■■■

그리고 밤 열한 시가 넘었을 때쯤 전기마저 끊어졌다. 가끔씩 하늘을 가르는 불칼이 여기저기를 후려치며 '우르르' 거릴 뿐 한 치 앞도 분간할 수 없는 암흑 속이었다. 서 있기조차 힘들 만큼 불어대는 바람에 기왓장이 들썩거리기 시작했고, 해가 떨어지고 나면 좀처럼 우는 법이 없던 소도 외양간을 미친 듯 돌아치며 울어댔다. 술과 잠에 취해 있던 아버지까지 밖으로 뛰쳐나왔고, 어머닌 손전등 하나만 달랑 든 채 대목 이씨네로 도움을 요청하러 뛰었다.

결국 도랑물이 뒤뜰로 넘쳐들기 시작했다. 속수무책이었다. 휴대 전화를 펼쳐 119를 눌러댔지만 우리 집 어느 곳에도 구조대와 연결할 수 있는 전파는 없었다. 우리 집 전체가 어디 멀리 튕겨나기라도 한 것처럼. 바로 앞도 분간할 수 없는 상황에 도랑물은 토사와 함께 밀려들어 새로 쌓아놓은 벽을 치고 들어왔다. 도랑물이 넘친 것만도 아니었다. 뒷산 기슭의 흙이 밀려 내려오면서 곧바로 뒷마당을 강타하고 있었다. 뒷산과 집과의 거리를 감안한다면 믿기 어려운 양의 토사물이었다. 그 물에 죽담이 쓸려나가기 시작했고, 이어 고임돌을 쓸어냈고, 주춧돌 바닥을 드러내기 시작했고, 그리고 기둥을 뭉개고 지나갔다. 대목 이씨, 그리고 김씨 영감님의 아들과 며느리가 뛰어왔지만 모두들 뒤로 물러서기만 할 뿐 아무도 나설 엄두를 내지 못했다.

얼마 지나지 않아 안채는 흙더미를 끌어안고 주저앉기 시작했다. 모두들 입만 벌리고 있는 사이 어머니의 울음소리가 찢어질 듯 들려왔다. 그리고 마침내 지붕은 도랑물에 낙엽 떨어지듯 풀썩 가라앉고 말았다.

9

그리고 다시 봄.

휑댕그렁한 집터 위에도 봄기운은 완연했다. 몇 그루 살아남은 나무들에서는 푸릇푸릇한 새싹이 돋았고, 굵은 가지 하나가 통째 찢겨나간 이백 년 된 배나무에서는 어느 해보다도 하얀 배꽃이 풍성하게 피어났다. 사람들은 모두 뒷마당에 묻힌 소 때문일 거라고 입을 모았다. 작년 여름, 지붕이 가라앉으면서 깔려 죽은 소를 뒷마당에 그대로 묻었던 것이다. 겉으로는 태연스레 싹을 틔우고 꽃을 피워올린 나무들이지만 땅속에선 일제히 소의 주검을 향해 뿌리를 뻗고 있을 것이 분명했다.

가까운 이웃집으로 가재도구를 옮겨놓은 우리 집은 문화재 복원 사업이 빨리 마무리되기만을 기다리고 있었다. 다른 사람들 앞에서는 새 집을 지어 들어간다고 뿌듯한 표정을 보였지만, 아버지와 어머니는 생전 처음 집 밖으로 옮겨 앉은 데다 다시 들어간다고 해도 결국 소유권을 주장할 수는 없는 남의 집이 되는 터라 무덤덤한 표정이었다.

한구석에는 집 복원에 쓰일 목재가 수북하게 쌓여 있었다. 대부분은 새로 마련된 것이었지만 상태가 괜찮은 목재들은 무너진 집 아래서 골라지기도 했다. 그중에는 지난번에 바로잡느라 고생했던 둥구리 기둥도 포함되어 있었다. 물론 상태가 좋을 리 만무했지만, 그 기둥이 지니고 있는 여러 의미들이 작용한 때문이었다. 모르긴 해도 그 기둥은 원래 있던 자리에 다시 쓰일 것이 분명했고, 옆에는 이런저런 수난사가 적힌 푯말이 따라붙어 관람객을 감동시키게 될지도 몰랐다.

오랜만에 실력 발휘할 기회를 만난 대목 이씨는 건축 자재를 깔끔하게 정리해놓느라 분주하게 돌아쳤고, 작년 사법고시 2차에서 둘째가 끝내 낙방해 잔뜩 기가 죽은 판검사 최씨는 대목 이씨가 지시하는 일만 마지못해 따라하는 눈치였다.

오늘은 시장(市長)과 후원 단체 이사장이 참석한 가운데 주춧돌 놓일 자리에 콘크리트를 부어 넣기로 되어 있었다. 예전 같았으면 땅을 잔뜩 다진 뒤에 주춧돌을 놓고 솜씨 좋은 대목(大木)이 그랭이질을 해 기둥을 세웠을 테지만, 지금은 콘크리트로 땅속 깊이까지 지정(地釘)을 박고 나서 잘 다듬어진 주춧돌을 그 위에 올리는지라, 주춧돌을 놓는 일 자체보다는 튼튼한 지정을 박는 게 훨씬 중요한 공정에 들었다. 아까부터 불도저 한 대가 왔다 갔다 하며 집터를 편편하게 만드느라 바삐 움직였다. 시장이 도착하기 전에 깔끔하게 정리된 모습을 보여주려는 모양이었다.

시장보다 먼저 도착한 시청 문화계 주사가 집터 앞에 플래카드를 달고 있었다. 플래카드에는 '경축, ××서원 복원 사업 및 의병 발원지 성역화 사업, 주최 제천시, 후원 유리문화재단'이라 쓰여 있었다. 플래카드 하나를 다는 데도 주사는 몇 번이나 올렸다 내렸다 수평을 잡느라 고생을 했다. 그리고 얼마 지나지 않아 우리 집터의 좌청룡에 해당할 꼬불꼬불한 산자락 길을 돌아 검정색 중형 승용차 두 대가 들어왔다. 앞차에는 시청 공무원들이, 뒤차에는 문화 재단 관계자들이 타고 있었다.

나는 앞차에는 눈길 한번 돌리지 않은 채, 뒤차의 문을 열고 유리 아버지를 향해 깊이 머리 숙여 인사했다. 내가 소속되어 있는 대학의 실질적인 재단 이사장. 유리의 아버지는 내 어깨를 가볍게 두드리며 "정 교수가 고생이 많구만" 하곤, 준비된 의자로 걸어가 시장과 나란히 앉았다. 그리고 뒤따라 내린 유리는 내게 눈을 찡긋해 보이곤 화사한 레몬 빛 원피스를 날리며 배나무 밑으로 가서 섰다. 하얀 배꽃과 레몬 빛 원피스는 묘한 분위기를 풍기며 황토 빛 옛집 언저리에 박힌 듯 어우러졌다.

문화계 주사의 사회로 내빈 소개가 있었고, 몇 가지 경과 보고가 뒤따랐다. 그 사이 유리 아버지의 보좌관은 연방 카메라 셔터를 눌러댔다. 이번 사업은 유리 아버지의 경력을 꽤 괜찮은 이미지로 바꾸는 데 사용될 것이 분명했다. 그리고 식순에 따라, 레미콘 트럭이 집터로 들어와 막 지정 골조 위에 콘크리트를 들이부을 찰나였다. 누군가 시장과 유리 아버지 앞으로 튀어나갔다.

"아, 아무리 현대식으루다 공사를 혀두 그르치, 달구질도 안 허구 주춧돌을 놓는 법이 시상천지에 어딨대유? 안 그려유? 시장님."

대목 이씨였다. 그는 집터 한가운데로 새끼줄이 여러 방향으로 달린 나무 달구 하나를 들어다 놓고, 판검사 최씨를 손짓해 불렀다. 문화계 주사는 식순에도 없던 사고라 당황스러운 표정이 역력했지만, 시장과 유리 아버지는 박수까지 쳐가며 대목 이씨를 재촉했다. 달구질에는 아버지도, 김씨 영감님의 아들도, 그리고 마침내는 시장과 유리 아버지까지 달려들어 새끼줄 하나씩을 차지하고 둘러섰다.

"자, ……그럼, 지가 앞소리를 헐 티니까, 잘덜 받어치셔유."

"그럼, 그럼, 빨리 달구나 들어올리라구."

우리 집터에 갑자기 와자한 웃음이 터졌다.

자, 들어갑니다. 에야라 지경야.

지경 소리 인붓난다, 에야라 지경야.

제일 명당 터를 닦아, 에야라 지경야.

입 구 자(口)로 집을 짓고, 에야라 지경야.

왼쪽 가슴에 꽃을 꽂은 양복쟁이 시장과 개량 한복 차림의 문화 재단 이사장, 그리고 후줄근한 작업복 차림의 대목 이씨와 판검사 최씨. 번쩍번쩍 구두에, 흰 고무신, 운동화에 장화까지. 어깨 위로 새끼줄을 잡아당겼다가 내려놓는 장단은 한가지로 돌았다. 거기엔 자연스레 어깨춤까지 배어 나왔다. 누구라고 할 것도 없이. 기둥을 바로잡겠다고, 아니 지금은 기둥 놓을 자리를 딴딴하게 다지겠다고 나무 달구를 들어올리는, 저 많은 사람들의 노랫소리. 저들은 대체 저 자리에 뭘 세우고자 하는 걸까? 저들이 지켜내려고 하는 건 대체……

나는 하얀 배꽃 그늘 아래로 걸어가 화사한 레몬 빛의 손을 잡은 채 그 고적(古蹟)한 풍경에 동화(同化)되었다. 아니, 동화된 듯 보이려고 애썼다. 그러면서도 입술 언저리로 배어 나오는 쓴웃음을 참을 수가 없어서, 나는 얼굴을 치켜들고 하얀 배꽃만 올려다보았다.

레미콘 트럭이 저만치 물러난 자리에 이박자의 노랫소리가 좌청룡 우백호 남주작 북현무 한가운데로 한껏 울려 퍼졌다.

안팎 중문 줄행랑에, 에야라 지경야.
솟을대문 뚜렷하다, 에야라 지경야.
이 집 진 지 삼 년 만에, 에야라 지경야.
삼태복을 담아오네, 에야라 지경야.
아들을 낳으면 효자 낳고, 에야라 지경야.
딸을 낳으면 열녀로구나, 에야라 지경야.
에야라 지경야, 에야라 지경야.
심으로나 닦어주게, 에야라 지경야.
……, …….

* 「상여소리」와 「무덤달구소리」는 임재해의 『전통상례』(대원사)에서, 「집터달구소리」는 임동권의 『한국민요집』(집문당)에서 각각 인용되었습니다.

해설

생명과 기억의 존재론, 혹은 알레고리

김진수

> 나는 누구지? 어디서 왔을까?
> ―「욕망의 수수께끼, 어머니, 어머니, 어머니」

　원종국의 작품 세계를 관통하는 하나의 일관되고도 핵심적인 모티프 혹은 주제가 있다면, 그것은 바로 모든 철학적-존재론적 지평의 근원에 놓여 있는 화두, 즉 '나는 누구인가'라는 주체의 자기동일성 혹은 인간의 정체성에 대한 질문이라고 할 수 있다. 근대적 사유의 침전물인 주체의 관념은 이 질문에 대해 '이성적 인간'이라는 아주 모범적이고도 합리적인(?) 답변을 제출한 바 있음을 우리는 이미 알고 있다. 그러나 이 같은 근대적인 사유가 내장하고 있는 보다 중요한 현실적 결과는, 주체와 인간에 대한 이성주의적 관점이 대상 세계와 자연에 대한 해석에서는 무엇보다도 과학적 합리주의의 세계관과 평행한다는 사실이다. 이 관점에 따르면, 인간은 만물의 척도인 것처럼 보인다. 그러니 인간이 이성적이라면 세계는 마땅히 합리적이어야 한다! 인간은 축소된 세계이고, 세계는 확대된 인간이라는 뜻이겠다. 이처럼 이성주의적 인간관과 과학적 합리주의의 세계관은 하나의 모태를 갖는 쌍생아라고 말할 수도 있다. 이러한 논지를 보충하기 위해 다소 길지만 다음과 같은 문장들을 인용하기로 하자.

근대적 인간 의식의 진화는 그러나 그 비극적인 결과로서 자아라는 자기 정립의 의식의 출처였던 자연이나 육체, 혹은 무의식의 세계를 망각하고 부정하기에 이른다. 이 같은 사태를 우리는 '대상성이 부재하는 대상' 혹은 '대상의 대상성의 부재'라 불러도 좋으리라. 왜냐하면 사유하는 이성적 주체의 대상으로만 전락 혹은 축소된 세계는 그 자체로는 자신의 본질을 소유할 수 없는, 따라서 실체 없는 부정성(Negativitat)으로만 현상 혹은 표상될 수 있을 뿐이기 때문이다. 간단히 말하자면, 의식 속에서 대상의 대상성은 부정된다는 뜻이겠다. 자신의 본질, 즉 대상성을 지닌 대상의 존재란 비의식적이며 그 자체로 존재의 충만 상태인 존재의 일반적 양식으로서의 즉자존재(An-sich-Sein)의 상태라고 할 수 있다. 이러한 본질을 소유한 세계의 존재는 '다만 거기에 있는 존재' 혹은 '그것(Es)'이라고 말할 수밖에 없는 존재 상태일 터이다. 그러나 사유를 자기 존재의 본질로 삼은 근대적 인간 의식은

이 대상 세계 일반(대상성)을 부재하는 것으로밖에는 표상할 수 없다. 왜냐하면 의식하는 자아가 맞닥뜨리게 되는 대상 세계의 존재는 이미 의식을 마주하고 선 세계 혹은 오로지 의식에 대해서만 존재하는 세계로 환원된 것이기 때문이다. 달리 말하자면, 의식의 대상으로서의 세계는 자신의 비의식적 존재의 충만 상태가 파괴된 세계, 즉 대상성이 부재하는 대상일 뿐이라는 뜻이다. 그리하여 즉자존재의 세계는 이제 그것의 본질 혹은 실체를 상실한 채 인간의 반쪽짜리 불구의 의식과의 관련성 속에서만 가까스로 자신의 존재를 허용받기에 이른다. 이 같은 사태를 근대적 인간 의식에 의한 세계상실의 체험이라고 말할 수도 있다. (필자의 졸문, 「표현 불가능한 표상들의 운명 — 근대적 사유의 지평과 한계」, 『문학·판』, 2006년 겨울호, pp. 54~55).

결국 근대적 주체의 관념으로부터 귀결된 과학적 합리주의의 세계관은 인간을 포함한 자연이라는 세계의 보편적인 운행질서의 핵이라 할 수 있을 '생명' 역시 이성에 의한 관찰과 실험과 해부가 가능한 것으로 간주하게 되는 결과를 초래한다. "문제는 이러한 합리적-과학적 근대의 세계관 아래에서는 정신과 자연의 유기적 통일성이 상실된다는 것, 따라서 자연은 단순히 정신의 한 대상으로서만 격하되어버린다는 사실이다. 이러한 정신과 자연, 자아와 세계, 주체와 타자, 의식과 무의식, 몸과 마음의 분리는 결국 전일적인 생명과 삶의 총체성을 불가피하게 파괴하는 결과를 초래하게 된다는 뜻이겠다. 그러므로 오늘날 전지구적으로 만연하고 있는 물질만능주의와 이로 인한 생태계의 위기 및 환경의 파괴, 단적으로 말해서 총체적인 '생명의 파괴'는 바로 이 같은 계몽주의의 근대성 기획 속에 똬리를 틀고 있는 저 자연과학적 세계관과 무관하지 않다고 말할 수 있다"(필자의 졸문, 「시, 혹은 본원적 생명의 노래」, 『문학·판』, 2006년 여름호, p. 108). 생명의 창조와 조작이라는 전래된 신의 고유한 영역은 이제 전적으로 인간의 '순수 이성'이 관장하는 영역 속으로 편입된 것이다. 인간을 신과 같은 이성적 존재로 드높인 근대적 사유가 또한 그 인간의 생명/자연을 과학적 실험과 관찰이 가능한 하나의 물질로 격하시킬 수밖에 없는 이 모순과 불균형이야말로 사실상 근대적 주체의 관념에 내장된 역설 혹은 아이러니라고 해야 한다.

그러므로 원종국의 작품 세계가 주체의 자기동일성 혹은 인간의 정체성이라는 이 '오래된' 화두를 새삼 문제 삼는다는 것은 근대의 사유가 제출한 답변에 어떤 미진한 점이나 결정적인 오류가 있음을 깨닫고 있다는 사실을 반증해주는 것일지도 모른다. 과연, 작가의 소설에 등장하는 인물이나 사건들이 그려 보이는 주체의 자기동일성 혹은 인간의 정체성은 단순히 그러한 근대적 주체의 관념으로만 환원될 수도 없고, 또 환원되어서도 안 된다는 사실을 분명히 말해주고 있다. 원종국의 작품 세계가 이러한 근대적 주체의 관념과 합리적-과학적 근대의 세계관에 대해 근본적인 회의와 비판의 시선을 보내고 있다는 사실은 작가가 즐겨 모티프로 삼는 살바도르 달리의 작품들이 무엇보다도 잘 입증하고 있다 할 것이다. 왜냐하면 달리야말로 흔히 역설적인 '이중 이미지'의 창조를 통해서 현대 회화의 화폭에 최초로 무의식을 도입함으로써 근대적 이성과 합리성의 추구를 넘어 비이성적인 것, 비합리적인 것으로의 문을 연 화가였기 때문이다. 이 스페인 화가의 작품 세계야말로 이성적으로 사유하는 존재로서 규정된 근대적 주체의 관념에 대한 급진적인 저항과 해체의 장이었던 것이다. 그러니 '나는 누구인가'라는 주체의 자기동일성의 문제를 자신의 작품 세계 전체의 화두로 삼고 있는 작가에게 있어서 달리의 세계는 매혹적인 공간이었음에 분명하다.

이 같은 주체의 자기동일성에 대한 문제의식의 자장 속에서 작가의 이 첫 소설집에 실린 작품들은 대략 다음과 같은 세 가지 경향으로 구분될 수 있을 듯하다. 근대적 주체의 관념에 대한 회의와 비판의 맥락에서 문제의 전체 지형을 제시하고 있는 '믹스언매치' 연작 시리즈「믹스언매치」「욕망의 수수께끼, 어머니, 어머니, 어머니」(이하「욕망의 수수께끼」로 약칭),「슬픈 아열대」가 주체의 자기동일성 혹은 인간의 정체성의 문제를 '생명'이라는 생물-존재론적 관점에서 조명하고 있다면,「소멸의 흔적」과「연」은 존재의 소멸 혹은 부재의 실재성을 '기억'이라는 존재-인식론적 문제의 틀 속에서 탐색하고 있으며, 표제작인「용꿈」과「K 지하상가 사람들」은 알레고리적 기법에 의해 근대적 주체의 관념으로부터 파생된 현대 사회의 불모성과 반생명성의 실존적 풍경을 정치-사회학적 관점에서 톺아내고 있다(소설집에 실린 작품 가운데에서 아직 언급되지 않은 「기둥」은 이러한 두번째 경향과 세번째 경향 모두에 속할 수 있다). 그러나 문학/소설을 문제 삼고 있는 우리에게 있어서 보다 중요한 것은, 그 같은 근대적 주체라는 관념의 해체와 파기가 원종국의 작품 세계에 구체적으로 어떤 영향을 미치고 있는가 혹은 그것이 어떤 양상으로 드러나고 있는가 하는 문제여야 한다. 이러한 측면과 관련하여 우리는 작가의 소설에서 나타나는 전통적인 서사 구조의 위반과 전복이라는 '불온한' 사태를 지적할 수 있으며, 또 이러한 사태는 계기적으로 연속되는 시간성의 해체와 서술적 시점(視點)의 다중화 혹은 복합화라는 다소 복잡한 논의의 장을 마련한다.

미래 소설이라 할 수 있는 '믹스언매치' 연작의 배경은 인간 생명의 조작 가능성이 완전히 현실화된 미래의 어느 시점으로 설정되어 있다. 이 미래 사회는 인공수정이나 체세포복제 같은 생명공학 혹은 유전공학의 발전에 힘입어 실험실에서 인간이나 여타 동식물의 생명을 자유롭게 복제해낼 수 있는, 심지어 "동물 유전자를 식물 세포에 섞어 넣"(「믹스언매치」, p. 20)어 생명을 복제해낼 수도 있는 사회로 상정된다. 물론 이 같은 생명의 조작 가능성의 근거는 이미 근대적 주체 관념의 논리적-필연적 귀결인 자연/생명의 대상화 혹은 물질화 속에 똬리를 틀고 있었다고 해야 한다. 가령, 사유적 실체와 연장적 실체를 구분한 바 있는 데카르트에게 있어서 연장적 실체로서의 자연/생명은 정교한 기계장치에 불과한 것으로 간주되었다. 그리고 이러한 생물-기계론의 관점은 언제나 생물을 무생물인 물질계의 연장으로 환원함으로써 그것의 조작 가능성을 허용하기 때문이다. 현대 분자생물학이나 유전공학의 비약적인 발전은 이러한 기계적 생명관의 토양으로부터 발아된 것이라고 할 수 있다. 작가의 소설이 배경으로 삼고 있는 미래는, 따라서 근대적 주체의 관념으로부터 발아된, 인간(이성)에 의해 인간(생명)과 세계가 재창조되는 하나의 인공 낙원, 즉 유토피아의 표상을 제공할 수도 있다. 이 인공 낙원의 현실적 풍경을 들여다보기 위해 잠시 소설 속으로 들어갈 필요가 있겠다.

먼저 삼부작 「믹스언매치」 「욕망의 수수께끼」 「슬픈 아열대」에 산포되어 있는 '달리'라고 불리는 한 인물의 가계도를 간략히 재구성해봄으로써 생명의 조작 가능성이 지닌 몇몇 문제적 측면들을 검토해보기로 하자. '복제 전문점 키스 캠벨'의 신촌점에 근무하는, "살바도르 달리가 너무 좋아서 이름까지 달리라고 바꾼"(「슬픈 아열대」, p. 82) '명주'는 사실상 열네 살 어린 나이에 죽어서 이제 더는 이 지상에 존재하지 않는 '명주 형'으로부터 복제된 인물이다. 물론 이 복제는 불완전한 것일 수밖에 없는데, 왜냐하면 "복제를 하더라도 기억이나 취향 같은 건 복제가 되지 않"(「믹스언매치」, p. 21)기 때문이다. 어쨌든 달리에게는 '명주 형'의 어머니가 현실적인 어머니의 자리를 차지하고 있다. 그렇다면 복제인간 달리를 위해서 난자를 제공한 여성이나 자궁을 빌려준 대리모 여성은 달리와 어떤 관계에 있다고 해야 할까? 이들 가운데 과연 누가 달리의 '진짜' 어머니인가? 결국 달리에게는 세 명의 어머니가 동시에 존재한다고 말해야 하는 것은 아닐까? 달리의 복제 원본인 '명주 형'의 어머니와 '과배란 유도'를 통해 난자를 제공한 '임미란'이라는 어머니, 그리고 "누군가의 복제 아기를 열 달 동안 키워 출산한"(「욕망의 수수께끼」, p. 65) '김박민주'라는 어머니 말이다. 살바도르 달리의 작품 제목을 차용한 「욕망의 수수께끼, 어머니, 어머니, 어머니」에서 '어머니'가 세 번이나 반복되는 이유도 바로 거기에 있는 것은 아닐까?

'믹스언매치' 연작은 이 같은 주체의 자기동일성 해체와 인간의 정체성 혼란을 야기하는 생명복제의 문제에는 존재론적·윤리적 맥락 외에도 또 다른 정치-경제적 차원과 생리-의학적 차원의 문제가 덧붙여질 수밖에 없음을 보여준다. 평생 모은 전 재산을 들여 죽은 아들의 복제를 의뢰한 '명주 형'의 아버지(그러니 또한 '달리'의 아버지가 되겠지만)의 경우나 유학 생활의 경비를 마련하기 위해 난자 제공을 한 미란의 경우를 통해서 보자면, 이 같은 문제에는 무엇보다도 '돈'이 중요한 변수로 개입되고 있기 때문이다. 인간복제 중단 항의 시위를 위해 키스 캠벨 복제사 건물 앞에 서 있던 김박민주가 이 복제 회사의 주가를 실시간 자막으로 전해주고 있는 전광판을 보며 달리에게 건네는 다음과 같은 말은 이러한 사태를 보다 분명히 보여줄 듯하다. "세상을 사는 건 사람이 아니구, 돈 같지 않수? 자본 말이야……"(「욕망의 수수께끼」, p.66). 어쩌면 이 말 속에 생명복제의 문제가 지니고 있는 또 다른 어떤 실체가 존재하는 것은 아닐까? 또한 다음과 같은 서술을 보기로 하자. "미란이 선택한 길은 아주 잠깐 동안만 두 눈 꼭 감고 멧새가 되어주는 거였다. 자신의 알 몇 개를 버려 뻐꾸기를 만들어주는 일. 기나긴 예술가의 여정을 위해서라면 그만한 고난은 충분히 감수해야 한다고 미란은 자위했다"(「욕망의 수수께끼」, p.51). 그러나 이러한 고난의 감수가 불러온 결과가 그리 단순하지 않다는 사실을 소설은 말해준다. "키스 캠벨 복제사와 계약을 한 뒤, 미란은 '과배란 호르몬제'를 맞아가며 반년 동안 열일곱 개의 난자를 만들어냈다. 평소보다 세 배나 많은 난자를 만들어내는 동안 미란의 몸에서는 복수가 차올랐고 골반농양이 생겼다. 의사는 '난소 과자극 증후군'이라고 설명했지만 부작용에 대한 위험은 계약할 때부터 들어서 알고 있었다"(「욕망의 수수께끼」, pp.51~52). 결국 난자 제공의 후유증으로 인해 미란은 조기 폐경을 맞게 되고 또 아이를 낳지 못한다는 사실로 인해 이혼까지 당하게 되는 것이다. 「슬픈 아열대」에 등장하는 다음의 인용은 어쩌면 이 같은 유전공학 혹은 생명공학에 의한 복제인간의 문제를 상징적으로 보여줄 듯도 하다.

암컷 진디는 말이야, 수컷 없이도 새끼를 낳을 수 있는데, 재밌는 건 어미 자궁 속에 있는 새끼 진디 역시 외부의 도움 없이 자신의 자궁 속에 새끼를 가질 수도 있다는 점이야. 진디 암컷은 딸과 손녀를 동시에 임신할 수도 있다는 말이지. 어때? 재밌지? 호기심이 마구 발동하지 않나? 지도교수는 새로운 연구 주제를 던져주면서 내 어깨를 탁, 쳤다. 재밌긴…… 끔찍하구만. 딸을 개미의 노예로 바치는 것도 억울한데, 그 안에 든 손녀까지 노예로 바쳐야 하는 게 숙명이라니! (pp. 92~93)

결국 근대적 주체의 관념과 짝패를 이루는 합리적-과학적 세계관이 제시하는 자연/생명의 조작 가능성을 통한 새로운 유토피아의 건설이라는 장밋빛 꿈은 이 연작의 대미를 장식하는 하나의 사건, 즉 달리의 애인이었던 '유리'가 병원 로비의 3D비전을 통해 보게 되는 다음과 같은 자막을 통해 그 실체가 드러난다. "**'복제인간, 패륜범죄 시도. 노부모 의식불명'**"(「슬픈 아열대」, pp. 106). 본문에 특별히 강조체로 씌어 있는 이 패륜의 사건 속에서 격심한 정체성의 혼란을 감당할 수 없었던 한 복제인간의 자기 파괴적 행각을 읽어낸다면 그리 지나친 일로 보이지는 않을 듯하다. 그리고 이 복제인간의 행각 속에서 또한 달리의 그림자를 발견한다면 그것도 과도한 일은 아닐 것이다. 그렇다면 '당신의 사랑을 더 오래 간직하세요'라는 복제 회사 키스

이 이 나무에서 저 나무로 옮아 붙는 것처럼. 참, 모질구나, 생명이란. 그게 어디든, 불붙을 나무만 있으면 '훅' 하고 옮아 붙는구나. 망설임도 없이. 그리고, 그 나무가 다 탈 때까지, 정말 열심히 뜨겁구나. 다 타고 나면 흔적도 없이 사라질 텐데. 그런, 생각이 들었어요"(강조는 필자, p. 136). 그러니 원종국의 소설에서 기억은 원초적인 생명과 맞닿아 있는 것이라고 말해야 한다. 이제 기억은 근대적 사유와 의식의 영역으로부터 현존재와 감각의 영역으로 전이된다고 말할 수 있을지도 모르겠다. 그리고 이러한 기억 속에서 시간은 계기적 인과성을 벗어나 항구적인 변형과 생성의 토대로 작용한다. 마치 말랑말랑해진 세 개의 시계 이미지와 개미가 잔뜩 달라붙어 있는 한 개의 실제 시계 이미지의 충돌을 통해 단선적으로 진행되는 계기적·인과적 시간관념에 이의를 제기하고 있는 것처럼 보이는 달리의 「기억의 영속」속의 시간처럼 말이다. 결국 기억이라는 존재-인식론적 문제의 틀 속에서 조명된 이 같은 인과적 시간성의 전복과 해체는 그것에 의존하고 있는 전통적인 서사의 구조를 그 근본에서부터 의문시하고 있다 할 것이다.

인과적 시간성의 해체와 결부되어 원종국의 소설을 조형하는 또 하나의 뚜렷한 특징적 요소, 즉 '시점의 복합화'라고 부를 수 있을 사태는 하나의 작품 안에서 서로 교차되거나 중층적으로 겹쳐지는 이질적인 시점들의 공존을 허용한다는 점이다. 그리하여 작가의 소설에서는 한 작품 안에 일인칭 주인공 시점과 관찰자 시점이, 혹은 일인칭 관찰자 시점과 삼인칭 관찰자 시점이 혼합되어 출현하는 사태를 드물지 않게 목격할 수 있다. 사실상 전통적인 서사의 구조는 하나의 작품 안에서 단일한 주체와 단일한 시선에 의한 사건의 서술을 요구한다. 그리고 이 단일한 주체/서술자의 시점에 의해서 서사의 구조는 완결성과 통일성을 획득하게 되는 것으로 상정된다. 그렇다면 이러한 시점의 복합화는 시간의 인과성과 서술 주체의 단일성에 의해 확보되는 전통적 서사 구조의 통일성을 파괴한다고 말해야 하리라. 그리고 이러한 사태는 사실상 근대적 주체의 관념에 대한 해체와 파기의 필연적 귀결이라고 해야 한다. 왜냐하면 근대적 주체란 시간의 인과성과 이 인과성에 토대를 둔 기억의 메커니즘에 의해 자신의 정체성을 확보하며, 또한 전통적 서사 구조의 통일성과 완결성은 바로 이러한 근대적 사유에 의해 확보된 단일한 주체에 의해서만 그 성취를 보장받기 때문이다. 결국 원종국의 작품 세계에서는 시간의 인과성과 주체의 단일성이 파괴되거나 해체됨으로써 시점(時點)과 시점(視點)은 이질적인 겹과 층으로 복합화된다고 말할 수 있다.

근대적 주체의 관념으로부터 야기된 인간의 정체성의 문제가 이제까지는 '생명'이라는 생물-존재론적 관점이나 '기억'이라는 존재-인식론적 관점에서 조명되었다면, 표제작 「용꿈」이나 「K지하상가 사람들」 혹은 「기둥」 같은 작품들은 이 근대성의 문제를 정치-사회학적 층위에서 탐구하고 있는 것처럼 보인다. 여기에서는 근대적 주체의 관념으로부터 파생된 근대 혹은 현대사회의 불모성과 반생명성의 실존적 풍경이 중요한 이슈로 다뤄지고 있기 때문이다. 컴퓨터 게임과 현실 정치를 알레고리적으로 연결 짓고 있는 「용꿈」은 겉보기로는 컴퓨터라는 가상공간을 통해 맺어지는 관계의 허망함, 즉 현대 정보사회 속에서 인간이 느끼는 의사소통의 단절과 그에 따른 사회적 고립감 및 소외를 알레고리화하고 있는 것처럼 보인다. 또한 추리 소설적 형식을 빌려 '고백수'라는 인물의 실종 사건을 추적하는 「K 지하상가 사람들」은 훨씬 더 강력하고도 직접적인 정치적 알레고리로 구성되어 있다. 이 소설에 등장하는 지하상가의 경비원 전씨(전동원)와 노씨(노대훈) 그리고 사장 이씨(이효천)라는 인물의 말과 행태를 통해 전해지는 내용들은 모두 이들이 한때는 한국의 현실 정치를 이끈 실존하는 인물들의 알레고리임을, 또 이 '지하상가'가 여전히 현존하고 있는 어떤 정당의 알레고리임을 어렵지 않게 읽을 수 있다. 중요한 것은 이러한 정치적 알레고리야말로 근대성 혹은 근대적 주체의 관념에 대한 비판이라는 작가의 문제의식이 사회학적 차원으로 확대된 것이라는 사실이다. 이데올로기 비판적 성격을 갖는 이러한 알레고리적 기법은 원종국의 작품 세계가 근원적인 화두로 삼고 있는 주체의 자기동일성 문제를 정치-사회학적 맥락에서 탐구할 수 있도록 해주는 셈이다.

「용꿈」에 등장하는 청소년들은 근대적 주체라는 관념의 산물이자 근대화된 사회 속에서 대두되는 의사소통의 단절과 그에 의한 사회적 고립감이라는 사태에 대응하기 위하여 혹은 그러한 사태로부터의 망각과 도피를 위하여, 더욱더 컴퓨터 가상공간 속으로의 탈주나 아니면 현실적으로 가출이나 본드 흡입, 혹은 성적 탐닉 같은 탈주를 선택한다. 그러나 보다 중요한 사실은, 이러한 일탈과 탈주가 어린 청소년들만의 문제가 아니라 정체성을 상실한 이 시대 전체의 초상이라는 데 있다. 사실상 '놈'과 '년'의 부모들로 환유될 수 있는 이 시대의 기성세대들 역시 이러한 고립의 상황에 직면해 있을 뿐만 아니라 거기에서 더 나아가 어쩌면 이들 기성세대가 어린 청소년들을 그러한 상황으로 내몰았을 수도 있다는 것이다. 소설에 등장하는 부모의 행태들이야말로 바로 이들 청소년의 행동과 전혀 다를 바 없기 때문이다. 가령, 놈의 어머니가 결혼 전에 사귄 옛 애인을 버리고 놈의 아버지와 결혼함으로써 놈을 혼외자식으로 만들게 된 상황 ("아무튼 놈은 '존나게 복잡한 콩가루 관계'라는 한마디로 모든 사건을 요약했다"[p. 152])이나 놈의 아버지가 지역적 분파주의에 의해 겨우 유지되는 한국의 현실 정치에 목매달면서 국회의원에 출마하여 낙선하는 등의 상황은 이들 청소년들이 행하고 있는 일탈이나 가출, 혹은 성적 탐닉이나 게임 중독과 하등 다를 바 없기 때문이다. 다음 장면을 보기로 하자.

캠벨의 구호는 매혹적인 유토피아로의 초대가 아니라 궁극에는 인간의 자기 파멸에 이르는 디스토피아로의 초대였단 말인가? 「욕망의 수수께끼」에 등장하는 다음과 같은 장면은 바로 이러한 질문에 대한 작가의 답변을 대신해주는 것으로 읽힌다. "달리는 캡슐 속에서 태아처럼 둥글게 말고 누워 발가벗은 몸 여기저기로 뿜어져 나오는 생체 활성화 물질을 음미한다. 태어나기 전, 대리모의 뱃속에 있을 때도 이런 기분이었을까? 아무것도 걱정할 게 없는 상태. 달리는 지금의 상황에서 기억만을 온전히 삭제했으면 참 좋겠다는 생각을 한다"(p. 69). 그렇다, 원종국의 작품 세계가 흘러가는 다른 한 방향의 물줄기는 바로 이 같은 기억의 문제와 결부되어 있다. 달리라는 이 복제인간의 운명 속에서 저 스페인 화가가 그려낸 나르시스라는 인물의 이미지를 떠올리게 되는 것은 이 인물이야말로 바로 자기 사랑과 자기 파멸이 역설적으로 결합된 전형적 이미지이기 때문이다.

공명이 풍부한 서정적인 언어로 직조된 「소멸의 흔적」과 「연」은 원종국의 작품 세계를 구성하는 주요 경향들 가운데 하나인 '기억'이라는 존재-인식론적 문제의 틀 속에서 존재의 소멸과 부재의 흔적을 더듬고 있는 작품들이다. "길은 기억을 되뇌인다"(p. 111)라는 문장으로 시작되는, 이제 "더는 이 세상 사람이 아닌"(p. 113) 옛 아내 '희연'의 자취를 쫓고 있는 「소멸의 흔적」에서 이 '소멸의 흔적'을 사실상 '기억의 흔적'이라고 바꿔 말해도 무방한 것은, 모든 존재들이 남긴 소멸의 자취가 인간의 기억 속에 여전히 현전하고 있기 때문이다. 역으로 말하자면, 기억의 흔적이야말로 바로 소멸의 흔적이기도 하다는 사실은 원종국의 소설에서 대단히 중요한 맥락을 형성한다. 눈 내리는 서정적인 밤을 배경으로 남녀 간의 사랑과 인연이라는 문제를 분단된 한반도의 현실과 관련지어 통일의 장 속으로까지 확장하면서 작가의 놀라운 상상력의 진폭을 보여주는 「연」 역시, 이러한 기억의 문제를 존재의 소멸과 부재의 실재성을 통한 주체의 자기동일성 확증을 위한 핵심적인 기제로 삼고 있다. 첫사랑 '그녀'와의 이별의 상처를 잊기 위해 '여전'으로 이주하고자 했던 소설의 화자가 결국 이주를 단념하고 다시 '정전'으로 되돌아오는 결말이 암시하는 바도 그녀에 대한 '기억'이야말로 바로 '나'라는 현존재의 자기동일성 확증을 위한 필요불가결한 요소임을 말해주는 것일 터이다(이 점은 죽은 남편에 대한 기억을 현재의 삶으로 살고 있는 여전의 '림정숙'에게도 해당된다). 이처럼 원종국의 작품 세계에서 기억이라는 모티프는 생물-기계론으로 환원될 수 없는 생명 혹은 주체의 자기동일성 확증을 위한 알리바이로 작용한다.

보다 정확히 말하자면, 원종국의 소설에서 기억이란 과거의 존재나 사건 그 자체를 시간의 인과적 지속 속에서 보존하는 것이 아니라, 오히려 그러한 인과적 시간의 단절 혹은 소멸과 관련된다는 것이다. 기억에 대한 이 같은 규정은 분명 그것에 대한 우리의 일상적인 관념과는 모순되는 것처럼 보인다. 그러나 이 모순 속에 바로 원종국의 작품 세계가 지니고 있는 독특한 시간관이 존재한다. 소설에서 기억은 단순히 현재로부터 과거의 존재나 사건 속으로 회귀하여 그것들을 재현하는 것이 아니라, 오히려 현재와 과거가 조우하고 대화하는 하나의 통로, 혹은 더 나아가 오히려 과거가 현재를 호명하는 하나의 사건이 된다고 보는 것이다('믹스언매치' 연작의 세번째 작품 「슬픈 아열대」의 제사는 '현재는 과거의 열쇠이다'라고 적혀 있다). 아래 인용된 두 단락은 기억의 입구에 서 있는 현재의 시간과 그 기억의 출구를 통해 빠져나온 과거의 시간이 서로 조우하는, 한국 문학사에서는 그 유례를 찾기 힘든, 대단히 기묘한 장면을 연출해내고 있다.

　두 장의 엽서를 살피고 있을 때 내가 이 년 남짓 기거했던 방문이 벌쭉 열렸다. 그리고 한 사내가 빨래 바구니와 가루 세제를 들고 마당으로 내려섰다. 그가 대문 앞에 서 있는 나를 의아하게 쳐다보고 있는 사이, 나는 정강이께가 가려워 두 손으로 긁어대기 시작했다. 빌어먹을, 고양이 알레르기 탓이었다. (p. 118)

　빨래 바구니와 가루 세제를 들고 마당으로 나섰다. 대문간에 한 사내가 두 장의 엽서를 들여다보고 서 있다가 나를 의식했는지 이쪽을 멀뚱멀뚱 쳐다보았다. 등에는 아이를 업고 있었는데, 갑자기 구부정하게 허리를 굽혀 정강이를 긁어대는 모양새가 누

군가를 많이 닮아 있었다. 우리는 홀린 듯 서로의 눈동자를 바라
보기만 했다. (p. 142)

  현재의 시간과 과거의 시간, '나'의 시점과 '그'의 시점이 하
나의 공간 속에서 동시에 출현하며 겹쳐지는 이 같은 사태는 분
명 놀라운 것이다. 여기에서 과거는 계기적으로 연속되는 인과
적 시간성 속에서 이미 완결되어 응고된 '역사'가 아니라, 오히
려 현재를 응시하며 또한 개시하는 살아 있는 '사건 그 자체'가
된다. 그러므로 정작 소멸되는 것은 비가역적인 인과적 시간성
속에 저당 잡힌 근대적인 사유이지 존재 그 자체는 아닌 셈이다.
존재는 역설적으로 이러한 인과적 시간의 소멸을 딛고 끊임없는
생성과 변모의 계기를 마련한다. 이러한 점은 방송국 취재 차
떠났던 강원도의 숯막에서 돌아오는 길에 보낸 희연의 휴대폰
문자 메시지 속에 분명하게 드러나고 있다. "불은사라진걸까나
무에스며든걸까"라는 희연의 메시지에 대한 "불은 처음부터 나무
속에 있었는 지도 몰라"(p. 127)라는 '나'의 답변에 희연은 다시
다음과 같은 메시지를 보낸다. "기이한인연이네제몸을태울걸알
면서도불을품고있다니"(p. 129). 필경 모든 존재의 생명을 상징
할 것임에 분명한 이 '불'의 이미지를 통해서만 자신의 죽음과
딸의 출산을 맞바꾼 희연의 행동은 정당화될 수 있다. 다음과
같은 희연의 말은 바로 이러한 점을 입증한다. "숯가마 속을 들
여다보면서 언뜻 **내가 생겨나던 순간을 기억**한 거 같아요. 불꽃

이 이 나무에서 저 나무로 옮아 붙는 것처럼. 참, 모질구나, 생명이란. 그게 어디든, 불붙을 나무만 있으면 '훅' 하고 옮아 붙는구나. 망설임도 없이. 그리고, 그 나무가 다 탈 때까지, 정말 열심히 뜨겁구나. 다 타고 나면 흔적도 없이 사라질 텐데. 그런, 생각이 들었어요"(강조는 필자, p. 136). 그러니 원종국의 소설에서 기억은 원초적인 생명과 맞닿아 있는 것이라고 말해야 한다. 이제 기억은 근대적 사유와 의식의 영역으로부터 현존재와 감각의 영역으로 전이된다고 말할 수 있을지도 모르겠다. 그리고 이러한 기억 속에서 시간은 계기적 인과성을 벗어나 항구적인 변형과 생성의 토대로 작용한다. 마치 말랑말랑해진 세 개의 시계 이미지와 개미가 잔뜩 달라붙어 있는 한 개의 실제 시계 이미지의 충돌을 통해 단선적으로 진행되는 계기적·인과적 시간관념에 이의를 제기하고 있는 것처럼 보이는 달리의 「기억의 영속」 속의 시간처럼 말이다. 결국 기억이라는 존재-인식론적 문제의 틀 속에서 조명된 이 같은 인과적 시간성의 전복과 해체는 그것에 의존하고 있는 전통적인 서사의 구조를 그 근본에서부터 의문시하고 있다 할 것이다.

    인과적 시간성의 해체와 결부되어 원종국의 소설을 조형하는 또 하나의 뚜렷한 특징적 요소, 즉 '시점의 복합화'라고 부를 수 있을 사태는 하나의 작품 안에서 서로 교차되거나 중층적으로 겹쳐지는 이질적인 시점들의 공존을 허용한다는 점이다. 그리하여 작가의 소설에서는 한 작품 안에 일인칭 주인공 시점과 관찰자 시점이, 혹은 일인칭 관찰자 시점과 삼인칭 관찰자 시점이 혼합되어 출현하는 사태를 드물지 않게 목격할 수 있다. 사실상 전통적인 서사의 구조는 하나의 작품 안에서 단일한 주체와 단일한 시선에 의한 사건의 서술을 요구한다. 그리고 이 단일한 주체/서술자의 시점에 의해서 서사의 구조는 완결성과 통일성을 획득하게 되는 것으로 상정된다. 그렇다면 이러한 시점의 복합화는 시간의 인과성과 서술 주체의 단일성에 의해 확보되는 전통적 서사 구조의 통일성을 파괴한다고 말해야 하리라. 그리고 이러한 사태는 사실상 근대적 주체의 관념에 대한 해체와 파기의 필연적 귀결이라고 해야 한다. 왜냐하면 근대적 주체란 시간의 인과성과 이 인과성에 토대를 둔 기억의 메커니즘에 의해 자신의 정체성을 확보하며, 또한 전통적 서사 구조의 통일성과 완결성은 바로 이러한 근대적 사유에 의해 확보된 단일한 주체에 의해서만 그 성취를 보장받기 때문이다. 결국 원종국의 작품 세계에서는 시간의 인과성과 주체의 단일성이 파괴되거나 해체됨으로써 시점(時點)과 시점(視點)은 이질적인 겹과 층으로 복합화된다고 말할 수 있다.

근대적 주체의 관념으로부터 야기된 인간의 정체성의 문제가 이제까지는 '생명'이라는 생물-존재론적 관점이나 '기억'이라는 존재-인식론적 관점에서 조명되었다면, 표제작 「용꿈」이나 「K 지하상가 사람들」 혹은 「기둥」 같은 작품들은 이 근대성의 문제를 정치-사회학적 층위에서 탐구하고 있는 것처럼 보인다. 여기에서는 근대적 주체의 관념으로부터 파생된 근대 혹은 현대사회의 불모성과 반생명성의 실존적 풍경이 중요한 이슈로 다뤄지고 있기 때문이다. 컴퓨터 게임과 현실 정치를 알레고리적으로 연결 짓고 있는 「용꿈」은 겉보기로는 컴퓨터라는 가상공간을 통해 맺어지는 관계의 허망함, 즉 현대 정보사회 속에서 인간이 느끼는 의사소통의 단절과 그에 따른 사회적 고립감 및 소외를 알레고리화하고 있는 것처럼 보인다. 또한 추리 소설적 형식을 빌려 '고백수'라는 인물의 실종 사건을 추적하는 「K 지하상가 사람들」은 훨씬 더 강력하고도 직접적인 정치적 알레고리로 구성되어 있다. 이 소설에 등장하는 지하상가의 경비원 전씨(전동원)와 노씨(노대훈) 그리고 사장 이씨(이효천)라는 인물의 말과 행태를 통해 전해지는 내용들은 모두 이들이 한때는 한국의 현실 정치를 이끈 실존하는 인물들의 알레고리임을, 또 이 '지하상가'가 여전히 현존하고 있는 어떤 정당의 알레고리임을 어렵지 않게 읽을 수 있다. 중요한 것은 이러한 정치적 알레고리야말로 근대성 혹은 근대적 주체의 관념에 대한 비판이라는 작가의 문제의식이 사회학적 차원으로 확대된 것이라는 사실이다. 이데올로기 비판적 성격을 갖는 이러한 알레고리적 기법은 원종국의 작품 세계가 근원적인 화두로 삼고 있는 주체의 자기동일성 문제를 정치-사회학적 맥락에서 탐구할 수 있도록 해주는 셈이다.

「용꿈」에 등장하는 청소년들은 근대적 주체라는 관념의 산물이자 근대화된 사회 속에서 대두되는 의사소통의 단절과 그에 의한 사회적 고립감이라는 사태에 대응하기 위하여 혹은 그러한 사태로부터의 망각과 도피를 위하여, 더욱더 컴퓨터 가상공간 속으로의 탈주나 아니면 현실적으로 가출이나 본드 흡입, 혹은 성적 탐닉 같은 탈주를 선택한다. 그러나 보다 중요한 사실은, 이러한 일탈과 탈주가 어린 청소년들만의 문제가 아니라 정체성을 상실한 이 시대 전체의 초상이라는 데 있다. 사실상 '놈'과 '년'의 부모들로 환유될 수 있는 이 시대의 기성세대들 역시 이러한 고립의 상황에 직면해 있을 뿐만 아니라 거기에서 더 나아가 어쩌면 이들 기성세대가 어린 청소년들을 그러한 상황으로 내몰았을 수도 있다는 것이다. 소설에 등장하는 부모의 행태들이야말로 바로 이들 청소년의 행동과 전혀 다를 바 없기 때문이다. 가령, 놈의 어머니가 결혼 전에 사귄 옛 애인을 버리고 놈의 아버지와 결혼함으로써 놈을 혼외자식으로 만들게 된 상황 ("아무튼 놈은 '존나게 복잡한 콩가루 관계'라는 한마디로 모든 사건을 요약했다"[p. 152])이나 놈의 아버지가 지역적 분파주의에 의해 겨우 유지되는 한국의 현실 정치에 목매달면서 국회의원에 출마하여 낙선하는 등의 상황은 이들 청소년들이 행하고 있는 일탈이나 가출, 혹은 성적 탐닉이나 게임 중독과 하등 다를 바 없기 때문이다. 다음 장면을 보기로 하자.

천장에 커다란 한반도 지도를 그려놓자 세 개 분파로 나뉜 후 보들이 각축을 벌이기 시작했다. 그 놀이는 년과 침대에 엉켜서 하는 말놀이만큼이나 박진감이 있었다. 처음부터 각 진영에서는 뛰어난 전사들을 내보내 서로 먼저 깃발을 꽂기 위한 혈투를 벌였고, 꽂아놓은 깃발을 가로채 자기 깃발을 꽂는 일도 많았다. 그래도 각 분파는 자기 영역만큼은 끝까지 고수하고 있었다. 영남은 영남대로, 호남은 호남대로, 충청권은 충청권대로 영역을 차지하곤 한 치의 양보도 없이 야금야금 깃발을 꽂아나갔다. (p. 166)

기성세대의 정치(권력)과 청소년들의 가상공간의 게임은 이렇게 알레고리적으로 결합된다. 결국 「용꿈」은 현대 사회를 그 내부에서부터 규정하고 있는 주체의 자기동일성 상실이 곧 정신의 황폐화/불모성과 반생명화/무생명성으로 이어지는 필연적인 귀결의 과정에 대한 통렬한 비판으로 자리하는 셈이다. 놈과 년이 가상공간의 게임(스타크래프트)에서 늘 같은 종족을 선택하는 이유가 모두 '인간적인 것'에 대한 향수와 그리움 때문이라는 사실은 그러므로 대단히 시사적이라고 할 수 있다. 작가는 다음과 같이 쓰고 있다. "놈은 여전히 테란족이었고, 년은 항상 저그족을 선택했다. 놈이 늘 테란족을 선택하는 건 인간하고 가장 닮은 종족이라는 단순한 이유 때문이었고, 년이 저그족을 고르는 건 모성 본능을 자극하기 때문이라고 했다"(p. 165). 그런데 이러한 인간적인 것을 넘어서 이들이 희구하는 것이 사실상 생명 그 자체의 느낌이라는 사실은 항상 '저그족'을 선택하는 넌의 다음과 같은 말 속에서 분명하게 드러난다. "테란이나 프로토스는 건물이나 기계장치에서 전사를 만들어내지만, 저그는 스스로 알을 품어서 전사로 길러내. 저그족이 오히려 인간적인 건 스스로가 하나의 생명체라는 사실이야. 그리구 저그족 캐릭터를 봐. 용처럼 생긴 게 짱이잖아"(p. 165). 스스로가 하나의 생명체인, 용처럼 생긴 저그족에 대한 이 같은 애호를 감안한다면, 이 소설의 제목이 왜 '용꿈'인지는 자명해진다. 말하자면 이 '용꿈'은 비인간적이고도 반생명적인 현대 문명사회 혹은 정보사회가 상실한 인간적인 것과 생명에 대한 간절한 희구이자 향수를 상징한다는 것이다. 그러나 이 '용꿈'은 놈의 죽음을 암시하고 있는 비극적인 소설의 결말처럼 어쩌면 합리화-근대화된 이 현실에서는 성취될 수 없는, 그야말로 하나의 '개꿈'에 불과한 것일지도 모른다. 결국 이 소설에서 사용되는 알레고리적 기법은 근대적 주체의 관념에 의해 합리화 혹은 근대화된 현실에 대한 강력한 비판의 도구로 작용하게 된다고 말할 수 있다.

전통적 가치관과 근대의 자본주의적 가치관의 충돌과 대립이라는 대단히 무거운 문제의식을 배면에 깔고 있는 「기둥」은 역사와 시대에 대한 작가의 깊은 내면의식을 잘 보여주고 있다. 그리고 이 작가의 내면의식은 곧 세대와 연령, 계급과 계층을 넘어서 '기둥'으로 상징되는 어떤 전통적인 가치의 보존 내지 재창조는 어떻게 정초될 수 있을까를 고심하는 이 시대의 초상이라고 말할 수도 있다. 전통적 가치관과 근대의 자본주의적 가치관의 대립적 관계는 이 소설에 등장하는 '소'에 대한 다음과 같은 두 가지 관념들의 충돌에 다름 아니다. 앞의 것은 이혼한 전 남편의 아이를 낙태하기 위해 수술실로 들어가기 전에 '유리'가 한 말이고, 뒤의 것은 소에 얽힌 화자 '나'의 어린 시절의 기억과 관련된 것이다.

　인도 사람들은 소가 세계의 창조자고, 또 양육을 하는 존재라고 생각하니까.
　소를 돈으로 생각하는 나를 보면 저 사람들이 뭐라고 할까. 악마? 사탄? (p. 273)

　한참 만에야 용기를 쥐어짠 나는 소를 묶어놓았던 밧줄을 끌러낼 수 있었다. 하지만 정작 어둠 속에서 홀로 있었던 소는 아무 일도 없었다는 듯이 '음머' 울며 **나를 끌고 앞장서 집을 찾아가는 것이었다.** 덩치만 컸지 순하기 그지없는 동물을 앞세워 걸으며, 그날 나는 세상이 그다지 적대적이지만은 않다는 걸 배웠다. (강조는 필자, p. 276)

결국 이 소설에서 전통과 자본주의의 대립 관계는 소라는 동물을 생명으로 간주하는 관점과 돈으로 간주하려는 관점의 충돌로 분명하게 드러나고 있는 셈이다. 이 말은 작가가 근대/현대 자본주의의 핵심적 특징을 그것이 지닌 비인간성과 반생명성으로 파악하고 있다는 사실을 뜻하기도 한다. 그리고 근대적 주체의 관념에 의해 형성된 근대/현대 세계의 이 불모성과 반생명성이야말로 바로 원종국의 작품 세계가 끊임없이 문제로 삼고 또 전복하고자 하는 대상이자 목표라고 말할 수 있다. "누구라고 할 것도 없이, 기둥을 바로잡겠다고, 아니 지금은 기둥 놓을 자리를 딴딴하게 다지겠다고 나무 달구를 들어올리는, 저 많은 사람들의 노랫소리. 저들은 대체 저 자리에 뭘 세우고자 하는 걸까? 저들이 지켜내려고 하는 건 대체……"(p. 291)라는 의문과 함께 쓴웃음을 금치 못하는 화자의 태도 속에는 근대적 주체의 관념으로부터 추동된 근대성 혹은 근대화에 대한 작가의 문제의식이 반영되어 있다고 할 수 있다. 그리고 이 지점에서 원종국의 소설이 지니는 정치-사회학적 층위의 알레고리는 이데올로기적 현실 비판의 기제로 작동하게 된다.

작가의 말

한때 원시림(元詩林)이라는 필명을 사용한 적이 있다. 글〔詩〕의 숲〔林〕을 이뤄보겠다는 욕심과, 현실의 나로부터 벗어나 좀더 자유로운 영혼을 구가해보겠다는 모의가 결탁한 때문이었으리라. 손바닥만 한 종이에 '詩林園'이라 적어 내 첫 자취방 문 위에 현판 삼아 달아놓은 적도 있었다. 도무지, 원시림이라니! 다니던 직장을 나와 최저생계비도 보장 못할 은행 잔고로 배수진을 친 뒤에 글 써서 숲을 이뤄보겠다는 꿈을 꾸던 그 시절이, 그러나 행복했다고 말할 수는 없을지 몰라도 때때로 그리운 것만은 사실이다. 이 책에 실린 여덟 편 중에도 원시림이라는 필명으로 발표된 작품이 여섯이고 나머지 두 편만이 본명으로 발표된 작품이다. 그러므로 첫번째 인사는 그 시절의 원시림에게 보내야 하리라.

소설을 묶으며 여덟 편을 헤아려보니 제일 이른 것은 스물다섯에 초고가 씌어졌고, 제일 늦은 것은 서른다섯인 올해 씌어졌다. 어쩌다보니 '어울리지 않는 것끼리 짝지어져 Mix-and-Match' 한 곳에 묶이게 되었지만, 각양각색의 점묘들이 어울려 내 색깔을 이룬 것만은 부인할 수 없는 사실이리라. 십여 년의 시간을 함께 보낸 그들이 없었다면 나의 이십대 후반에서 삼십대 초반의 생은 훨씬 더 우울하거나 고통스러웠을 것이다. 나의 변덕을 참아준 그들에게, 그리고 그들의 고집을 인내해낸 나에게, 감사한다!

그런데 사실, 여기 실린 여덟 편을 돌이켜보면 '변방의 늙은이가 키운 말〔塞翁之馬〕' 같다는 생각이 문득 든다. 그 여덟 마리의 말들이 내게 좌절과 용기, 번민과 기쁨을 모두 가져다주었다. 그리고 이렇게 책으로 묶였다 하여 그들의 행마가 끝난 것도 아닐 것이다. 작가의 본분은 이름을 남기는 게 아니고 작품을 남겨야 하는 것이므로, 모쪼록 나 역시 작품으로 기억되는 작가가 될 수 있기를…… 간절히 빌어본다.

나는 소설의 공간이 '허구의 세계'가 아니라 '가능성의 세계'라는 믿음 같은 걸 가지고 있다. 하여 소설을 쓰는 데 필요한 '특별한 무기들'이 부족하다고 느낄 때마다 이런저런 이야기들의 가능성을 찾아 색다른 공간들을 헤매게 되었던 것 같다. 그러다 보니 자연스레 미래 사회나 가상공간으로의 '마실'도 잦을 수밖에 없었으리라. 한 번은 미래로, 그 다음 번엔 현재나 과거로, 한 번은 가상공간으로, 그 다음 번엔 현실의 공간으로…… 지그재그로 날아다니며 소설을 구상하는 재미가 나쁘지 않았다. 「믹스언매치」 연작이 육 년 만에야 끝난 건, 그리고 그 사이사이에 다른 작품들이 씌어진 건 그럴 수밖에 없었기 때문에 그런 것이다. 그러나 지금 와서 곰곰 생각해보면, 그 공간들은 서로 다른 차원에 존재하는 것들이 결코 아니었다. 거기에 인간들이 존재하고 있는 한……

인간의 진화 속도가 과학 기술과 사회의 발전 속도를 끝내 따라잡지 못할 것이므로 인간은 점점 더 나약하고 외로운 존재로 처질 수밖에 없을 것이다. 나는 그로 인한 현상을 '문화지체'라고 부르기보다는 '인간지체'라고 부르는 것이 타당하다고 생각한다. 마찬가지로 소설의 진화 속도가 인간의 욕망의 속도를 끝내 따라잡지 못할 것이므로 소설은 점점 더 쓸쓸한 존재로 처질 수밖에 없을 것이다. 그러니 그로 인한 현상들은 '소설지체'라 불러도 무방할 것이다.

그럼에도 불구하고, 쓸 수 있는 한 나는 또 다른 가능성의 세계에 대해 쓸 것이다. 항간에 '문학의 위기'라는 말이 떠돈 지는 오래되었다. 그러나 적어도 내 주변을 돌아보면 그런 맹랑한 소리에 아랑곳하지 않고 묵묵히 글을 쓰는 선후배 동료들이 많고 많다. 문학에 대가를 바라지 않는 그들에게 애초부터 위기가 찾아올 리 없다는 사실 역시 나는 잘 알고 있다. 그들의 순수한 열정에서 많은 에너지를 흡수했음을 인정한다. 특별히 창작문학회 선배들과 작업 동인 여러분께, 그리고 내게 소설을 가르쳐주신 여러 선생님들께 두루두루 감사드린다.

이즈음 가족의 소중함을 새삼 깨닫는다. 글 쓰는 아들을 자랑스럽게 생각해주는 부모님과 가족들, 사랑하는 아내에게 이 기쁨을 나눠드린다. 변변찮은 작품을 좋은 책으로 묶어준 문지 식구들께도 뭐라 감사의 인사를 드려야 할지 모르겠다.

첫 소설집을 내게 되었다는 기쁨도 크지만, 이제 다른 이야기들을 새롭게 쓸 수 있게 되었다는 설렘이 더 크다.

2006년 가을
원종국